たらしの城

佐々木功
Sasaki Koh

光文社

たらしの城

装幀　泉沢光雄
装画　佐久間真人

目次

——墨俣一夜城《すのまたいちやじょう》について記し、現世に残した先人方、その存在の是非を論じてこられた
すべての先生方に心からの敬意と謝意を表して——

第一章　考える猿

美濃を獲る

永禄《えいろく》三年八月、五条《ごじよう》の川面《かわも》を渡る清涼な秋風が、城を吹き抜けてゆく。

「今日も殿様はいくさに出張《でば》っておられるぞ」

そんな言葉が、台所から、馬屋《うまや》から、城のそこかしこから聞こえてくる。

尾張国清須《おわりのくにきよす》は織田上総介信長《おだかずさのすけのぶなが》の本城《ほんじよう》である。

去る五月、信長は桶狭間《おけはざま》にて、攻め寄せた今川《いまがわ》の大軍を打ち破り、総大将今川義元《よしもと》を討ち取った。

これにより、それまで「尾張のおおうつけ」と嘲《あざけ》りを受けていた信長の勇名は天下に鳴り響いた。

それはそうだ。今川家といえば、足利《あしかが》将軍も頼るほどの名門、義元といえば、「東海一の弓取り」とその名を都にまで響かせた名将。それを信長は、十分の一とも、二十分の一とも言われる兵で打ち破り、見事その首を取ったのである。

名将を倒せば、それを上回る名将。人心は明快。そして、噂《うわさ》は噂を呼ぶ。

それまでの評が低かったぶん、尾張の民は、信長を神のごとく崇《あが》めた。そして、遠国《おんごく》の者は恐れた。

「織田信長、いったいどんな切れ者か」と。

織田家の盛名《せいめい》はあがり、家臣は奮《ふる》い立つ。

さて、お屋形《やかた》様、次は、と。

織田家が先代信秀《のぶひで》の頃より因縁の敵として戦ったと言えば、東海の今川ともう一つ、美濃斎藤《みのさいとう》家である。今、東の今川を撃退した。ならば――

「今日は川越えで美濃まで攻め込むらしい」

お城の大手門《おおてもん》の警固《けいご》をしている足軽《あしがる》が番代りの際にささやき合う。

信長はすでに動いている。桶狭間勝利の翌六月に早くも西美濃へと兵をだしている。そして、本日も、である。

日の出の勢いの信長が、宿敵斎藤家を降《くだ》し、念願の稲葉山《いなばやま》城を奪取する。

つい先日まで、「おおうつけの殿が国を亡《ほろ》ぼす」と慄《おのの》いていた織田家臣は、今や信長の熱き信奉者である。留守居《るすい》の門番たちは笑みを浮かべて語り合う。

「ほいたら、もう美濃を獲《と》ってしまうんではないか」

「なら、わしら、手柄の立てようもないのう」

「いやあ、まだまだ、お屋形様のご武運はこれから。我らもますます繁盛だがや」

皆、信長の洋々たる未来を思い描く。

次も勝つ。

そう、信じている。


その頃、噂の織田信長は尾張北の国境《くにざかい》にある。

信長、齢《よわい》二十七。馬上、眉をひそめ後ろを振り返る。

辺りは青々と生《お》い茂《しげ》った草原。広大な濃尾《のうび》平野が開け、その先にいく筋もの川が流れている。木曽川《きそがわ》である。

古来、尾張と美濃を分けるこの川、ここらでは木曽七流《しちりゅう》とも呼ばれる。山深い木曽の奥地から出《い》でて西へと進む本流が大小の支流に枝分かれし、網の目のように尾張北部を流れ下っている。

彼方《かなた》には飛驒《ひだ》の山々が低く連なっている。その手前に高々とそびえ立つのが、稲葉山。美濃斎藤家の城がある、まぎれもない敵の本拠地である。

チッ
信長は小さく舌打ちをした。

後ろを騎馬武者、徒士《かち》足軽がぜいぜいと息荒く駆けてくる。

敗《ま》けた。

全軍を挙げて、清須に退却中である。

本日、信長は自ら出陣して木曽川を押し渡り、稲葉山を目指した。だが、敗れた。

いや、敗けいくさではない。ないが、川向こうで待ち受けた敵勢を打ち破れず、見事に追い返された。

無理押ししても、稲葉山城がある。自軍の疲弊《ひへい》激しく、そのうえ川向こうで敵に囲まれては、信長の方が生首となる。

どうすればあれを落とせるか。信長は、考えている。

美濃征服、稲葉山城奪取。それは父信秀からの織田家の宿願というだけではない。信長自身がなさねばならぬと、決めていることである。

大義もある。

信長は斎藤氏先代、道三《どうさん》の娘を娶《めと》っている。その岳父は、現当主斎藤義龍《よしたつ》に殺された。

義龍は父子相克《ふしそうこく》の内乱の末、実の父道三を討ち、美濃の国主に君臨した。隠居の道三は家を譲った息子との勝ち目ないいくさに臨む前に、信長に一通の書状を送った。「美濃一国の譲り状」と呼ばれるその中には、「国は婿《むこ》の信長に譲る」と克明に記されている。

実父信秀が目指した国盗《くにと》り、そして、マムシと恐れられた岳父が譲ると残した美濃国。今川を撃破した信長の勢い。織田家臣の荒ぶる心。

時は来た。次は美濃だ。信長は満を持して攻め込んだ。

しかし、崩せない。

信長は退《ひ》いてくる将兵を待つため、馬を止めた。

(なぜだ)

カツ、カツと、輪乗りしながら、信長は考えている。

(斎藤義龍、出来物《できぶつ》か)

奴《やつ》には大義がない。父殺しの男。岳父道三が嫌った男だ。だが、そろそろ、信長もこの評価を変えねばならないようだった。

義龍は信長を警戒し、南近江六角《みなみおうみろつかく》氏と同盟している。西側の脅威《きようい》をなくし、対信長戦に兵をつぎこむために、である。朝廷にも使者を送り、ぬかりなく関係構築もしている。

美濃の国人《こくじん》衆も義龍には靡《なび》いている。もとより国人領主の寄合い所帯の美濃。各地の城主たちは、権謀術数《けんぼうじゆつすう》に満ちたマムシの道三より、義龍を盟主と認めているのだ。地に根づいた土豪《どごう》なら、そう考えるだろう。

(それに)

この地形。平野を大小の河川が流れ、行く手をさえぎっている。

こうしてみれば、稲葉山は、幾重《いくえ》もの堀に囲まれた不落城である。

(川が、邪魔だ)

信長はまた舌打ちする。

木曽川のこちら側は織田領尾張である。川がなければ、あの稲葉山の麓《ふもと》まで一散《いっさん》に駆け込める。

思いながら信長は周囲を睨《にら》みつける。

父信秀も言っていた。「領国に敵を入れるな。踏み出して戦え」と。血族に敵が多い信長も父のことは好きだった。だから、今日も出戦した。稲葉山を目指し、木曽川を押し渡った。そして、見事に撥《は》ね返された。

後年、その経済力と朝廷を利した政治力を巧みに絡めて天下布武《てんかふぶ》を進める信長も今はまだ三十路《みそじ》前。どちらかといえば、血気盛ん、正々堂々敵をねじ伏せることを考える。

(川さえ、なければ)

信長は陸続《りくぞく》として駆けてくる兵をみつめては、考えている。

だが——良策は思いつかない。

猿と弟

信長がみつめる遥《はる》か先、軍勢の最後尾辺りを駆ける小男がいる。

ハア、ハアア、ハアと、荒い息を吐き、小さな背を丸め、痩《や》せた体をゆすって全力で地を蹴《け》る。逃げるのに川を渡ったため、全身はびしょ濡《ぬ》れ、濡れた衣服、具足《ぐそく》が重いのか、手足をばたつかせるように不恰好《ぶかっこう》である。粗末な腹当《はらあて》に兜《かぶと》も被《かぶ》らず、鉢巻だけをしめた頭を揺らして全力で駆けている。

「小一郎《こいちろう》、ちっと待て、待て」

小男が呼びかければ、前を駆けるひょろりとした徒士雑兵《ぞうひょう》が振り返る。

「兄者、もっと、はよう走れんのかい」

兄者、ということは、小一郎と呼ばれた若者は弟か。

「うるさいわい！」

兄者と呼ばれた方は、白い歯を剥《む》き出しにして、がなり立てる。小一郎はへの字に曲げた口を閉ざす。兄はさらに荒くなった息を盛大に吐いて、吸っている。

「こちとら、昨晩は寝ずにお城の灯火の見回り番じゃ。それは疲れるわい！」

痩せて皺《しわ》の多い顔、大きな目、サルのようだ。

(元気じゃないか)

こんな風に大声を放てるなら……小一郎は兄を見て漠然と思っている。そして、

(ほんに、猿、だなあ)

顔を真っ赤にし、目を剥き、口をひん曲げて走る兄をみて改めてそう思う。

猿。木下《きのした》小一郎の兄のこれ以外ない「あだ名」である。

古記によれば、猿が初めて仕えた今川家臣松下嘉兵衛之綱《まつしたかへえゆきつな》は、初対面のとき「猿カト見レバ人、人カト思ヘバ猿ナリ」とその面体《めんてい》を評したという。

なるほど、猿である。長い手足、小さき背丈、薄っぺらな細き体に、これまた痩せた顔が乗っている。目大きく、鼻低く、若いのに皺ばっている。笑うと白い歯を剥き出して、醜悪ながら、どこか

剽軽《ひょうきん》な顔になる。

猿顔、どころか、サルそのもの。

ただしくは、木下藤吉郎《とうきちろう》。いや、そのまま「猿」と呼んだ方がふさわしい。なぜなら、「サアル、と呼んでくだされえい」が、初見者への猿の挨拶だから、である。

(ま、兄者の技なのだ)

弟、小一郎はそう思っている。そんな風に人に近づき、警戒を解いてしまう。上も下も、その容姿とひょうげっぷりに、つい心を許す、それが兄の天性の技なのだ。

(じゃが、いくさはからっきりダメじゃ)

小一郎は含み笑いをする。

この小さき体、細い手足。槍技《やりわざ》、刀術《とうじゅつ》などとんでもない。組打ちでもしたら、大概、絞め殺されるだろう。むろん、武功もない。織田勢が足軽小者《こもの》まで総出で戦った、かの桶狭間合戦とて、城で控えていた、という。

猿兄貴がいくさでできることはない。一族郎党もおらず、従う小者もいない。

(あ、わしがおるか)

そうだ、猿の家来といえば、木下小一郎、ただ一人。

そんな小一郎はつい先日まで尾張の中中村《なかなかむら》に住んでいた。死んだ父が残した畑を必死に耕すことだけを生業《なりわい》とする正真正銘の百姓《ひゃくしょう》だった。来る日も来る日も、飽きることなく畑にいた。そうして年を経て、老いてゆく、そう思っていた。

ところがある日やってきたこの猿兄貴のせいで、生活は一変した。

兄について懐かしい思い出などない。ずいぶん前に家を飛び出し、たまに帰ってはすぐまた消える、そんな兄だった。

小一郎と「父」は違う。小一郎の父は、竹阿弥《ちくあみ》という元織田家に仕えた茶同朋《ちゃどうぼう》、兄の父は母の先夫で弥右衛門《やえもん》という織田家の槍足軽、いくさの傷がもとで死んだ、となっている。

だが、それも違うことを、小一郎は知っている。聞いてしまったのだ。いくさで夫が不在のとき母の元に夜這《よば》いしてきた見知らぬ男の胤《たね》だ、ということを。

まあいい。それを教えてくれたのも、小一郎が夜這いした農家の年増女である。

乱世なのだ。よくあることだ。猿とてのちに「我に父はなし」と言い切り、母が日輪《にちりん》を懐中に呑《の》んで懐妊しただの、天子の落とし胤だのと話を作り、作っても敵将から「奴は野人の子」と揶揄《やゆ》される輩《やから》である。

なんにせよ、同じ腹からでたということは、血の繋《つな》がった兄弟だ。それだけは確かなのだ。

奇妙な容貌だけが記憶にあった兄は、「おっかあにみつかると面倒じゃ、ちっと来い」といって、引きずるように小一郎を連れ出した。

そしてあぜ道の端に座らせて、己の話をしだした。

家をでてからの流浪生活、寺での下働き、針売りの行商、物乞《ものご》い、そして、遠州《えんしゅう》で初めて武家奉公、そこもなじめず、三河《みかわ》、尾張を放浪……まあ、最初の方はどうでもよかった。だが、やがて、小一郎の目元はビリリと引きつり始めた。

わずかな伝手《つて》をたどって、最下層の小者として尾張織田家に入り込むや、今や、お役は足軽組頭《くみがしら》、お城の奉行役を任されるほどの出世をした、という。「どうやって?」と問えば、信じがたい話をし始める。

猿が城内の空気に慣れた頃、大嵐があり、清須城の城壁がおよそ百間《けん》にわたって崩れ落ちるという事故が起こった。

修築の普請《ふしん》は難航し、一向にはかどらない。そんなところに通りかかった猿は、いきなり普請場の前に座り込んでダンダンと地を叩《たた》き、突っ伏した。周りの者が「猿、どうした」と肩をゆすれば、涙で濡れた顔を上げ、

「おお、なげかわしや、この尾張は、東に今川、北に斎藤、お国の内にも不穏な輩が見受けられる。なのに大事なお城の壁がこんな有り様では。今宵《こよい》、敵が攻め来ればいかがする。この猿めに任せてくだされば、三日で直してみせましょうに」

大声で嘆き、おんおんと泣いた。

それを偶然か、いや、猿がはかったのか、普請の視察に来ていた信長が聞いていた。

「あやつに、やらせよ」

信長は、傍《かたわ》らにいる家臣に短く言い放った。

「小人頭《こびとがしら》にしろ。できねば、縛り上げて放り出せ」

信長はそういう殿様である。できもせぬ妄言《もうげん》を吐く嘘《うそ》つきが大嫌いだ。ただ、やらせもせず捨てることもない。それが特徴でもある。

にわかに作事《さくじ》の仕切り役となった猿は、見知らぬ手法で取り掛かった。「割普請、さ」と小一郎が初めて聞く言葉を放って笑う。それまで総がかりでやっていた作事を、城壁十間につき何人と人夫を組分けして割り当て、早く仕上げた組には賞金をだす、とした。人夫は競って励み、見事に三日で仕上げた。

「である、か」

家老から報告を聞いた信長はニコリともせず、切れ長の目を細めた。

「他にも何か、やらせよ」

ちょうど、城の台所役薪奉行《まきぶぎょう》に欠員があった。奉行と呼べば聞こえはいいが、ただの薪の番人である。

だが、猿の行動力は凄《すご》い。役を仰せつかるや、まず、これまで散らばって買い入れていた薪商人を選別し、よい薪を多く安価で売る商人に統一した。さらに一括して買うから、安くしろ、と言いつけた。

そして、城内で薪を使う場所に、くまなく乗り込み、その使用する量、使い方をすべて調べ上げ、無駄な使用をやめさせた。台所役頭に頼み指示をだすだけでなく、次の日も、その次の日も見て回った。

皆、無駄使いをしているわけではない。たとえば炊事場とて、当然、飯炊きが終われば、薪をくべるのをやめる。だが、管理が甘ければ、浪費する者もでる。なにより、火である、残り火が燃え続けることは、まま、ある。

猿はそんなところを見つけては、「おお、これは、もったいない、もったいない」と火を消してしまう。城の夜守りの篝火《かがりび》も現場で配置をみては、不要なものを減らすように提言した。夜は日が暮れ切ってから焚《た》き、朝は夜明けとともに消すように見回った。「わしのお役め、ですから」と、これが合言葉であった。これを一人でやり遂げた。

当然ながら、城の薪買い予算は激減した。

勘定方《かんじょうがた》からその報告を受けた信長は無言で頷《うなず》き、上役を介して猿を呼んだ。猿が信長に面と向かったのは、その一度きりだという。

信長はしばし目を細めて、這いつくばる猿をみていた。その顔が喜んでいるのか、さげすんでいるのか、わからない。というか、ろくに顔を拝めていない。

「貴様が、猿、か」

頭頂に降りかかった言葉はそれだけだった。猿はただただ床に額を擦《こす》りつけた。信長はもうそっぽを向いて、傍らの奉行筆頭村井《むらい》貞勝《さだかつ》に、「灯火の油を仕入れる役と兼務にしろ」と言った。薪ができるなら、油もできる。そう思ったのだろう。あげく、「さすがに、かような小者では」と渋った村井に、「組頭にしろ」と即断した。「いきなり組頭とは」と驚愕《きょうがく》する村井を「役だけでいい」と一喝《いっかつ》した。

こうして、猿はいくさ場での武功もないのに足軽組頭となった。士分《しぶん》ではないが、人を束ねる役である。

「さすがは、お屋形様、じゃわ」と猿は笑う。

となっても猿に一人の家来もいない。まあ、組頭とはいえ名ばかりで軍役《ぐんえき》を担うわけではないが、なんにせよ、一人では手が足りない。どうか手伝ってくれ、と小一郎に向け手を合わせる。

(異才じゃ)

小一郎は、猿面《さるづら》をまじまじと見て、感嘆の息を吐いていた。

いや、偶然拾った武功での出世を自慢するのなら、即座に拒絶するつもりだった。

小一郎は侍が嫌いだった。武家は百姓が懸命に耕した畑を荒らし、実りを搾取《さくしゅ》し、ときに嫁子供の命すら奪う。そんな奴らに仕えるなどまっぴらごめんだった。

(そんなんじゃ、ねえ)

だが、猿のお勤めとは、いわゆる武家奉公、槍働きとは違うのだ。

「楽しいぞ、ご奉公は。生きてるっちゅう、手ごたえがあるわい」

猿はそう言って、ニコニコ笑う。確たることはわからねど、仕事がこの男の活力。そのとき、それだけはわかった。

半刻後《はんとき》、小一郎は不思議な、何やらフワフワしたような気持ちで清須への道を歩いていた。前に猿の小さな背がゆれていた。

「荷など、あとでとりにやらせらあ、ええ」

猿は颯爽《さっそう》と歩いていた。まあ、そうだった。どうせろくな荷もない。うまくいかねば、畑に戻ればいい、そんな気もしていた。ただ、母と姉が目を三角にして、猿の長屋に押し掛けてきたのには参った。が、それも猿兄貴が口八丁手八丁で追い返してしまった。

なぜこの猿と共にいるのか、いまだによくわからない。

ただ、猿の周りには何か雨上がりの虹のような光が絶えず見えている。そんな気がする小一郎なのである。


(でも、ただの、気のせいかもなあ)

小一郎は貧弱そのものの猿の走り姿を見て小首をかしげる。

侍としてはあまりに不恰好だ。そして、今日のいくさも何もしていない。二人はただの小荷駄《こにだ》役。軍勢の蠢《うごめ》きに合わせて、進んだり、退いたりしただけであった。

「小一郎」

なんじゃ、と応じた弟に、猿はニカッと笑いかける。

「押してくれい」

は？　と口を開けた小一郎。だが、屈託ない猿顔にすでにやられている。

「はいはい」

後ろに回るや、その小さな背に両手をあて、押し始める。

「そら」

農作業で鍛えられた小一郎の方がよほど頑健《がんけん》で、力もある。

「おおおお、楽じゃあ」

それだけで猿の歩みが速くなる。

「そうか、楽か」

小一郎は苦笑しながら押し、駆ける。二人、小突《こづ》き合う童《わらわ》のごとく共に逃げてゆく。思えば、この兄弟の人生はのちのちもこのようであった。

「兄者、今日は何しに来た。おとなしく城におればよいではないか。兄者は出番ではないだろうが」

小一郎は苦笑ついでに言う。その通りだ。本日、猿は陣触《じんぶ》れの下知《げじ》を受けていない。清須城で留守居だ。もとより先日まで小者の猿、足軽とはいえ、どこの組にも属していない。なのに、小荷駄役を買って出てきた。

「夜からお勤めがあろうが」

猿は城の台所役、夕刻から例の薪と油の見回りがある。いくさなどいらぬ重労働である。

猿は、ふふん、と笑っている。小憎らしい顔だ。何か、含みがある。

「いくさは他の御仁《ごじん》に任せると言うとったではないか」

「そうじゃ、いくさは任せるわい」

猿は言い放ってにわかに立ち止まる。

「おわっ」

背を押していた小一郎は猿にぶつかり、二人は地べたに転がる。

己より長身の小一郎の下敷きとなった猿はどろまみれの顔を振り上げる。

「おめえ、ちゃんと前をみい」

「なんじゃ、兄者が止まったのだろうが」

小一郎が身を起こせば、猿の方はもう起きてスルスルと身を解きだしている。

「これもって、先にけえれ。わしが間に合わんようなら、おまえが城へ出仕せえ」

え？　と小首をかしげる小一郎に、脱いだ腹当と脛巾《はばき》を突き出してくる。

猿はすでに汗と埃《ほこり》にまみれた小袖一重《こそでひとえ》の軽装である。顔についた泥を両手でべっとりと広げれば、もはや、立派な、いや、土臭い民であった。まあ、この方がよほど似合っている。

「わしゃあ、ちっと、この辺りをみて帰るわい」

「いいのか」

後ろで、小一郎が吠《ほ》える。

「ええわい」

猿は振り向きもせず、がなる。

もとより足軽組頭だのとはいえ、形だけ。家来は小一郎のみ。誰もこの敗走から抜けでる小男をとがめる者はいない。

軍勢を尻目に、一人、跳ぶように草むらの向こうへと消えてゆく。

木曽川での邂逅《かいこう》

さて、猿は、とにかく、ゆく。

濃尾《のうび》国境の木曽川沿いには高々と葦《よし》が茂っている。繁《しげ》みをかき分け、かき分け行く。背を丸め、腰をかがめ、草を踏みしだく。こういうときは妙に敏捷《びんしょう》、その様、猿そのものである。

にわかに視界が開ければ、河原《かわら》にでた。

木曽川本流の大河が滔々《とうとう》と流れている。この辺り、川幅が広い。渡河《とか》には舟が必要なほどだ。

猿は大小の石がゴロゴロとした河原に立ち、首《こうべ》を巡らしてみる。

ほぼ正面に稲葉山を見晴るかす。

本日、合戦があったのは、木曽川の渡し口、草井《くさい》の渡しであった。そこは渡れば北西三里に稲葉山を望む尾張北方の渡河点であり、先代の頃から何度か織田勢が攻め入っては撃退された場所である。

まずそちらの方を見ていた猿、やがて川に沿って左手へと首を巡らしてゆく。

去る六月の戦場はもっと下流、対岸に美濃安八《あんぱち》郡を望む、大浦口《おおうらぐち》であった。この渡河戦も失敗に終わった。

今日のいくさ場と先日の大浦口。木曽川沿いを歩けば、なにか得るものがないか。

(稲葉山を攻めるにゃ、川をなんとかせにゃあ)

そう思っている。こんな思考はもう小者ではない、すでに大将である。そして、この思考、さきほどの信長とほぼ同じである。

美濃兵は強く、稲葉山は木曽の大河に、しかも、一筋ではない、木曽川本流を始めとした大小の支流に守られている。大雨が降れば川は溢れ、川沿いの陸、中州は水没し、水が引いても泥濘となる。川を渡ったとて、足を取られ、そこに美濃勢の刃《やいば》を喰《く》らい、川に突き落とされる。

織田家が何度も繰り返した美濃攻め失敗の系譜であった。

(では)

と、猿は物作りをなす名工のように考えてみる。

この木曽川沿いのどこかに、砦《とりで》を、いや、城を築くのは、どうだ。

城を築いて、兵を籠める。毎度わざわざ清須辺りから出張ってくるより、つねにここらに兵を溜めておけば、迅速に敵の虚を衝《つ》けるではないか。

その場所を物色している。猿は首を大きく振って、大河を、川岸を眺める。

しばらく、しかめ面を左右に振り、腕組みして考えてみる。しかし、

(だめかな)

眉根を上げる。

木曽川手前は織田領、無理をすれば城を築けないことはない。だが、土地が低く、足場が悪い。大規模な城砦《じょうさい》は置けないだろう。作ってもその間に美濃方も対岸を固め、備える。それではさしたる意味がない。

(うん、だめ、か)

猿の思考は巡り、他を模索し始める。

だめならだめで、次の策、その次の策を練るだけだ。これはどうだ、こうならどうだ、と。

(考えろ、道は一つじゃない)

猿は思う。今、人として地上にある者たち、そのほとんどが日々を淡々と生きている。仕方ないこ

とだ。戦国の世である。皆、生きるのに必死なのだ。生まれ落ちた場での暮らしに追われ、ただただ、その日を終えてゆく。そんな輩ばかりなのだ。

（わしは、違う）

猿は違う。たえず考えている。

考えるのはいい。なぜなら、ただ、である。金も力もいらない。そして少年期に家を飛び出し、その日暮らしの放浪をする猿に、時だけはあり余るほどあった。

一種、妄想癖なのかもしれない。考えれば考えるほど、頭から智恵は湧き出てきた。

そして猿が放浪の中で学んだ、もう一つの大事がある。

（考えるだけじゃだめだ）

やるのだ。思いつけば、それにめがけ動く、働く。そうすることで、猿の人生そのものが激しく動き続けている。

考えるのは、ただだが、動くのは命がけだ。死にかけたこともある。だが、猿は生きている。生きている限り、猿は考え、動く。

なにも考えず動かねば、猿など死ぬまで猫の額のような畑を耕すか、山で樵《きこり》か狩りをするかであろう。あるいは、盗人《ぬすっと》か、物乞いか。

体が強ければ、侍奉公して褒美《ほうび》を稼いでもいい。山賊の片割れとなり、人の財をかすめ取ってでも生きられる。だが、猿には頑健な体軀《たいく》も膂力《りょりょく》もない。

（智恵だ、才覚で生きるのだ）

動き続けて、ついにみつけたのが、織田信長である。

あの殿様は常人と違う。猿は確信している。

猿が、かつてみてきた武家の頭領など、縁故や名声、門閥《もんばつ》、地縁にこだわる者ばかりだった。見ず知らず、まして卑《いや》しい身上《しんしょう》の奉公人など目にもかけず、気にくわねば足蹴《あしげ》にする、そんな奴ばかりだった。

（じゃが、信長様は違う）

猿のような才だけで生きる者をみつけ、認め、引き上げてくれる。

ろくに、言葉を交わしたこともない。だが、そう信じている。いや、念じている。

（決めたんじゃ）

信じ込むことを己の原動力にしている。

事実、最底辺の小者でしかなかった猿も、今や足軽組頭である。小一郎が驚愕した出世話は、猿の才だけではない。信長という殿様があってこそ生まれた。信長は、流れに流れ、人の世を探り続けてきた猿がゆきついた光、巡り合った奇跡だった。

（信長様しかおらん）

だから、猿は信長のために考える。どうすれば、美濃が獲れるか。

そのために今日はいくさについてきた。合戦の勝敗は、どうでもいい。むしろ、なぜ美濃勢が強いのか、どうして、織田が勝てぬのかをみたかった。そのうえで、何をすべきか。己がどう役に立てるか。探るために来たのだ。

「さて、どうかの」

猿は、次の何かを求め動き始める。動くことで発見がある。発見は発想を生む。

左右をみて、宝物でも探すように、歩んでゆく。

陰暦八月、午後の日は暖かく、初秋の風が心地よい。猿は、木曽川沿いに南へと下ってゆく。時折、川面の近くまで葦がおい茂っている。猿はかき分けて進む。

（おっ）

と、猿は葦の陰に身を潜《ひそ》めた。顔を覗《のぞ》かせて様子をうかがう。

人がいる。

侍ではない。簡素な筒袖《つつそで》の衣に括《くく》り袴《ばかま》の若者である。河原の大石に腰掛け、悠々と釣り竿を川面に掲げている。

（釣り、とな……）

猿は大きく眉をひそめて、小首をかしげる。

だいぶ戦場から離れたとはいえ、合戦が終わったばかりだ。いくさ場で盗みを働く野盗などとでくわせば面倒なはず。

（ま、そんなこともないか）

猿、あっさり思い直す。

木曽川沿いは、川筋衆《かわすじしゅう》という土豪の寄合いが自警にあたり、極めて治安がいい。

尾張と美濃を隔て、尾北《びほく》の地を大小の支流が走る木曽川。時に氾濫《はんらん》して荒れ狂い、その猛威は領主すら制御できない。この木曽川沿いに蟠踞《ばんきよ》して、河川舟運《かせんしゆううん》の取り締まり、川渡しの警固、舟の管理と貸与、川沿いの治安といった厄介ごとをこなす。それが川筋衆である。

織田も斎藤も、この異能集団を認め、半自立を認めている。だから、木曽川沿いは、侍によるいくさついでの乱取《らんど》り行為がない。荒れた他国よりよほど安全なのだ。

（しかし、侍でもなし、百姓とも思えぬ）

目を凝《こ》らしてみれば、まだ十代とも見える白面《はくめん》の男子である。陽光の下、静かに釣り糸を垂れている様は、一幅の絵画のような清涼さを漂わせている。

(間者《かんじゃ》、かな)

しかし、その手の者が放つ気配が微塵《みじん》もない。

猿は油断なく様子をうかがう。が、若者の方がにわかにこちらを向いた。

「あら」

猿は心得ている。こういうときは逃げ隠れせず、堂々とでる方がよい。相手が狂暴でなさそうなら、なおさらだ。

「やあやあ、釣れますかな」

二歩、三歩と歩み寄りながら、十年来の知己《ちき》が世間話をするように話しかけている。

猿は、と言えば、近在の農夫といった形《なり》である。あやしまれはしないだろう。

「いや、いけませんね」

若者は、これまたのどかに応じてくる。

「上流でいくさがあったから、こちらに魚が逃げてくるかと思いましたが、なかなか」

「まさか、朝からおったのですか」

「ええ、まあ」

はああ、と猿は感嘆の吐息を漏《も》らした。すると若者は彼方から響くいくさの喧騒《けんそう》を聞きながら、ここで釣り糸を垂れていた、というのか。距離はあるとはいえ、よほどの胆力ではないか。

「よう、こんなところで釣りができますな」

猿は笑顔でそう言って、傍らに腰を下ろした。

若者はクスリと笑みを漏らし、

「釣りが、好きなんです」

照れるように面《おもて》をそらした。見れば女と見紛《みまが》うかのような美少年である。

猿はゴクリと生唾《なまつば》を呑み込んだ。いや、猿に男色の癖《へき》はない。それでも下腹がモゾリと動くほどの美しさだった。殿様は若き小姓《こしょう》を抱くという。その気持ちも少々わかる気がした。

しかし、そんな若者が放った次の言葉に、猿の鼓動は高まる。

「あなたは、いくさが好きなのですか」

「は？」

猿は息を止めている。が、顔色は変えていない。

「いやいや、わしは近くの百姓ですがな」

「またあ」

若者は白い歯をみせて笑った。その顔がまた秀麗《しゅうれい》だった。悪意が微塵《みじん》もない。猿もしぜん笑顔になる。

「そう言うあなた様は尾張の民にはみえませんな。美濃の方か」

問い返しで応じてみる。

「わたしはただの書生。まだ世にでておりませぬ。生国《しょうごく》などどうでもいいでしょう」

「なるほど、そうだわあ」

頷きながら、猿も、何処《どこ》の誰でもいいか、と思っている。

こんな若者一人が、ここで何をしようと大した意味もない。間者がこんなところで堂々と一振りの短刀も持たず釣り糸を垂れているわけがない。

それに間者といえば、猿こそ間者だ。その目的は、敵を探し、討つのではない。探るため、美濃を落とす手立てをみつけるため、ここにいる。

(では)

若者が美濃人なら、猿が求めている何かを教えてくれるのではないか。そう思い始めている。

なかなか才気に満ちた若者のようだ。なら、まともに話しても、つまらない。

猿は智者と話すのが好きだ。猿は才あれど、学がない。秀才と話せば話すほど、その知識は猿の体に吸い込まれてゆく。その感じがたまらない。

そして、言葉巧みに人心を引き出すのが猿天性の技である。ニコニコと笑みつつ、口を開く。

「わしも釣り好きで、釣りに来たのですよ」

「竿も持たずに?」

「はい」

「何を釣りに」

「美濃の国を」

ニンマリ頬をゆがめた猿の言葉に、若者はしばし黙った。

やがて、笑った。楽しそうな顔だった。もちろん猿も楽しい。

「あなた様が、美濃の国を?」

いえいえ、と猿は両手の平を前にだし、大きく首を振る。

「てまえのような小者には、とても」

むろん、美濃を獲るのは猿ではない。

「殿さまがお釣りになる、そのためになせることを探しております。それが私の、釣り」

猿は臆面《おくめん》もなく言い切る。若者は「でしょうね」と笑い、

「で、どうですか、何か釣れましたか」

と、続けてくる。「いえ」と猿は困ったように眉根を下げる。その顔があまりに珍妙だったのか、若者はアハと高笑いした。そして、顎《あご》を引いて顔を引き締めた。

「今、織田様のご威勢は昇竜のごとく凄《すさ》まじい。斎藤の殿様はしばらく守りに徹し、ひたすら織田様の侵攻を跳ね返し、兵が疲弊するのを待つつもりでしょう。そして、守るとなれば、美濃、なかなかな強国にございます」

川向こうをみて、語りだした。

「美濃の国は、織田様が治める尾張と違い、国衆が各地を治め、稲葉山斎藤家の与力となっております。国衆は大きくわけて三つといえましょう」

謡《うた》うように朗《ほが》らかである。下手《へた》に止めたくない。猿は無言で相槌《あいづち》を打つ。

「そのうち東美濃は山に囲まれ木曽川に隔てられ、稲葉山まで遠い。いくさとなると己の土地を守るのに精いっぱい。では、稲葉山がいくさで頼るのは、関《せき》、加治《かじ》田《た》、堂洞《どうぼら》といった中美濃衆、大垣《おおがき》を主とした西美濃衆であります」

その通り。関城主長井《ながい》隼人正《はやとのかみ》らの中美濃衆、安藤《あんどう》、稲葉《いなば》、氏家《うじいえ》といった西美濃三人衆は、美濃斎藤家の屋台骨を支える古強者《ふるつわもの》であった。

「この中美濃、西美濃、稲葉山城は木曽川沿いに並んで、南の尾張と睨み合っております。この三者の間に割って入る点とは、ちょうどあの辺り」

若者はそう言って、右手をことさら大きく回して川向こうのある一点へと向けた。

「洲《す》の俣《また》、といいます」

指さして、ニコリと笑う。

「ちょうど川が交わる辺りがやや高く、砦として最適です。あそこを拠点とすれば、稲葉山城の喉元に刃を突きつけるようなもの。木曽川を渡って、砦を、いや城を築き、絶えず洲の俣に兵を置く。それがなせれば、美濃の力を分断することもできます」

若者は伸びやかに言った。

「うん、なるほど」

猿は真摯《しんし》に頷きながら、内心苦笑している。

いや、場所はいい。猿とて知っている。洲の俣、確かに、要衝《ようしょう》である。

洲の俣、墨俣《すのまた》ともいう。洲の俣は、東から伊勢《いせ》湾に向かう木曽川に北から流れ下ってくる長良川《ながらがわ》がぶつかり大河となったところに、さらに西から犀川《さいがわ》が合流する。その名のごとく、川の合流点の付け根「洲の俣」の美濃側の地を指す。この辺り、木曽川は「洲俣川」とも呼ばれ、かつて、川を挟んで源平が戦った。尾張と美濃、いや、東国《とうごく》と西国《さいごく》を分ける境界といっていい地である。

だが、容易ではない。斎藤氏とてそれを知り、砦を置き、兵を詰めている。ならば、まずは攻め取らねばならない。奪い、拠点を置くにしても、川向こうは敵地。すぐ敵の大軍が攻め来る。味方の援兵は川に阻《はば》まれ近寄れず、孤立して殲滅《せんめつ》される。いわば、敵の真っただ中に単身乗り込む、ということなのだ。

(素人《しろうと》、かな)

猿は少し落胆した。やはりどこかの書生なのか。地形だけみて思いついたのか。書物から得た知識だけで国盗りはできない。

若者はそんな猿の顔色を感じ取ったか、ああ、はい、と、伏し目がちに頷いた。

「これは失礼しました。もちろん、そんなこと容易にできません。いや、これは机上のお話、若輩者の戯言《ざれごと》とお忘れください」

素直に詫《わ》びた。が、言葉は終わらない。面を天に向け、独り言のように続ける。

「ですが、到底できぬと敵が、いや、万民が嘲るようなことが突然真《まこと》になったとき、人は度肝を抜かれ、高く厚き壁も音を立てて崩れ落ちるのではないでしょうか」

透き通るような声だった。

ハッ、と、猿は息を呑み、若者をみつめなおす。

秀麗な顔の口元に微笑が浮かんでいる。猿はみていた。若者の神々しいばかりの美顔を。

その面、なにやら神掛かっている。背後から後光が射《さ》すようである。

いや、人ができぬことをやる、やるために才を揮《ふる》う。それこそ、猿が絶えず心がけ、生きる信条とすることではないか。

(尾張側に築くより、ええな)

木曽川沿いの尾張領に城を築くなど真新しい策でもない。織田家の家老とて考えただろう。それと猿が同じでは意味がない。築くなら、より敵の痛い場所がいい。

(どうせできぬ、ではない。どうすればできるか、じゃ)

そのための方策を考えてみよう。いいではないか。考えるのは、ただ、だ。

決めた。決めたら、動く。どうせ、猿に損はない。今、この見知らぬ若者に改めて教えてもらった気がする。

「洲の俣、な」

大きく口を開けて、頷く。

「いいことを聞いたわ。ありがとーや!」

うん、うんうん。猿は何度も頷く。

そして、勢いよく立ち上がる。若者に向け右手を上げる。

「わしゃあ、木下藤吉郎、織田の猿じゃ。憶《おぼ》えといてやー!」

叫ぶやクルッと踵《きびす》を返し、跳ねるように駆けだす。


若者は、みるみる遠くなる猿の背中を見送っている。

「少々、落ち着きが、ない」

クスリと笑みをこぼして、うつむく。

気づけば、日が西に傾きだしている。

問答しているうちに、いつの間にか時を過ごしている。

(木下藤吉郎、か)

瞼《まぶた》を伏せ、竿を上げる。

「今日は面白い方が釣れたものだ」

釣り糸を引き寄せ、立ち上がる。

秋風とともに、軽やかに去ってゆく。

友との誓い

猿が清須城下の自邸に戻ったのは、すでに夕暮れ時である。

清須城三の丸には、足軽が住まう長屋が延々と軒《のき》を連ねている。信長が農家の次男、三男を畑からいはある。

切り離し、専属の兵として雇用し、城に常在させるために建てた居住区である。その一角に猿の住

(よし、よおし)

猿の足取りは生気に満ちている。弾むように闊歩《かっぽ》し、己の長屋の前までくれば、開いた戸口の向こうに甲斐甲斐《かいがい》しく動く人影が見える。

「帰ったぞ……」

と、猿、声を掛けようとして口をつぐむ。頬に笑みを溜めて、忍び足になる。

そおっと敷居をまたいで入れば、土間で炊事をする薄桃色の小袖の背に忍び寄る。腰に褶《しびら》を巻き、炊飯の加減をうかがう様子は、白うさぎのように愛らしい。

一歩、二歩、三歩、後ろまでゆき。

「おーねーねー」

呼びかけるや、おもむろに、抱きつく。

キャッと振り向いた愛くるしい横顔に、猿は頬ずりする。

ねね、という許嫁《いいなずけ》である。寧々、と書く。ひらがなで「ねね」と呼ぶ方が、このほがらかな娘によく似合う。年は数えで十三、今まさに花開かんとする可憐《かれん》な年頃であった。

ねねは、織田家の足軽組頭浅野又右衛門《あさのまたえもん》の養女である。

同じ足軽組頭とはいえ、浅野家は猿のような名ばかりではない。先代信秀からの古参であり、多くの足軽を抱える「本物の組頭」、足軽長屋とは別棟に一回り大きな屋敷を構えている。

ねねは、まだ小者の猿が、又右衛門の屋敷に出入りするうち、猿に懐《なつ》いてしまった。

猿は子供の相手すら全力だ。大概の子供は猿を面白がる。面白がって、からかうか、懐くかのどち

らかである。ねねの場合は、濃厚な後者であった。

「猿のお嫁さんになる！」というねねを「おう、では猿めも御寮人《ごりょうにん》様にふさわしい婿となるべく出世しますぞお」と抱き上げ、「わしが組頭になったら、ねね様をおくんなせえ」と、又右衛門夫妻に向け笑っていた猿、本当に足軽組頭になってしまった。

仰天した義父と、慌てて反対する義母を尻目に、ねねは家を飛び出し、猿の長屋に押し掛けてきた。そんな芯の強い娘だった。

義父母は呆《あき》れ果てたが、ねねの様子をみかねたねねの生家木下家が猿を養子扱いとすることでなんとか収まり、近々祝言《しゅうげん》を挙げることになっている。まあ、赦《ゆる》されたというか、勘当された、というのか。

「旦那様が、帰ったぞお」

猿は鼻の下を伸ばして、ささやく。

「ちょっと、おまえさま」

ねねは柔らかい声で、いやいやをする。

(おまえさま、とは、可愛《かわい》いのう)

猿は数えで二十四。この年で十も年が下なら、もはや娘のような可愛がりぶりだ。

色白でふっくらとした頰、艶《つや》やかな黒髪。ねねは、美人だ。のちに信長をして「おまえほどの者は、かの禿《は》げネズミ（信長がつけた猿のもう一つのあだ名）には二度と求められないだろう」と書状で言わしめるほどの器量良しである。あと数年もすれば、尾張でも評判の女房となるだろう。

この猿にして、この美女が嫁だ。子供のうちに心を獲ってしまった猿、嫁取りすら如才ない。いや、猿が生涯得た数多《あまた》のものの中で、至高といえばこのねねなのかもしれない。

「小一郎は城にいったろう」

先に帰った小一郎は、猿の代理で城の灯火の見回り番をしているはずだ。なら夫婦の邪魔をする者はいない。ねねは、はい、と小声で頷きながらも、「だめです」と、顔をそむける。

「ええでないか、夫婦だろうが」

ああ、口を吸いたい……猿は唇を尖《とが》らせて、ねねの顔に寄せてゆく。

「だめ、だって」

抗《あらが》う力が思いのほか強い。

「なんで、なんかあるか」

「だから」

ねねは抱きすくめられた両手を抜き、猿の頰を手の平で挟む。

猿顔の向きをグイッと変えれば、小上がりの居室に胡坐《あぐら》をかく大男と赤子を抱いた女性が見える。

二人、意地悪そうに微笑《ほほえ》んで、くっついた猿とねねを見ている。

ああっと、猿は瞠目《どうもく》する。

「藤吉、帰りが遅いぞ」

大男はニヤリと笑って、顎鬚《あごひげ》を撫《な》で上げる。

「ま、又左《またざ》、おったんか！」

あんぐりと口を開ける猿。

目ん玉、飛び出そう、である。

猿は照れ笑いで頭を掻《か》き掻き板の間に上がり、又左と呼んだ大男の前に胡坐をかく。

「見せてくれるのう」

大男はカカと笑い、己の膝《ひざ》を叩く。

「ねね殿のところにいくとまつがなかなか帰ってこん、迎えに来たついでに、わしも話し込んでしもうた」

そう言ってさらに豪快に笑う。

前田又左衛門利家《まえだまたざえもんとしいえ》という、隣に住む侍である。

立てば六尺ほど、座っていても背丈の大きさがわかるほどの巨体。隣の女性が小柄なぶん、並べば、まるで大人と子供であった。

女はよしよしと懐《ふところ》に抱いた赤子をあやし、利発そうに輝く黒目の上の長いまつげを伏せている。これまた、ねねとは違った美人であった。まつ、という又左の女房である。まだ十四というのに、昨年すでに女児を生んでいる。

猿と又左は同年配、そして、ねねとまつも同じ年頃。家も隣ならこの夫婦二組、仲良くならぬはずがない。

「藤吉、おまえはどこで寄り道しておったんじゃい」

又左も今日のいくさにでている。しかも、最前線で槍を振っていた。

「だいたい、今日は、なぜいくさについてきたんじゃ」

又左は顎だけ伸ばした鬚をしごきながら、身を乗り出してくる。そんな、いかにも精悍《せいかん》な荒武者という又左をみながら猿は、

（ええ、男じゃなあ）

そんなことを考えている。

又左は眉根がキリリと締まり、目元涼やか、鼻筋の通った美男だ。それに巨体とはいえ、贅肉《ぜいにく》が微塵もない。全身鋼《はがね》のごとく引き締まった美丈夫《びじょうふ》であった。容姿すべてにおいて、猿とは比べ物にもならない。

さらに、本来なら猿がまともに話もできないほどの貴人だ。

又左衛門利家は、尾張荒子《あらこ》の土豪前田家の四男坊である。少年の頃より信長の傍《そば》に近侍《きんじ》し、小姓として成長した。織田傘下の前田氏が差し出した人質だったのだが、信長の寵愛《ちょうあい》は尋常ではなかった。そのまま信長の赤母衣衆《あかほろ》（親衛隊）として勇名を馳《は》せ、「槍の又左」と異名を得たほどの猛者《もさ》であった。

そんな有望なはずの若武者がなぜ猿と同じ足軽長屋に住んでいるかというと、前田又左、現在、失脚中なのである。

ささいな諍《いさか》いから信長の側衆《そば》を殿中《でんちゅう》で斬ってしまい、信長の逆鱗《げきりん》に触れた。打ち首のところをなんとか免ぜられたが、罷免《ひめん》、勘当とされた。

しかし、まるでくじけないのが、又左の凄いところだ。

追放され、牢人《ろうにん》の身ながらも、槍一筋担いで信長のいくさに出続けている。

あの桶狭間合戦でも三つも首を取り、信長に捧げた。それで許されずとも、なお無禄、無報酬で槍を振る。

信長の寵臣だった又左を援《たす》ける者も多い。家老の重鎮《じゅうちん》、柴田勝家《しばたかついえ》などもそうである。

彼らは又左の赦免《しゃめん》を願っているが、信長は許さない。ただ、さすがに桶狭間での働きで追放処分は解き、牢人の身のまま、足軽長屋に住むことを許した。

そんな又左の隣に住んでいたのが、木下藤吉郎、すなわち、猿だった。

屋敷に乗り込んできた又左と初めて言葉を交わしたとき、猿はこの大男のことを十分知っていた。又左はそれだけ家中《かちゅう》の有名人だった。対して、又左は猿を知らぬだろう。猿など、馬上にある又左の雄姿を地べたで拝んでいた小者でしかない。

「木下殿でござるな」

又左の最初の一言だった。

「拙者は、犬、でござる」

ああ、と猿は頷いた。又左の幼名は、前田犬千代《いぬちよ》、それを言うのかと思いきや、

「拙者は、お屋形様のために吠え、駆ける、犬、でござる」

又左は、そう言って凜々《りり》しい顔をギュッと引き締めた。

「お屋形様に許されるまで、いや、許されずとも槍を振り続ける、犬」

そう言い切る。自虐《じぎゃく》というには、口調が明朗に過ぎていた。

「犬、と呼んでくだされ。よろしくお頼み申す。猿殿」

いやいや、と猿は大きく手を振っていた。

先を越された。それまで、人に会えば「猿と呼んでくだされ」と言い続けていた。そう下手《したて》にでることが、最下層から織田家に入った己がなすことと決めていた。むろん、この元信長一の小姓にもそう言うつもりだった。

だが、なんと、先手を取られた。こんな男、初めて見た。

思い出した。又左が人を斬ったのも、許嫁、すなわち、まつがくれた思い入れ深い「笄《こうがい》」を盗まれたから、のはず。この男は、愛する女性《ひと》のために、命を張ったのだ。

（こりゃあ、どうも）

筋金入りの好男子、こんな素朴で一本気な男、みたことがない。

友にしたい、いや、こんな男に友と呼ばれたい。

「又左殿、と呼んでよろしいか、いや、そう呼ばせてくだされ」

おう、と又左の顔が明るく弾《はじ》けた。

「では、拙者もおぬしのことを藤吉殿、と呼ばせていただく」

それから二人、又左、藤吉、と呼び合う仲だった。

その後も、又左は信長に許されていない。勘当ももはや二年になろうとしている。

又左はすでに二十代半ば。これだけ長く不遇が続き、腕に覚えがある者なら、他家に仕えんとするだろう。だが、又左はしない。

（一途《いちず》なんだがや）

そんな又左を「奴はお屋形様の寵童《ちょうどう》だったからさ」と陰でささやく者もいる。

猿はそう思わない。若き頃愛されたのに勘当され、報われもしないなら、むしろ怨み、憎むだろう。

（わしと同じだがや）

そうみている。そして、又左はしあわせにも、信長に、織田家に愛されているのである。

信長は、激情に負けて人を斬った又左に灸をすえ、突き放し、なおも許さない。武家に生まれ、幼少から殿様の傍で育ち、そのまま近臣となった又左を、あえて下積みからやり直させ、人の道の厳しさを教えている。そのうえで、己の近くに戻すつもりなのだ。

そして、又左も本能でそれに気づいている。だから、信長のため戦い続ける。

信長と又左には暗黙の符合がある。これは、信長が前田又左衛門利家という股肱《ここう》の臣を鍛えるための修業なのだ。

(まちがいにゃあで)

そして、猿には又左絡みでもう一つ、思うところがある。

(こんな男がわしの隣に住んだ、っちゅうことよ)

修業にでた又左は、足軽に交じって生きるべく屋敷を与えられた。名ばかり足軽組頭の猿の隣に、である。これで、信長の恩寵厚い又左と猿が繋がった。すなわち、いつか又左を介して、猿も信長のもとに引き上げられるのではないか。

いや、確たる理由はない。又左のように、かつて寵愛を受けたこともない。だが、不思議な確信が猿の胸底にある。

信長しかいない。又左のような地侍の四男坊やら、猿のような得体のしれない貧民を、その才だけで愛《め》でて、引き立ててくれるのは。

そう信じ、信長絡みの事象すべてを前向きに解釈してしまう猿なのである。


「おぬし、またなんか、たくらんどるの」

目の前の又左は明るい瞳で睨みつけてくる。

(そうか)

そんな又左をみて、猿はハタと思いつく。

そうではないか。思えば、又左は信長と猿を結ぶ天が与えた紐帯《ちゅうたい》ではないか。その又左が今日猿を出迎えたのは、何か天の啓示ではないか。

まあ、ただの偶然だが、そんなことも運に結びつけてしまう猿である。

「まあ、又左、聞け」

猿は居住まいを正す。

「美濃勢は強いぞ」

ああ、と又左は頷く。それは本日いくさにでた織田家の者、すべてわかっている。

「勢いに任せて川を押し渡っても、返り討ちにあうばかりだわ」

「そうだな」

「そこで、攻めようだがな――」

又左の相槌が無言になる。猿は少し言葉を溜めた。そして、己が先に得た秘策、突き進むと決めた道を、ゆっくりと踏み出した。

「川向こうに堅固な出城《でじろ》を築いて、そこに軍兵《ぐんぴょう》を溜める。稲葉山の城に刃を突きつけつつ、美濃の国衆を脅《おど》し揺さぶる」

これがその第一歩だった。

猿が言い切ってニカリと頷けば、又左は大きな体を少し丸める。

「藤吉、おまえは、智恵者《しゃ》だのう」

凜々しい顔をちょっとゆがめた。苦笑、であろう。

「わしは、お屋形様のために懸命に槍を振るだけじゃわ」

又左は乾いた声で言い放つ。

「功じゃ、武功を立てる、お屋形様にお許しをいただく。それまでわしゃあ、ただ無心に槍を振るう、それだけよ」

又左は自嘲《じちょう》気味に笑う。

又左は今、放逐の身。織田家の大方針に口を挟めるわけがない。考えることすらおこがましい。一途にそう決めている。

猿はそんな健気《けなげ》なばかりの又左に対し、苛《いら》つきはしない。

(ほんに、ええ奴じゃのう)

むしろ、胸が痺《しび》れている。こいつは心《しん》から槍一筋の男、骨の髄《ずい》からの武人なのだ。この前田又左衛門利家は上に立つ者次第で、ただの猪《いのしし》武者にもなり、日《ひ》の本《もと》一の侍にもなる。

(この律儀、無駄にしちゃいけんわ)

律儀も使いようだ。愚直なだけでは無駄使いだ。

このときの猿によこしまな気は一切ない。ただ純粋にそう思う。数十年後、猿が太閤《たいこう》などと呼ばれ、律儀な大納言《だいなごん》の又左に幼き遺児を託すことなど、知るはずがない。

「又左、おぬしは、こんなところにいてはいかん男じゃ」

猿は目を剝いて下顎を突きだす。ひょうげた顔だ。対して、又左はウムと顎を引く。毎度、二人で語り合っていることであった。

「それは、お屋形様が決めること……」

「そう、その通り」

いつもの決まり文句を言いかけた又左を、猿は右手をかざし、さえぎった。

「ええか、おぬしは、美濃取りのいくさで手柄を立てて、お屋形様にお許しをもらえる。その日は近いぞ」

猿はやや真顔になる。なれば、言葉も妙な迫真を帯びる。

「おぬしはお屋形様の覚えがめでたい。許されたら、ぜひ、お屋形様にこう言うてくれ」

「なんと?」

「だから、美濃を獲るには、木曽川の向こうに城を築いて兵を籠めるしかない、と」

フムと、又左、小首をかしげる。やや呆れた顔だった。

ただ否定はしない。日頃より猿の抜群の機知を知り、驚異的な言動を見続けている又左、もう少し聞いてやろう、と思っている。

「どこだ、それは」

「洲の俣」

猿の即答に、又左は押し黙った。

その顔がやがて、はち切れんばかりに膨《ふく》らんでくる。

ブワッハッハッ
又左は唾を噴き出し、のけぞって笑う。横で赤子が驚いてオギャアと泣いた。まつがよしよしとあやせば、又左はオッと面を戻した。

「そんなことは、言わん」

「なんで」

「そんなことはできんからだ」

又左はのけぞった体を戻す。

「洲の俣は、敵地ではないか」

洲の俣には斎藤方の砦があり、織田領を睨んでいる。先ほど、猿が若者に対して思った通りだ。

そんなこと、神業に等しい。

「わかっとるわ」

猿も笑顔で頷く。

「だからな、洲の俣辺りをお屋形様が制したとき、そん時こそ、ことがなせる。機をみて、おみゃあが言うんだわ」

又左は笑みを収めて、視線を宙に向けた。雲をつかむような話である。だが、又左は猿の異常なる才を認めている。ついに、わかったわかった、と頷いた。

「わしがお屋形様にお許しいただいたらな」

「それで、いい」

(すぐには無理さ)

猿もそう思う。難事なのだ。目標は遠く、一度でなせるはずがない。いくつもの障害が前にある。それを一つずつ除いてゆく。少しでも動けばまた事態は変わってゆく。

大きな目標を決めたなら、それに向け、できることを積み重ねる。そうして生きてきた。猿には満々たる自信がある。

そんな猿顔を見て、又左はまた笑みを浮かべている。もう仕方ない、とでも、言わんばかりである。

「それほどのことなら、おぬしが言えばいいじゃないか」

いやいや、と藤吉郎は首を振る。

(この方策は、わしごときが言ってはならない)

さすがの猿も悟っている。

猿は非力貧弱、武功も皆無、こんな猿が武略を語ってはならない。まして、猿は武人でもなく、士分ですらない。

対して又左はといえば、これは見事過ぎる武人である。だから又左、なのだ。信長が寵臣「槍の又左」を許す、そのときこそ、この策が日の目を見るのだ。

(やがて、時が来る)

不可能事をなすにも順序がある。猿はそれまでできることをやっておく。

「わしは武ではない。別の道でお屋形様の役に立つんじゃ。これじゃ」

そう言って藤吉郎は己のこめかみに指を当てた。

(わしの領分は武ではねえ)

非力のせいで幼き頃から、いじめられ、いたぶられた。いくさにでるどころか、来なくていいと足蹴にされた。このままではいかぬ、思い立ち、武を捨てた。膂力でなく才覚で伸《の》し上がる。ために、信長を選んだのだ。

「お屋形様が洲の俣に城をつくるとき、わしが役に立つ。わしゃ、そう決めた」

「そうだな」

「そうさ」

「わしは槍で、おぬしは智恵で、な」

又左は笑って二度、三度と頷く。かねて二人で語り、誓っている。猿は吏才《りさい》で、又左は槍で信長に尽くす、と。

又左が拳《こぶし》を突き出せば、猿も固めた拳を上げる。二人、まるで少年のように目を輝かせ、うむ、と頷く。

「で、洲の俣の城、どうやってつくるんか」

又左は身を乗り出す。

「それは、これから考える」

猿は真顔で言った。又左は、え、と、顔を縦に伸ばす。

又左の拍子抜けした間抜け顔に、猿も目を剝いて鼻の下を伸ばす。

二人、しばし、睨めっこでもするように、無言。

ガッハッハッハ
その後、弾けるように笑った。

「ほらもいい加減にしろ」

「ほらものちに形にすりゃあ、真だわ」

猿の言い返しに、又左は膝を打って、体を揺らす。ゲハハ、と二人笑い合う。

横で、ねねとまつ、二人の女房がこの大きな童二人のやりとりを、微笑んでみている。

「あの、おまえ様」

やがて、ねねが控えめに口を挟んでくる。

なんじゃ、と猿は腹を抱えたまま、笑い過ぎた涙目で向き直ってくる。

「お城のお勤めは?」

猿、アッと叫んで、立ち上がった。

すっかり日が暮れている。灯火の見回りの刻限だ。小一郎をゆかせたとはいえ、広大な城内である。

一人でやらせるのは可哀《かわい》そうだ。

「いってやらにゃあ!」

そのまま跳ねるように土間に下りている。

「おまえさま、夕餉《ゆうげ》!」

ねねの声が追いかけてくる。

「ああ、いい……」

「これを」

ねねが両手で押し出してくるのは笹の葉にくるんだ握り飯である。ねねはにこやかに微笑んでいる。

そんなねねこそ、食べてしまいたいほど、可愛らしい。

「おーねーねー」

猿は目尻を下げ跪《ひざまず》き、押し頂くように握り飯を受け取った。

「ありがとや！」

そのままダッと立ち上がり、駆け出す。が、すぐ立ち止まり、振り向いた。

「帰ったら、朝まで抱いてやるがや！」

恥ずかしげもなく言い放ち、すぐまた駆け出す。

まあ、と、目を見開き、頬を染めたねね。だが、次の瞬間、

「うん！」

全身で応じた。

「待っとるよ！」

明るく、大きく手を振り、飛び跳ねる。

後ろでは、まつが気恥ずかしさに視線をそらし、又左が高らかに笑っている。

蜂須賀小六

数日後、猿の姿は尾張の北、宮後村《みやうしろむら》というところにある。

清須から北へおよそ四里。尾張も北端に近いこの地は、犬山《いぬやま》城主織田信清《のぶきよ》の領分である。信長の従弟《いとこ》の織田信清は二年前の永禄元年、信長と組んで岩倉《いわくら》織田伊勢守《いせのかみ》を滅ぼした。以来、信長傘下で尾北一帯を領する大身者《たいしんもの》である。

その居城犬山城が右手の小山の上にそびえ、左手には稲葉山も遠望できる。ここまで来ると、海に近い清須の湿った空気は薄れ、吹きすさぶ乾いた風は美濃の山河の香りである。

猿は例のごとく薄い胸を張り、大股で歩いてゆく。今日は髷《まげ》も結い直し、新調した小袖に肩を通し、ずいぶんと小ぎれいだ。これならどこぞの武家の下士《かし》ぐらいには見えそうである。

手前の田畑の向こうに、豪壮な屋敷が見えてくる。

屋敷の主の名、蜂須賀小六正勝《はちすかころくまさかつ》、という。

羽振りがいい男だ。この屋敷とて、家屋は白壁に茅葺《かやぶき》屋根、堀一重《ひとえ》に囲まれた立派な外構えにさらに竹矢来《たけやらい》一重を結って空堀《からぼり》も備えた砦ともいえるつくりである。

小六、歴《れっき》とした血筋である。

尾張国海東《かいとう》郡蜂須賀郷の地侍で、立派な国人領主、一城の主の家柄であった。

小六は、父が美濃斎藤家に属していたため、信長の父織田信秀が蜂須賀の地を攻めると、斎藤道三を頼って美濃へと逃げ、そのまま斎藤家臣となった。道三とは馬が合い、いっとき道三の旧名、利政《としまさ》を名乗るほど重用《ちょうよう》されたが、その道三も例の内乱で討たれてしまった。またも敗亡《はいぼう》した小六は、母の郷里、尾張宮後村へと逃げ、岩倉城織田伊勢守に身を寄せたのだが、この変転にさすがの小六も頭に来ていた。

乱世なのだ。すがっても大樹などない。いっそ、と思い、正規に仕えることなく、客分にとどまり、自立の道を模索した。

といって、各地には古くから在住の土豪がいる。流れ者の小六が尾北の地に根づくことなどできない。もとより尾張蜂須賀郷の地侍の小六、土地に根を張る土豪の気持ちはわかり過ぎるほどにわかる。

そこで、周囲を見渡してみた。すると気づいた。「川がある」と。

木曽川流域は尾張織田と美濃斎藤の争乱の舞台という反面、緩衝地帯でもある。川沿い、輪中《わじゅう》に小勢力が散在し、縄張り争いを繰り返していた。さらには川賊《かわぞく》、川沿いの山に巣くう野伏《のぶせ》りが出没しては領主や民を悩ませていた。これに小六は着目した。

道三と信長が和睦《わぼく》して、いっとき平穏なときがあり、尾張出の小六は、道三の命で木曽川筋の土豪のまとめ役もしていた。すなわち、顔が利く。これを生かすのだ。

小六には力量がある。川筋の小城主、土豪、牢人、果ては野武士までの間に割って入り、諍いの調停、まとめ、利得の按分《あんぶん》に奔走《ほんそう》した。ときには力ずくで抑え込んだ。

ついに、それらの盟主になり上がった。これが例の川筋衆、総勢まとめれば二千にもなる大勢力、その頭領である。

この間、岩倉織田家も信長に滅ぼされ、尾北の地は、信長と犬山織田信清が取り分け、小六も犬山織田家に属することになるのだが、もはや恐れるものはない。木曽川流域で絶対的力を持つ川筋衆頭領、それが蜂須賀小六正勝、であった。

そんな小六と猿、知己である。

遠州の松下家を抜け出し、尾張へ戻った猿は、一時期この宮後村で小六に仕えた。

小六は流れ者の猿を可愛がってくれた。まあ、流れ者といえば、小六も十分に流れ者だ。そして、猿の機転と愛嬌《あいきょう》を小六は愛してくれた。

その頃の猿はただの下人、小六の草履取《ぞうり》りをしていた。ある冬の日、小六が屋敷からでようと草履をはくと、草履がぬくい。

小六、眉をひそめ、「さるっ!」と怒声を飛ばした。

「おのれ、またやったな!」

知っている。猿が小六の草履を抱いて温めていることを。前にも怒ったことがある。俺にそんな、おべっかいらねえ、やめろ、と。

猿は庭にうずくまり、しおらしく面を伏せていた。

「でも寒いじゃねえか!」

そう言って、猿顔を上げる。

「草履抱いてるとあったけえんだ。それで、旦那の草履もあったまる、ええじゃねえか」

立ち上がると、やたら盛り上がった胸をばああっとはだけた。胸から何足もの草履がどどっと落ちた。小六は大笑いして、綿入りの小袖を猿にくれた。

(小六殿とわしは、相性がいい)

猿はそんな蜂須賀小六が好きだった。

才智、武勇もそうだが、何より小六には侠気《おとこぎ》がある。武家としてこの男が生きるなら、小六に仕えたい、そう思ったほどだった。

だが、小六はもう侍の暮らしに飽きているようだった。

そうなると、いくら尽くしても木曽川筋からでられない。ちょうど信長が勃興《ぼっこう》し始めていた。猿は意を決して、小六に言った。織田家に仕官したい、と。

小六はクスリと笑って頷いた。それは、己の限界を自虐するようでも、それに気づいた猿を誉《ほ》めるようでもあった。

結局、小六は伝手《つて》をたぐって、猿を織田家へ送り出してくれた。

それ以来の再会だ。当時はただのやせ下僕の猿も今や織田家の足軽組頭である。

(どうかのう)

猿は考えている。

洲の俣に城をつくるのに、絶対必要な男、それが蜂須賀小六だ。

過日、又左に語った通り、猿の洲の俣築城は遠くに霞《かす》んでいる。いつになるかはわからない。だが、きっとその日は来る。来た時に、いざ、では遅い。

常人がやるなら、家中の与力の援《たす》けを仰ぎ、人と資材を集めるだろう。だが、猿には譜代の家臣が頼るような人脈が一切ない。

(そんなんじゃ、意味がない)

そもそもそんな尋常のやり方で敵地に城などつくれるはずがない。

(だから、小六なのだ)

そうだ。猿が洲の俣に城をつくるという、魔術のようなこと。その魔術をなす「魔神」、それが蜂須賀小六だ。猿は、来《きた》るべきときに備え、小六の心を獲っておかねばならない。

猿は厳とした門の前に立つ。

「ごめえぇん!」

大音声《だいおんじょう》を上げれば、竹垣の向こうにいかつい顔が覗く。

「何奴じゃ」

「御大将にお目通り願いたい」

ああ？　と目を剝いた顔に向けて叫ぶ。

「中中村の猿が来た、と言うてくだされい！」

やがて、木戸が跳ね開けられる。

猿、ニカッと笑い、薄い胸を精いっぱい張って、中に入ってゆく。


大人が三十人ほども入れそうな大広間で会った小六は上機嫌だった。

「猿、立派になったのう」

髭面をゆがめて猿を迎えてくれた。

年嵩《としかさ》は猿より一回りも上。中肉中背ながらがっしりとした体つきで、衣服の上からでも隆々《りゅうりゅう》とした体軀《たいく》がうかがえる。つぶらな目、鼻と口を覆う虎髭は愛嬌すらあるが、黙れば厳然たる威風が漂う。さすが、気性の荒い川筋の土豪を束ねる頭領といった風采《ふうさい》である。

そんな小六、平時はいたって気さく、懐の深い親分肌の男である。猿が今の己の身代《しんだい》を語れば、機嫌よさそうに頷き、

「聞いとるぞ」

と笑う。さすが顔が広い。そんな情報すら耳に入っているのだ。

「そんで、自慢しに来たのか」

微笑を絶やさず、問うてくる。

「それは、ちいっとばかし」

猿がペタンと己の頭をはたいて応じれば、小六は天を仰いで腹を抱える。

「このクソ猿が、いいぞ、言え言え、聞きたいわい」

嬉《うれ》しそうに、まあ、飲め飲め、と酒を差し出してくる。素牢人の苦労を知る小六は、こうして己の下僕だった猿と酒を酌《く》み交《か》わすのが愉快なのだ。

猿は酒に弱い。舐《な》めただけで、もう真っ赤である。身振り手振り、顔ぶり、赤猿顔の語りは軽妙。語りに語る。織田家の小者としての苦労話と、徐々になり上がっている今を。

小六は楽しそうに鼻を鳴らしては、時に膝を叩いて笑った。

「相変わらず、面白いのう、おまえは」

終始、笑顔である。

(いい塩梅《あんばい》だ)

猿は安堵《あんど》している。小六は未だ猿を好いてくれている。それが十分にわかった。

(これは、いけるか)

己のことを言い尽くした猿の語りは、やがて、核心へと移ってゆく。

すなわち、織田信長は素晴らしい、ということである。

すると、かすかに小六の顔色がさめた。相槌もどこか軽くなる。

その後も話を続けた。信長には勢いがある、このままなら美濃を獲ってしまうだろう、と。しかし、猿は感じている。

明らかに小六の応対は硬い。時折目をそらし、鼻下や顎の髭をいじるようになった。

(機嫌が悪いんだ)

猿はそんな小六の癖を知っている。徐々に話柄《わへい》を信長のことからずらしていき、

「ところで、清須城の女房衆のことですが」

巧みに話を変えた。

「わしも、油の見回りなんぞしておりますと、これがまたみてはいかんものをみてしまうこともありまして」

猿は面をせり出して、鼻の下を伸ばす。

「あるときなんぞ、障子を開けたとたん、中のお局《つぼね》の小袖の裾がパラリとはだけておりまして……」

すると、小六はクハッと笑って顔色を変えた。

そこから猿はひたすら色話《いろばなし》に花を咲かせた。

むしろ、得意分野、である。


猿は、蜂須賀屋敷をでる。

(容易ではないな)

数歩先の地に目を落とし、小刻みに頷いている。

小六率いる蜂須賀党、その傘下にある川筋衆は自立している。織田が有利なら織田、斎藤が有利なら斎藤につく。信長が隆盛とはいえ、美濃の守りは堅く、濃尾の戦線は拮抗《きっこう》している。ならば川筋衆としては、織田と斎藤の間を泳いで、己を高く売りたいのだ。

それにこの辺り一帯の領主、犬山城主織田信清、これもずいぶんあやしい存在だ。今は信長と組んでいるが、野心多く油断ならぬ人物だという。

そんな中、隠然たる実力を秘めた小六である。容易に信長を担ぐなどと言うはずがない。

(なんせ川向こうは美濃なんだから)

だが、だからこそ、川筋衆を引き込まねばならない。来《きた》るときに小六を信長に繋いで、川筋衆とともに洲の俣に乗り込む。そのために今日は地ならしに来たのだ。

しかし、猿のことは好いてくれても、小六は腹の内をみせなかった。

（ま、お互い様か）

猿とて、そうだ。肝心のことは何も言っていない。洲の俣に城を築く、という秘策を、である。

（敵かもしれない）

いくら小六と猿の仲とて、それを明かすのは早過ぎる。

「まあ、いい」

猿は面を上げた。

今日のところはこれぐらいでいい。ただ、小六の猿への愛は変わらぬ、これはわかった。ならば、説き伏せる余地もあるというものだ。

（次来るときには、また変わっている）

乱世だ。刻々と情勢は変わる。

いいのだ。また来れば、いい。

猿は懲《こ》りない。

ただ、前へ前へと歩いてゆく。

第二章　動く猿

美濃へ

転機は思いがけず、しかも突然に訪れる。

「何？」

美濃に散らせた間者が持ち帰ったその報《しら》せに、信長は眉をひそめた。

「斎藤義龍、死んだだと」

にわかには信じられない。

義龍はこの年明け、左京大夫《さきょうのだいぶ》に任官し、四月、北近江へと兵をだしている。つい先月のことである。

信長は目の前に平伏する取次役の家老の髷を睨みつけている。

「まことか」

信長らしくもないが、何度か問いかけた。

だが、どうも、真のようだ。その後、複数の者が同じことを報じてきている。

永禄四年五月十一日、美濃国主、斎藤義龍は死去した。

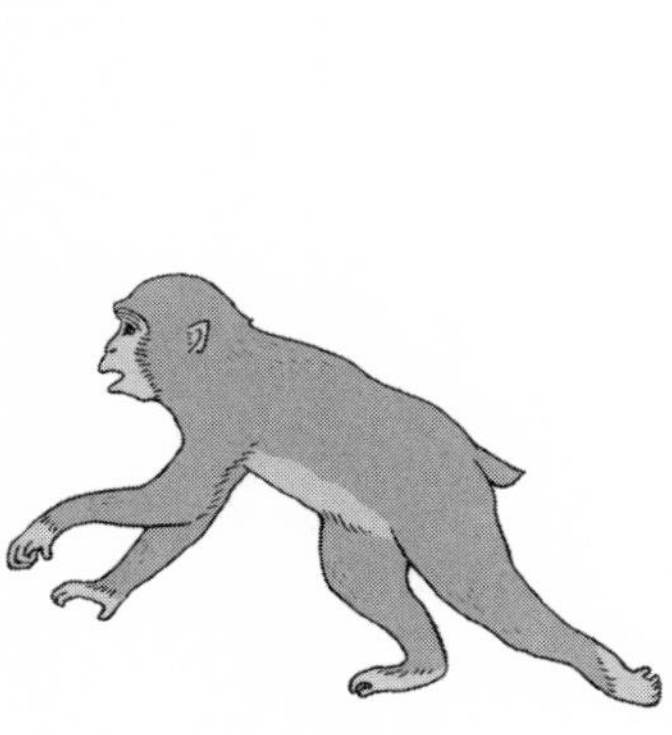

死因はさだかではない。病《やまい》、頓死《とんし》というに等しいほどの突然死であった、という。

この年、信長は尾張領内を固めるのに専念し、美濃へ出陣することはなかった。

むろん、美濃攻めをあきらめたわけではない。だが、信長の胸底《むなそこ》の戦略は変わりつつあった。

(すぐには、無理か)

そう思い始めていた。

斎藤義龍の統率は行き届き、美濃兵は強い。無理攻めして撃退され続ければ、こちらが疲弊し、兵の士気が落ちる。何より、桶狭間合戦で跳ね上がった信長の声望が萎《な》えてしまう。あの勝利はただの幸運だったのか、と。

(美濃だけではない)

織田領東隣の三河の松平元康《まつだいらもとやす》は、桶狭間合戦後、今川傘下から独立し、尾三《びさん》の境で織田に対抗している。これも小勢力ながらなかなか頑強であった。

北と東、両面に敵を抱えては時と労を費やすばかり。

外敵だけではない。信長が、三河、美濃、伊勢という隣国との争闘でもたつけば、靡いたばかりの尾張領内の城主も信長から離れてゆく。

(特に、北だ)

尾張最北端、犬山城主織田信清は信長に与《くみ》してまだ三年。同盟して共に岩倉織田家を滅ぼし、信長の尾張統一に一役買ったものの、その恩を楯《たて》に傲岸《ごうがん》な姿勢を崩さない。

木曽川を挟んで美濃と接しているだけに、斎藤家との争いに敏感な男である。信長が圧《お》されたとみれば、寝返りかねない。

では、三河松平とは同盟してしまえば、どうか。

和睦し、東の今川に備えさせる。もとより今川から独立しようとしていた松平家。信長と元康、利害は一致している。

さすれば、東の憂《うれ》いは霧消し、美濃に集中することができる。

当面、難敵美濃との衝突を避け、まず東を固める。そんな気になっていた矢先のこの諜報《ちょうほう》である。

(流言《りゅうげん》ではないか)

と、疑うのも無理はない。

美濃ではこの当主の死を伏せている。死、どころか病の素振りもみせず、ひた隠しに隠した。世継ぎの斎藤龍興《たつおき》はまだ十四の若年、隣国は隙あらば牙を剝く。敵対中の織田に知られるなど、もってのほかであった。

だが、信長は知った。しかも死の翌々日という早さである。妻が美濃の姫であり、縁者を多数潜り込ませた信長だから知りえた情報であろう。

突然の知らせに、信長は珍しく瞼を伏せ、考え込む。といってもこの男らしく、家老に相談することもない。

次に立ち上がったとき、すでに戦略が動きだしている。

「具足」

小姓近習《きんじゅ》が慌ただしく駆け出す中、信長はすでに肩衣《かたぎぬ》を脱いでいる。

千載一遇の好機。全力で踏みだすときが来た。それに値する報せだ。なら、信長は自らでる。桶狭間合戦とてそうだった。

「貝吹け、出陣する」

こたびは好んだ敦盛《あつもり》の一節を舞うこともない。それほど素早い。義龍死去のわずか二日後。織田勢は清須をでて、美濃を目指した。

しかし、信長に焦りはない。

これまで何度も美濃を衝いて撥ね返された経験が、信長を慎重にしていた。木曽川を渡河するのに目指したのは、下流、大浦口であった。

(罠《わな》、かもしれぬ)

斎藤義龍は手強《てごわ》い敵だった。もし稲葉山に近い上流で敵勢が伏せていれば、奴の思うつぼである。それに、あまりに急な出陣に、信長が引き連れた兵は千五百しかない。この程度では下手を打てば殲滅される。大浦口なら稲葉山まで距離もあり、敵の出方も見られる。

全軍を挙げて木曽川支流を押し渡る織田勢に敵の迎撃はない。軍勢は木曽川本流まで無人の荒野をゆくがごとく進む。

(間違いない)

信長は感じている。

この初動の遅さ。義龍存命の頃には考えられない。本当に奴は死んだのだ。

木曽川に舟橋《ふなばし》を架けて渡り切り、その日は勝村《かちむら》に宿陣《しゅくじん》。夜明け前、駆け込んできた物見が斎藤勢の動向を伝える。

「斎藤勢およそ六千、洲の俣砦をでて木曽川沿いをこちらへ向かっております」

かの洲の俣砦こそ、川沿いを守る斎藤方の要塞である。大将長井甲斐守《ながいかいのかみ》、日比野下野守《ひびのしもつけのかみ》らは、総勢繰り出して南下中、とのことだった。

「布陣せよ」

信長は兵を三手に分け迎え撃つ。

(いける)

自信は、確信に変わる。

敵はこちらの四倍。だが、川を渡り切った織田勢の方が敵を待ち受ける形となっている。従来と攻守が変わっていた。

河畔《かはん》を湿った夏風が吹き渡り、信長の頰を撫でている。

後に、森部《もりべ》の合戦と呼ばれるいくさの始まりであった。

洲の俣を固めよ

「足立六兵衛《あだちろくべえ》の首にございます」

差し出された首に、おおっ、と、周りがざわめいた。

「あの足立か」「間違いない、美濃一の猛者の足立ぞ」

つぶやきは波紋のように広がる。

首を掲げる前田又左衛門利家は片膝を突き、面を伏せている。足立の他、腰にもう一つ白布につつんだ首をぶら下げている。組打ちの余韻《よいん》か肩を大きく上下させ、全身から生気をほとばしらせている。

信長は馬上、無言。

かすかに眉根を寄せて、見下ろしている。

「お屋形様、足立といえば、首取り足立と呼ばれる美濃一の槍仕《やりつかい》でございます」

傍らの池田勝三郎《いけだしょうさぶろう》が咳《せ》き込むように言ってくる。

知っている。信長も何度か遠目にこの男をみかけた。足立六兵衛は、いつも腰に首を二、三個ぶら下げ、獰猛《どうもう》な獣のように信長の兵を蹂躙《じゅうりん》していた。

いったい何人の名ある侍がこ奴に殺されたか。今、その足立が生首となって信長の眼前にある。

信長は馬を下りる。

又左は動いていない。ただ全身に力を漲《みなぎ》らせ、生首を掲げている。

いかに――池田始め、小姓近習、固唾《かたず》を呑んで見つめる。何せ、桶狭間で兜首《かぶとくび》三つ取った又左を許さなかった信長である。

ちょうどそのとき、けたたましい馬蹄音《ばていおん》を響かせて、早馬《はやうま》が数騎、本陣へと駆け入ってきた。

「お屋形様!」

勢いよく馬を飛び下りた武者は跪いた。

「服部平左《はっとりへいざ》、敵将、長井甲斐守を、恒河久蔵《つねかわきゅうぞう》、日比野下野守を討ち取りました!」

「ただいま、先鋒の柴田権六《ごんろく》殿、洲の俣砦に攻め入り、斎藤勢は砦に火をかけ撤退。お味方の大勝利にございます!」

うおっ、と旗本《はたもと》の侍すべてが色めき立った。

朗報に次ぐ朗報に、信長は、小さく頷く。

明るいざわめきの中、信長は一歩、二歩と進む。足立の首が近づく。

敵の生首は祟《たた》ると忌《い》み嫌われ、総大将は一瞥《いちべつ》するだけで終わる。だが、信長は己から寄ってゆく。

又左はさらに深く頭を下げる。

信長はいつもの怜悧《れいり》な顔のまま。

だが、その胸には万感がこみ上げている。

（取ったか）

足立の首もだが、ついに美濃に足を踏み入れ、斎藤勢を打ち破り、拠点を奪った。しかも洲の俣は濃尾国境を守る要衝である。

思えば、父信秀の死から九年、岳父道三の死去から五年。越えようとしても越えられず、撥ね返され続けた美濃の地だ。それが、思いもよらぬ形で踏みだすことができた。

大いなる快挙に、さすがの信長の心も震えている。

「犬千代、取ったな」

片膝をついた信長は、又左を幼名で呼んだ。

「は！」

間近い信長の声に、その体温を感じ取ったのか又左は身を震わせ、応じた。

「面を上げよ」

そう呼びかければ、又左は弾かれるように面を上げる。

「許す」

ああっと、声なき声が響いた。

「足立の首を取るは、一城を落としたも同然である」

家臣に対して厳しい信長には珍しい誉め言葉だった。それだけに、この場では絶大なる意味をなした。皆、喜びの顔を思い切り弾けさせた。

うわっと、歓声が上がる。

「勝鬨《かちどき》!」
すっくと立ち上がった信長が采配《さいはい》を振れば、皆、得物《えもの》を天へと突き上げる。
エイ、エイ、オーッ
織田勢の雄叫《おたけ》びは濃尾平野に響き渡った。

一方の又左。

ただ、望外の喜びに全身が痺れ続けている。

つい先ほどまで、右手にある生首、「首取り足立」は生きていた。

劣勢で逃げ惑う自軍を尻目にただ一人こちらに向かって立ち、大槍《おおやり》をぶん回していた。小山のような巨体が一動するたび、織田兵が二人、三人と吹き飛んでいた。

(奴だ、奴こそ)

討たねばならない。このいくさに勝ったとて奴を逃しては今後の美濃攻めの大きな障壁となる。又左はそれだけを念じ、突き進んだ。

ただ駆け、槍を構え、足立の繰り出す大槍を撥ね上げて飛び込み、胴にしがみついた。

巨木か熊でも抱えるようだった。すぐ、グワッと野太い腕が又左の首にからみついた。

はうう、と、絞め殺されそうになりながら、腰刀《こしがたな》を引き抜き、足立の脇辺りに突き立てた。死に物狂いで、えぐって、ねじって、突き通す。が、足立はなかなか絶命しない。強靭《きょうじん》な膂力で又左の首筋を絞め続けた。

ここで終わるならその程度の命、惜しくない。又左は歯を食いしばり渾身《こんしん》の力でえぐり続けた。

死ぬ、死ぬ、死ね、死ね、死ね死ね、死んでくれ!

朦朧《もうろう》とする意識の中、信長の顔が浮かんで我に返りえぐり込んだ。

(の、信長様)

その信長は今、目の前にいる。

信長の切れ長の瞳が笑みを湛《たた》えている。子供の頃よくこづかれた悪童の目だった。

殿様の御曹司でありながら変わり者の信長は、奇抜な姿で又左と共に尾張の村々を練り歩いた。

かぶいた信長は、抜群に恰好よかった。少年の頃から傍らにある又左にとって、信長は肉親よりも濃厚な父であり、兄であった。そして憧れの人だった。

いつも冷めた顔で天をみつめる殿様だった。だが、又左は知っている。ごくたまに、その瞳が穏やかに輝くことがあることを。

「犬千代」

歓声の中、信長はもう一度しゃがみこんで、又左の顎鬚を右手で鷲摑《わしづか》みした。そして、そのまま又左の面をグイと上げた。

「長い間、よう耐えた」

信長の口元がかすかに上がっている。

(ああ)

これだ、この笑みがみたかったのだ。このために槍を振ってきたのだ。

滂沱《ぼうだ》たる涙が頬を伝って流れ落ちる。

一言ですべてが報われた。やはり、信長は又左を捨てていなかった。殿中での刃傷《にんじょう》沙汰《ざた》という汚名を己の力で振り払うのを待ってくれていた。

家老たちの口添えではない。今、前田又左衛門利家は自力で信長の赤母衣衆に返り咲いたのだ。

「あ、ありがたき、しあわせ」

いや、もう過去のことはどうでもいい。向後《こうご》も、信長のために槍を振る。又左の命はそのためにあり、ためにここまで生きながらえたのである。

又左は全身に漲る感動を振り払って、涙をぬぐった。そして、

「お屋形様」

次なることのために、口を開いた。

この辺り、のち加賀《かが》百万石の礎《いしずえ》を築く前田又左衛門利家、やはり、並の侍ではない。槍だ武だ、だけではない。老年まで称《たた》えられる「律儀」。これも尋常ではないのである。

又左の律儀は、信長に対してだけではない。そうであろう。ただ主君に対して律儀というなら、侍として珍しくもない。

(藤吉)

あの猿顔が脳裏に浮かんでいる。又左の誠心《せいしん》は、牢人の身で軒を連ねた竹馬《ちくば》の友を忘れていない。

なんだ、と信長はみていた。その目は、今、十分な温かみを湛えている。

「この犬千代、卒爾《そつじ》ながら申し上げたきことが」

「言え」

信長の言葉は短い。だが、明らかに機嫌がいい。

「今こそ、木曽川の対岸の地に一城を設け、稲葉山攻めの足掛かりとしましょう。洲の俣は最良の地なり」
ム、と、信長は又左の顔を覗き込んできた。しばし無言。その柔らかい淡色の瞳が、鋭い光を帯びてゆく。底光りする目で又左をみて、やがて、口を開く。

「犬千代！」

甲高《かんだか》い信長の声に、又左は思わず肩をすくめた。

「余もそう思う」

アッと又左は面を地へ押しつける。

「恐悦至極《きようえつしごく》に……」

勢いよく面を上げると、信長はもう背を向け歩きだしている。

信長は歩きながら考えている。

（犬千代の考えではない）

又左は槍一途な男だ。奴があんな風に考え、信長に述べることはない。だが、その言《げん》は、まさに信長が考えていたことだった。

本日思いがけず、美濃に踏み出し、洲の俣を獲ることができた。

国主急死の動揺を衝いた奇襲は成功した。だが、さすがに稲葉山を落とすまでには至らない。ならばこの洲の俣、いかにするべきか。

信長はここにとどまれない。

唐突な出陣に領国尾張の備えが整っていない。信長が長居をすれば留守を狙う奴もでるだろう。何せ、今、信長の手勢は千五百たらず、裸で敵地にいるようなものなのだ。

それに、三河松平との和議も進んでいる。信長自ら進めている同盟交渉である。まず、これを固めねばならない。

一旦、清須に帰らねばならない。だが、信長が去れば、洲の俣には美濃勢が押し寄せてくる。

(守れるか)

信長は前方で上がる黒煙を見つめる。

洲の俣砦が燃えている。斎藤方はこの要衝の砦を明け渡すのを恐れ、焼いて撤退した。ここを押さえるなら、作り直さねばならない。

いや、直す、だけではない。大々的に強化せねばならない。獲ったとはいえ、周りは敵地、織田領は大河の向こう側。守るのは容易ではない。

では、放棄して全軍撤退するか。

(惜しい)

また獲るのに、どれだけ苦労するというのか。信長が捨てたなら、斎藤家はより堅牢《けんろう》に洲の俣を固めるだろう。

そんなことを考えていたときの又左の言葉だった。

(やってみる、か)

決断は、やるか、やらぬか、の信長にしては珍しい。

少なくとも三千は兵を入れられる城砦をつくらねばならない。しかも、迅速に、である。斎藤家の後継がうまくなされず、家が揺らぐならなせるだろう。逆に、斎藤方が即座に動けば、火中の栗となる。そこは賭けである。

「内蔵助《くらのすけ》!」

信長は列臣《れっしん》に向け、叫ぶ。
ハ、と踏みだした漆黒《しっこく》の甲冑《かっちゅう》武者は、佐々《さっさ》内蔵助成政《なりまさ》。信長の黒母衣衆の猛者である。又左が赤母衣なら、それと並び黒い母衣をかけ、戦場を疾駆《しっく》する。赤母衣衆と黒母衣衆は信長が特に目にかけ己の直属とした、いわば親衛隊である。

「おのれが普請役となり、洲の俣砦の構え、堅固にせよ」

「ハッ」

内蔵助は尾張比良《ひら》の土豪佐々氏の三男坊。信長格別の恩顧《おんこ》を受ける若手の有望株であった。かつて、その恩寵深さに嫉妬《しっと》した者から「実はお屋形様の命を狙っている」などと陰口を叩かれ噂となった。この辺り、又左の寵童説とも重なる男である。

むろん、信長が信じるわけがない。内蔵助はますます重用され、意気に感じた内蔵助はさらに信長に尽くす。信長はこんな埋もれがちな武家の三男、四男に特に目をかけ、引き立てた。

「必ずや、成し遂げますする」

そんな寵臣は無駄な問い返しもせず、勢いよく面を伏せた。

(できるか)

信長なおも考えている。内蔵助は気骨がある。命がけで取り掛かるだろう。が、相応の兵を残さねばならない。

「右衛門《うえもん》」

信長は傍らの佐久間右衛門尉信盛《さくまうえもんのじょうのぶもり》を振り返った。

「兵はすべて預ける。おぬしを内蔵助と共に残す。城をつくれ」

「御意《ぎょい》に」

重々しく頷く佐久間信盛は父指名の信長の付家老《つけ》。今の織田弾正忠《だんじょうのちゅう》家の家臣筆頭で、のち、「退《の》き佐久間」と呼ばれるほど守勢に転じたときの采配が際立つ男である。信長はこの重要地に、家中一の者を残した。

「よいか、洲の俣、奪われるな」

信盛なら危難に陥っても十分に粘るであろう。

指示をだすと、信長は次の思考へと移る。

さて、又左に入れ智恵したのは、誰だ、と。

（あの猿、か）

片頬をゆがめた信長の脳裏に見覚えのある猿顔が浮かんでいる。

まともに話したことすらない。だが、信長は猿に興味がある。

（人と違う）

信長らしい直感でそう思っている。他者と違う才覚。猿は、それだけで織田信長というこれまた変わり者の殿様が気にする素質を備えている。

だが、まだわからない。今の猿はあまりに小者である。卑賤《ひせん》の出のくせに頭の巡りが速いだけの小才子《こざいし》かもしれない。引き上げても奉行止まりなら、さして面白くもない。

（いや、ただの食わせ者かもしれぬ）

そもそも奴はいくさ場で目立たない。どころか、いくさにでたがらない、という。そんな輩ゆえ、信長も測りかねている。

試してみたい。だから、又左を隣に住まわせてみた。お互い、どんな風に弾け合うのか、と。

（猿だな）

思いを巡らしながら、信長は確信している。この美濃攻め、洲の俣奪取は、斎藤義龍の急死という想定外の事象のうえでなせたこと、いわば、奇跡である。常人なら思いつくどころか、考えもしないだろう。

（だが、あいつは考えていた）

クッと、信長は笑った。

己の思考があの猿と同じ、ということにえも言われぬ興趣《きょうしゅ》を覚えている。

信長ならでは、と言うべきだろう。

信長は、なお数日、洲の俣に陣を敷いて、稲葉山の動静をうかがった。

対して、美濃斎藤家も動く。五月二十三日新当主斎藤龍興は軍勢を率いて稲葉山西の十四条《じゅうしじょう》に布陣。洲の俣をでた信長はこれを迎え撃ち、合戦となった。

いくさは斎藤方優勢のまま、日没終戦かと思えたが、その後、西軽海《にしかるみ》までさがった織田勢が再攻勢に及び、日に二度、しかも夜戦という珍しき合戦となった。

軽海での夜戦は、池田勝三郎、佐々内蔵助が敵将稲葉又右衛門《またえもん》を二人掛かりで討ち取るという功を挙げ、斎藤勢は稲葉山へと撤退した。


信長家臣、太田牛一《おおたぎゅういち》は「信長公記《しんちょうこうき》」に「十四条合戦の事」と項を設け、こう記す。

「永禄四年辛酉《かのととり》五月上旬、木曽川飛驒川大河打ち越え、西美濃へご乱入、在々所々《ざいざいしょしょ》放火にて、其《そ》の後、洲股《すのまた》御要害丈夫に仰せ付けられ、御居陣候のところ、五月廿三《にじゅうさん》日、井口《いのくち》より惣《そう》人数を出だし、十四条と云《い》う村に御敵人数を備へ候。則《すなわ》ち洲股より懸け付くる足軽ども取り合ひ……（中略）……敵陣、夜の間に引き取り候なり。信長は夜の明くるまで御居陣なり。廿四日朝、洲俣へご帰城なり。洲股御引払ひなされる」

二十四日夜明け、勝ちいくさを見届けた信長は一旦、洲の俣へ帰還し、その後、清須へと去った。

この十四条、軽海合戦の目的は明確である。斎藤勢に痛撃を加え、洲の俣確保をゆるぎなくしたうえで、その強化を進めるため、であった。

信長の美濃攻略は新しい一歩を踏みだした。

だが、その行く手には多大な困難が待っていたのである。

ふたたび、小六

織田勢、森部にて大勝利、洲の俣砦を奪取、その報せで清須の城下は持ち切りとなっている。それだけではない。さらに猿を喜ばせた報せがある。

前田又左衛門利家が「首取り足立」を討ち取り、信長の勘気《かんき》を解かれた、というのだ。

「やったな、又左！」

出仕していた清須城でそれを聞いたとき、猿は会心の雄叫びを上げた。

その日の勤めを終えるや、跳ねるように城をでる。

長屋に駆け込み、敷居をまたぐや、

「おねね、又左がやったわ！」

口から泡を飛ばす。あまりの大声にねねが驚いて飛び上がるほどだった。

しかし、ねねらしいのは、着地するや、

「やりましたね、前田様！」

駆け寄って猿の肩をパンパンと叩く。夫の様子ですべてわかるのだ。

「おねね、やった、やったわ」

猿はかがみこんで、面を抱《かか》える。瞳には涙が溢れている。心が動くや、赤心《せきしん》で泣ける男である。

ねねはそんな夫をみて、（前田様のために、そんなに）と頷き、やはり瞳を潤《うる》ませる。

猿とねねは先日祝言を挙げた。又左とまつ、それに小一郎の三人がこの長屋で祝ってくれた。ささやかな、だが、ねねが生涯懐かしむ温かい宴だった。

（一生のご朋輩《ほうばい》なのだわ）

ねねは何度も頷き、猿の背を優しくさすっている。こんな風に友のことを喜ぶ猿が大好きなのだ。

「やった、やった、やった……か」

猿はなおも面を伏せ、むせび泣いている。もちろん、又左の件はわがことのように嬉しい。ただ、それだけでもない。この男にはもう一つの夢がある。

（言うてくれたんじゃなあ）

間違いない。又左なら言ったであろう。

事実、信長は奪った砦の強化、大修築を命じ、軍勢を洲の俣に残した、という。

（やってくれたわ）

正直言うと、想定より遥かに早い。驚くべき快挙だ。だから、胸には焦りすら生じている。

これは、美濃当主の急死、それを逃さず動いた信長ならではの早業、そして、前田又左という友垣《ともがき》の必死の働きという、いくつもの奇跡が重なり生まれた僥倖《ぎょうこう》。猿はこれを生かさねばならない。

ふん、と大きく頷くや、立ち上がっている。

「わしもやらにゃあ！」

ねねが見上げる横で猿はおもむろに小袖を脱ぎ、下帯《したおび》一つとなる。

「気張りませんと、ね！」

何も聞かず着替えを持ってきて、甲斐甲斐しく手伝いだす、ねね。

心得ている。動きだす猿を、この妻が止めるはずがない。


（まったく、なんとも）

と、そんな夫婦のやりとりを土間で立ち尽くしみているのは、小一郎。

当初はなぜこんなうら若い美人が猿兄貴の嫁となってくれるのか、不思議でたまらなかった。だが、もうわかった。

（お似合いなんじゃ）

ねねも、この自分よりよほど年若の姉も、やはり変わっている。いや、変わってなければ、親の反対を押し切ってまで、猿の嫁になどならないだろう。

（この猿にして、この嫁、なのだ）

嘆息《たんそく》して、小刻みに頷いている。

「そうじゃ、又左がやった。次はわしの番じゃ！」

猿、気合十分である。

「行ってくる、行ってくるぞ、おねね！」

「お気をつけて！」

ねねの声を背に脱兎《だっと》のごとく飛び出す猿に向け、小一郎は慌てて叫ぶ。

「おい、兄者、城でのお勤めは!?」

「頼むわ！」

おい――と顔をゆがめる小一郎。

「そんために、おまえがおるんでねえか！」

猿は振り返りもしない。

どこに行くのか、知らない。


猿は小走りに尾張北へと向かう。またも宮後村蜂須賀小六を訪ねている。

(うおっしゃあ)

蜂須賀屋敷を睨みつける猿は、鼻息が荒い。全身に気合が満ちている。

目を閉じれば、ねねの、又左の、そして信長の顔が浮かぶ。

今度は、前と違う。

信長は、ついに美濃へと踏みだし、洲の俣を取った。

猿の秘策を述べるときが来た。こうとなれば、小六とて、信長への加勢を考えねばなるまい。いや、すでに考え、どう言い寄ろうか模索しているかもしれない。

(わしが橋渡しをして小六殿をお屋形様につなぐ。川筋衆を使って、城をつくるんじゃ)

信長は佐々成政と佐久間信盛に洲の俣砦の補強を命じた、という。

だが、うまくいかないだろう。なぜなら、まるで仕度をしていないのだ。

こたび信長は、斎藤義龍死去の報をえて、美濃を急襲した。ゆえに、城をつくる資材も人夫も引き連れていない。それらはこれからかき集めて、洲の俣へ送り込む、という。清須は城中も城下も物と人集めで騒然とし始めている。

（そんなんじゃ、だめなんだわ）

普請など仕度と段取り、あとは仕切り、なのだ。敵地での城づくりとなれば、なおさらである。あとから継《つ》ぎ接《は》ぎでやるなど、時も労力もかかり過ぎる。

それに、美濃勢に立て直しのときを与えてしまう。斎藤勢は大挙して洲の俣に押し寄せるだろう。四方から攻められながらでは、城づくりなどできまい。

（侍じゃ、だめなのさ）

合戦に強ければ城をつくれるというものではない。佐々成政と佐久間信盛。彼らは戦場で采配を振り、敵を打ち破るのが適役なのだ。むしろ武人であるがゆえ、いくさに気取《けど》られ、城づくりどころではなくなるだろう。

（だから、川筋衆だ）

猿の頭には筋書きができている。

城砦に必要な資材といえば、大概、木。丸太、しかも大木だ。木はどこにある。山である。木曽の山々には無尽蔵《むじんぞう》と言っていいほど巨木がある。川筋衆を総動員して、木曽川上流の山で一気に切り出す。

（清須で集めて陸の上を運ぶなんざ、無駄じゃ）

そのまま木曽川から流して、尾北の川沿いでいったん積み上げる。あらかじめ職人も含めた人手を配置しておき、組んで結って、あらかた組み立ててしまう。それをさらに流して洲の俣まで運び、一気に組み上げる。そのための人足衆は、別口で洲の俣に入れておく。

一連の作事場、通り道を占めているのが川筋衆である。川筋衆さえ味方につければ、木曽川流域は無人の野を行くのと同じだ。木曽川沿いを放浪したこともあり、小六の手下となっていた猿だからこそわかる。

佐々と佐久間の普請が難航するところに、猿は川筋衆の援助を取り付け、城づくりで参加する。

(できる)

猿は確信して、あの日と同じ木戸の前に立つ。

「ごめえええん!」

猿の奇声が天高く響き渡っている。


半刻後《はんとき》、猿はすごすごと屋敷を退散してゆく。

入るときとは打って変わって、前かがみに背を丸め、とぼとぼと小幅に足を運ぶ。

時折、恨《うら》めしそうに、後ろを振り返る。

豪壮な蜂須賀屋敷の構えが大鎧《おおよろい》に身を固めた武者のように猿を見下ろしている。

(厳しいのう)

猿はしょんぼりと肩を落とす。

けんもほろろ、とはこのことか。

小六との面談、まったく話にならなかった。

猿は冒頭から威勢よく信長の勢いを語った。

これから信長は美濃を獲る、そこで必要なのは、川筋衆の力なのだ、と。

小六は、ふん、と頷きもせず鼻を鳴らした。

猿の声音《こわね》は高くなる。当主義龍急死による斎藤家の窮乏《きゆうぼう》、洲の俣に踏み出した信長の有利、美濃を討てば北近江浅井《あざい》は信長と同盟せんとしている、すなわち近江も靡く、小六は今のうちに織田家についてその恩恵に与《あずか》るべき、と。

小六は表情を変えずただ目を光らせていた。らしくない様子だった。

猿はそれでも声を励ました。

「こたび、お屋形様は洲の俣を奪った。あれを大きくし、美濃攻めの拠点にする。川筋衆の力がいるのです」

小六はしばし押し黙ると、

「信長か」

フッと吐息を漏らす。

「猿、おまえは、信長の家来だ。信長のために働かねばなるまい。だがな、わしはそうではないぞ」

「え？」

「おまえの話を聞いて、わしが、そうかそうかと信長に加勢するわけないだろうが」

その低い声音に、猿、言葉を失う。

「おまえも知ってるな、わしは、織田にも斎藤にも顔が利く。だから、川筋の者どもは、わしを頭と仰いでくれる。わしが動く、ということはな。木曽川筋の者、二千が動くということだ」

小六の言葉は重厚に響いた。猿は、あ、と口を開いたまま固まっていた。小六の後ろに二千のいかつい顔が見えていた。

「洲の俣に城を、な。おまえはそう考えたが、稲葉山でも同じことを考える者がいて、わしが美濃方につけば、斎藤が勝つ」

小六、続いて、そんな物騒なことを言いだす。

猿の下っ腹がブルッと震えた。川筋衆が木曽川を封鎖して、斎藤兵を乗せ込んで洲の俣に斬り込めば、佐々、佐久間ら織田勢は壊滅する。最悪の事態である。想像力逞《たくま》しい猿の耳奥には織田兵の断末魔の叫びさえ聞こえていた。

小六は片頬をゆがめ、顎鬚を撫で上げた。

「いいか、わしを動かしたいなら、信長か、斎藤龍興がここにきて頭を下げよ」

ズシリと言い切った。自信に満ちた声音だった。

「それでもわしは味方するかわからんがな」

小六の目が据わっている。

まるで、獲物を前にした野獣である。


宮後村をあとにする猿の顔はいつになく、険しい。

(よくないのう)

小六を含む川筋衆の信長への感情は、猿が思ったより悪い。

これは性癖なのか、算段なのか、信長は、結構、しわい、のである。

犬山城主織田信清が信長に与力して尾張国が統一されて以来、川筋衆からも近親者を信長のもとに出仕させた者はいる。だが、信長はそれらに対し、さほど贔屓《ひいき》をしていない。

隆盛とはいえ、信長の領土はまだ尾張一国。桶狭間合戦とて今川義元を討ったが、領土を奪ったわけではない。他国との合戦は続き、余分な出費ができないという事情もある。

しかし、これは、勝ちいくさの恩恵を当て込んだ者には、期待外れだろう。この辺りは一族の犬山織田信清なども不満としている節があり、その勢力圏に住まう川筋衆にも影響を及ぼしている。

(もうちっと、うまくやれんかな)

猿からすれば、利を約して施せばだいぶ違うように思えるのだが、そうはいかない。信長の評価は成果をだした者に対してのみ手厚いのである。

(って、言ってもなあ)

信長から、小六に頭を下げるなどありえない。

格が違う。信長自ら地侍程度の蜂須賀小六のもとに出向くはずがない。まして、内実はどうあれ、今の小六は、犬山織田信清の組下である。犬山衆と信長の間とて良好とは言えないのだ。

なんにせよ、これでは小六と川筋衆を抱き込むなど、夢の話だ。

「えい!」

猿はいきなりブルッと首を振った。水浴びした猫が全身の水気を振り切るのに似ている。

(考えろ、考えろ)

何かを変えねばならない。

(何をすればいい)

すること、できることが、あるはずだ。

生きているなら、活路を探せ。

絶対、だめ、ということもないだろう。

東に、北に

信長は、十四条、軽海合戦ののち、軽騎《けいき》を率いて清須へと戻っている。

その諜報を得るや、稲葉山斎藤勢は動いた。

それはそうだ。織田勢は洲の俣に居座るだけでなく、砦を城郭化しようとしている。稲葉山からみれば、いきなり眼前で害鳥が巨大な巣を作りだしたようなものだ。

新当主龍興は若輩でも斎藤家にはいくさ馴《な》れした側近、家老が数多いる。長年織田と戦ってきた美濃衆が見過ごすはずがない。

軍勢を集め、しかも四方から、洲の俣へと押し寄せた。


「いやはや、これは」

佐久間信盛は兜のまびさしを上げて、顔をしかめた。

北方の川岸に舟を乗りつけ軍勢が上陸してくる。信盛の手勢が川沿いに押し出し、弓鉄砲で応戦している。

オオーッと背後に鬨《とき》の声が湧き、振り返れば、南の原野を騎馬勢が駆けてくる。

「鉄砲だ、鉄砲を回せ！」

井楼上《せいろうじょう》の信盛は采配を振って、物頭《ものがしら》に指示をだす。

階下で脱兎のごとく駆けだした武者の足先に、ビシッと矢が突き立った。

信盛、険しく眉をひそめて、今度は東をみる。

木曽川に浮かんだ何艘《そう》もの軍船から弓衆がこちらを狙っている。

一息も置かず、ヒュンヒュンと矢が舞い落ち、数本が井楼の柱に突き刺さる。中には火矢《ひや》もあり、慌てて、織田兵が引き抜き、踏み消す。

洲の俣の東は言わずと知れた木曽の大河である。

東だけではない。北と西も川だ。西から流れ来る犀川は洲の俣の手前で大きく北上し、湾曲して東の木曽川へとぶち当たる。

洲の俣はこれら川に三方を囲まれ、南面だけが陸地として開ける舌状《ぜつじょう》台地である。

陸地は北端の「舌先」に向かうに連れ高台となり、織田勢はこのなだらかな斜面の頂上辺りに城を築こうとしている。できてしまえば、東西北三方の川は天然の堀となる。

北東に見える稲葉山には徒歩でも二刻。間違いなく美濃攻めの巨大要塞となるだろう。

だが、まだ城はない。川も含めた前後左右斎藤領の中、織田勢は身をすくめて動けない。

喚声と鉄砲音は、北かと思えば、南、西、東からも断続的に聞こえる。

信盛はしかめ面を大きく巡らす。

配下の兵は勇敢に戦っているが、小者、そして、普請の人夫たちは、物陰に隠れ震えている。無理もない。矢玉《やだま》が飛び交ういくさ場での作業など、やりたいはずがない。資材を運ぶ荷駄も何度も襲われ奪われている。木曽川を渡れず、目の前で沈められたりもした。

(城づくりどころではない)

そうだ、守るのに手いっぱいだ。普請奉行の佐々内蔵助の手勢も駆り出して、全力で防戦している。

(いったい、いつできるんだ)

信盛は、組み上げかけた櫓《やぐら》の礎を凝視して、首をかしげている。

ガアンと銃声が鳴り響いて肩をすくめれば、足元に積まれた丸太にビシッと弾がめり込んだ。

信盛は頰にしたたる汗をぬぐい、大きく息を吐く。

（いや、いつになったらつくり始められるんだ！）

地を蹴り上げる。とうてい、普請に取り掛かるどころではない。


その頃、信長は、清須城本丸御殿の広間で、家老たちと共にある。

上座の信長の前に、一人のずんぐりとした中年侍が鎮座している。

「では、松平とは和議ということでよろしゅうございますな」

面を伏せ気味に上目遣いにみているのは、三河刈谷《かりや》城主水野《みずの》信元《のぶもと》。

織田領もっとも東の刈谷を領する信元。もとは今川傘下だったところを先代信秀のとき織田に鞍替《くらが》えして、あの桶狭間でも今川に寝返ることがなかった男である。

ここにきて、信元の価値は跳ね上がっている。

なぜなら、信元は、隣国三河岡崎城主、松平元康の生母の兄、実の伯父《おじ》なのだ。松平家との同盟交渉でこれほどの適役は他にいない。

今日は信長直々に清須に呼び出した。用件はむろん、その件だ。

「日の出の勢いの織田殿から手を差し伸べれば、岡崎衆も諸手《もろて》を挙げて喜びましょう」

水野信元の追従《ついしょう》じみた言葉に、信長の眉間にかすかな縦皺が浮かぶ。

いつもそうだ。この男は信長のことを殿様ともお屋形様とも呼ばない。あくまで織田殿と呼ぶ。己は織田弾正忠家の家来ではない、同格だ、と言わんばかりである。

「拙者がまいれば、元康とて、すぐにでてまいりましょう」

この取次役に自信があるのか、福々しい丸顔で頷いている。

「そうですな、わが刈谷城にて、一席もうけましょう。織田殿と松平とのご盟約の儀……」

「いや」

信長は途中でさえぎった。

「余は、行かぬ」

「は?」

「元康に来させよ」

「ほお……どちらへ」

「清須だ」

信元は笑みを引っ込め、押し黙った。

まず国境付近で会見して、お互いの領国を行き来させる腹づもりだったのだろう。対等な和睦、同盟を望むなら妥当と言える。

が、のっけから元康が清須に参ずるとなれば話が違ってくる。それでは織田の傘下に入ると同じだ。今、松平は今川から独立しようと必死である。今川が織田に替わるような同盟なら撥ねつけるかもしれない。

水野信元は視線を落としていた。やがて、小首をひねって口を開いた。

「なるほど――」

「貴様の役目だ。元康をここへ連れてこい」

信長は有無を言わさない。信元は口をへの字に曲げた。

またもしばし沈黙がある。だが、やがて、ハ、と頷いた。

「かしこまりました。では、岡崎にまいりましょう」

不満顔を隠すように面を伏せた。

「添え役をつける」

信長が顎をしゃくれば、列座の中から、一人、進み出た。かねて指名してある。織田家からの副使は滝川一益《たきがわかずます》である。

「滝川が共に行く。この盟約、必ずならせよ」

信元は無言で礼をするのみ、であった。


水野信元が去れば、あとには、信長と織田家老が残る。

「水野、だいぶ不服そうでしたな」

口を開いたのは丹羽五郎左衛門長秀《にわごろうざえもんながひで》。信長と同年配で近習から宿老に抜擢《ばってき》された俊才である。

「やはり、あ奴、松平と談合しておりますわい」

もっとも信長の近くに座る髭面男が苦笑いして肩を揺らした。

織田一の猛将、柴田権六勝家は、佐久間信盛と並ぶ宿老筆頭格である。その磊落《らいらく》な話しぶりに家老たちが乾いた笑いを放った。

そんな中、信長は一人怜悧な顔で頷いている。

(している、な)

していても、特に責めるつもりもない。もとより水野氏は、織田家臣ではない。三河刈谷に根づいた土豪で今川と織田のせめぎ合いを、あちらこちらと靡き凌《しの》いできた地侍なのだ。

桶狭間のときとて、今川の先鋒を担った甥《おい》の松平元康と使いを交わしていたと、もっぱらの噂だった。信長勝利のあとは、黒い噂を払拭《ふっしょく》するためか、三河国境付近でその松平と小競り合いを繰り返している。

つい先日も石ヶ瀬《いしがせ》川で松平勢と合戦に及んだ。石ヶ瀬の合戦はすでに三度目になる。表向きは、三河平定を狙う松平を食い止めているが、押しては退きの馴れ合いのようにも見える。

だが、信長は、松平との仲を疑って無理難題を投げつけたわけではない。

(来させねばならぬ)

確かに信長は松平元康を味方としたい。そして、この和議同盟は必ず織田が上でなければならない。同盟など最初が肝心、でないとのちに響くのだ。

水野信元などそのために刈谷に置いている。松平と談合しているならなおさらである。

(舐めおって)

信長、かすかに頬をゆがめる。

国衆など、いつでも、どこでもこうだ。いい時は盟主様と従うが、分が悪くなれば、一斉に離反する。己が生き残ることしか考えていない。

だが、松平との同盟交渉にあ奴以上の駒はない。水野信元とてやりたいだろう。この役をなせば、織田にも、松平にも大きな顔ができるのだ。

だからやらせる。すべてを知ったうえで、あえて、やらせる。

(東はなんとしても固めねばならぬ)

でなければ美濃に集中できない。信長の戦略で欠かせない一手であった。

「失礼、仕《つかまつ》ります」

そこに回廊から甲高い声が響いた。

「なんだあ」

柴田勝家ががなるように叫べば、開け放たれた襖障子《ふすましようじ》の向こうで小姓が平伏する。

「ただいま、洲の俣の佐久間殿からの急使が」


入ってきた使者は、信長始め重鎮の前でうずくまった。

「洲の俣はここ数日、斎藤勢数千の大寄せを受け、必死の防戦。敵は残らず打ち払っておりますが、攻め激しく普請に取り掛かれませぬ。ここは、千ほど援兵をいただき、一度敵に痛撃を加え、その後、一気に城づくりを進めん、とのこと」

武者は咳き込むように言った。切迫した様子が目に浮かぶような報告であった。

信長が眉をひそめ、家老一同がムウと深いため息を漏らした。

佐久間信盛からは断続的に同じような知らせが届く。

洲の俣奪取の後、信長はわざわざ軽海にまで兵を進めて、斎藤勢を叩いた。

だが、斎藤勢はやはり手強い。周囲の国衆を動員して洲の俣潰しに動いている。

(右衛門め)

信長は奥歯をきつく噛《か》みしめている。

いや、よく守っているとも言える。だが、信長は歯がゆい。

(あ奴は、一番家老、家臣筆頭ではないか)

佐久間信盛は往々にしてこうである。なせぬとなれば理由をこじつけ、他へ依存する。自分で考え、己でなんとかするという気がないのだ。

（ま、皆、そうか）

信長は列臣の顔を眺めてゆく。

皆、優れた奴らではある。信長の下知を受け、その役をそつなく務める。だが、それだけだ。

（頭を使おうとせぬ）

仕方がない。信長は先年尾張を制したばかり。家臣の才覚もまだ尾張一国の規模にとどまり、他国を領してゆく器が伴っていない。

この辺りは、織田信長という専制色の強い殿様の弱点でもある。

遠い僻地《へきち》にいても信長の意をくみ、己の智恵を絞ってことをなす奴はいないか。信長が国外へと進出するのに、そんな奴こそ必要ではないか。

「援兵、か」

信長は切れ長の目を細めた。一同もしかめ面をかしげる。

信長が軍勢を率いてゆけばまた違うかもしれない。だが、東に備え、三河との交渉が進む今、信長は動けない。そもそも、信長が大軍をいれる城が、今の洲の俣にはない。

（だからこそ、つくらねばならぬ）

誰か行けば城はつくれるのだろうか。信長は思考を巡らせる。

「権六」

甲高い声で呼びかけた。

「おのれがゆけ」
ハ、と、面を伏せる柴田勝家を横目に見て、信長は期待する。
織田一の武を誇る柴田権六勝家こそ、敵を討つには最適である。佐久間信盛という一番家老への援軍だ。勝家なら意気に感じ、信盛とて頼るだろう。

そして、信長は測っている。

柴田権六勝家。この武辺者が洲の俣で何をみて、何をなすか。

佐久間といい、織田家一、二の者がゆくのだ。共鳴して、難事を乗り越えぬものか。そういう意味での勝家であった。

「兵は五百連れてゆけ」

今だせる精いっぱいの数である。五百でも勝家の武なら十分だろう。

(退くべきか)

信長はそんなことも考えている。勝家をやって敵を追い払い、一度、総勢退かせようか。やはり、洲の俣はあきらめねばならぬか。

(いや)

斎藤勢の攻勢が何より洲の俣砦の重要性を物語っている。ここで撤退すれば思うつぼ、斎藤龍興は備えを固め、美濃攻略は五年、十年遅れるかもしれない。

三河との同盟がなされればすぐ動けるよう、洲の俣は保持しておきたい。

(三河に、美濃にと)

もう一人自分がいれば。いや、己の代わりとなれる者をみつけ育てねば――そう思う信長である。

(まずは権六を送って、様子を見る)

そう思いながら、信長は座を立っている。

当たってみる

一方の猿。

この猿こそ、やがて北近江浅井を攻め滅ぼし、羽柴筑前守《はしばちくぜんのかみ》などと名乗って万を超える兵を率いて中国地方に攻め入り、信長の天下布武のもと一の大将を務める男である。

だが、今の猿は、足軽組頭。役どころは、清須城台所役。遠方でいくさがあるとはいえ、日々の生活は続いている。今夜も清須城内で油と薪の当番であった。

(どうにかかせな、いかんわ)

勤めをこなすべく御殿の回廊を歩きながら、洲の俣築城のことばかり考えている。

猿の耳にも洲の俣苦戦の報は入っている。

洲の俣は城づくりを始めては斎藤勢に攻められ、手つかずの状態だという。

(思った通りだがや)

この辺りは想定内だ。いや、むしろ、猿の筋書きどおりと言っていい。

洲の俣城はあっさりできてはいけない。それでは猿の腕のみせどころがない。

(ここで、川筋衆なんじゃ)

と、そこまで考えて、アウッと、猿はしかめ面を振る。

しかし、蜂須賀小六はあの様子だ。

(なんかせんとな)

時は限られる。信長は次の手を考えているだろう。あるいは、洲の俣からすべて撤収してしまうかもしれない。

（そうとなれば、次はいつになるやら）

ここが勝負どころだ。なんとしても小六を信長に引き合わせる。その取次をなしたなら、猿は洲の俣城普請の筆頭奉行となれるだろう。そして、見事に城をつくったなら――

（やんなきゃなんねえ）

油の配分をしながら、無駄遣いを見回る。各所を回りながら、気もそぞろだ。

一通り城中を回り終わり御殿の台所に戻ってくると、薪の番をしていた小者たちに「ご苦労ご苦労」と声をかけて回る。

さすがに猿の下にも人がついている。お城の台所番の小者の他、なけなしの俸禄《ほうろく》をはたいて雇った若党《わかとう》である。

次は朝の仕度だ。指図にとどまらない。猿は彼らと一緒になって、薪を束ね、運ぶ。自らもやることで己の頭を回転させている。頭で渦巻くのはむろん洲の俣のことだ。

終わる頃、空が白み始めている。夜守りの篝火を見回って消すため、今度は城外を一回りする。終われば「今日はもうええぞ」と、小者を帰すが、猿は、そのまま残務をする。

一人黙々と薪の配分をする。思考がもやもやと形になりかけて、時折、その目がキラリと輝く。が、すぐ、ムウと首をかしげ、背を丸めて、考え込む。

しばらくすると、筆頭奉行の村井貞勝が登城してきた。清須城の役人衆を束ねる重鎮である。朝餉の支度をする奉公人たちを引き連れ、台所に入ってくる。

「猿、今日も励んでおるな」

信長の絶大なる信をうけ、城中を仕切る村井は、猿のよき上役であった。

「村井様、働き足りぬ猿でございます！」

勢いよく礼をして、一通り城内の様子を報じ、猿は、下城《げじょう》した。


すでに夜は明けて、朝の清々《すがすが》しい空気が城下に流れている。

古びた守護時代の政《まつりごと》からの脱却を目指す信長は、清須に入城して以来、城下町の発展に力を入れ、特に商業を育成している。商人は闊達《かったつ》に商いをし、民は景気よく買いつける。清須の城下町は繁栄を謳歌《おうか》している。

町には、早くも市《いち》が立とうとしている。

海を持ち、河川運搬が発達した尾張の国は山海の実りが豊富である。

通りには朝採《あさど》れの魚貝、野菜を並べ始める男女の生きのいい声が響き渡っている。

みるとはなしに、人通りをみていた猿、ある一点をみて、おっと面を上げた。

「おおおい！」

駆けてゆく先に、一人の若者が市の棚を覗き込んでいる。

猿が近づけば、若者は振り向いた。

「おや、織田のお猿さんではないですか」

あの木曽川の河原で出会った若者である。今日は従者《じゅうしゃ》なのか、老僕《ろうぼく》を一人連れている。

「その節は、どうも」

若者は爽《さわ》やかに一礼する。

「こんなところでお会いするとは」

「清須の朝は魚がよいと聞きましたので」

「そおお、ですかあ」

と、大仰《おおぎょう》に頷きながら、猿、若者がここにいる理由などどうでもいい。

(木曽川殿と、こんなところで会うとは)

猿は、この若者をこう呼ぶことにした。

常人なら、この再会をあやしむであろう。やはり、この男、間者ではないか、と。

だが、猿は違う。このとき、この場で、この木曽川殿、すなわち、己に天の啓示をくれた者に会った。そんなことに運命を感じてしまっている。

今、木曽川殿こそ、猿の閉塞《へいそく》をぶち破るような指南をくれるのではないか、と。

「せっかくですから、ちっと話しませんかい」

ちょいちょいと手招きして、若者を人波から連れだしてゆく。

清須城下を流れる五条川《ごじょうがわ》まで歩き、堤に腰掛ける。朝日が燦々《さんさん》と照り付け、気持ちがよい。

「織田様は洲の俣を獲りましたね」

若者はそう言ってくる。

(来たな)

猿の思った通り。若者はあの日、猿と交わした言葉を忘れていない。いや、若者とて、あの件について語りたいのである。

「はい。あなた様の言うた通りですわい」

「でも、築城はうまくいっていないとか」

そうなんです、と猿は腕組みをする。いかにも困ったという態《てい》である。別に猿のせいではないが、いろんな意味で他人事《ひとごと》ではない。

「なにか、よい手はありますかいな」

猿の漠然とした問いに、木曽川殿はクスリと笑った。

「いや、それは、あなた様がお持ちでは」

相変わらず清々しい笑顔で言い放った。その爽やかな素振りに、猿はこの若者にすべてをさらしてみようか、と、そんな気になった。さすれば、何か良い策でも思い浮かぶのではないか、と。

が、ハッと息を呑んだ。

(あぶない、あぶない)

いや、さすがに、そこまでしてはいけない。

「いやいや、わしのような阿呆《あほう》者、智恵が回りませんわい」

「策があるからこそ、お悩みなのでしょう?」

猿は目を見開く。若者は悪戯《いたずら》でもしかけるような目をしている。

「策がうまくいかないからこそ、お困りかと」

若者は口の端を上げて続ける。

「いや、まあ……」

猿、珍しく言い淀《よど》む。

この若者の洞察力、猿に匹敵する。いや、猿以上かもしれない。

「事を急いでいるのではないですか」

間髪《かんはつ》容《い》れぬ若者の問いかけに、む? と猿は首を突き出す。

「あなたは近道を知っている。それが塞《ふさ》がっていると止まってしまっては、それ以上進めません。そんなときは遠回りでも少しでも近づけるよう、動くしかないのではないですか。千里の道も一歩から。

百日かかるなら、その日一日分のことをなす。その積み重ねで大事はなるのではないでしょうか」

「なるほど」

猿、ストンと答えたあと、ううむと面をゆがめる。

（だから、何をすればいいのか、なんじゃ）

「実はすることがみつからなくて、困っておるのです」

「当たってみる、しかないのでは」

「何を」

若者はからりと笑った。

「それは、私にはわかりません。ただ、あなた様の思うままに」

猿、フム、と頷く。

なんだか、謎かけのようになってしまった。

まあ、仕方がない。猿とて、策の概要すら述べていない。若者とて応じようもないだろう。

猿は珍妙な顔をしかめて、大きく首をひねる。

その前で若者はニコニコと笑っている。


そのまま、木曽川殿とは別れた。

猿はすっきりしない。小刻みに首を揺らしながら、己の長屋へと帰ってゆく。

「おう、兄者」

長屋の垣根の前で、ちょうどでてきた小一郎と出くわした。これから猿に代わって登城し、昼の当番である。ああ、と応じながら、猿の心はそこにない。

「今日は何かあったかい」

「なんもねえ」

猿はそっけなく答えた。まあ、それどころではない。頭では、洲の俣のことと先ほどの木曽川殿の言葉が回り続けている。

小一郎は、そんな兄をじっとみつめていた。

「兄者、何、考えてんだ」

「ああ？」

「このあいだ出掛けてから、なんだか兄者らしくねえぞ」

面にはださないようにしているが、さすがは弟、わかってしまうのか。

小一郎はけげんそうに小首をかしげている。その朴訥《ぼくとつ》な顔をみて、猿はぼんやりと考える。

思えば、己の代わりとして使い倒している弟だが、肝心なことは何も話していない。

猿が小一郎を奉公に誘ったのも、ただ人手が欲しかったからだ。何事も出世払いだと、小一郎は飯《めし》だけで手伝ってくれた。

勤勉で実直な弟だ。何より、安心だ。得体の知れない下人のように、ある日突然、物をかすめ取って逃げたりしない。まあ、猿こそ、若年の頃、そんなことをしていたわけだ。

そんな風に、小一郎、猿にとって極めて便利な生き物に過ぎなかった。

（そうだったが）

それだけではないだろう。今、猿は手詰まりだ。藁《わら》にもすがりたい。

話してみるか。実の弟の小一郎こそ何か智恵をくれるのではないか。木曽川殿とて「当たってみれば」と言っていたではないか。

猿は小一郎の顔を穴が開くほどみつめている。その異様なまなざしに、小一郎も何かを感じ取ったのか、おずおずと口を開く。

「なんかあるなら、言ってくれや……」

と乗り出しかけたところ、猿、む、と顔をしかめる。

次の瞬間、面をそむけて、ガバッと踏みだしている。


路地の向こうが騒がしい。辻《つじ》を曲がれば、人だかりができている。

猿は手足をばたつかせ駆けてゆく。

歓声をあげる人垣の向こうに武者が数人、馬を引いて歩いてくる。

「又左！」

猿が全力で呼びかければ、「おう！」と手を上げた大柄な武者の後ろでブヒヒンと馬がいななく。ここまで乗ってきた愛馬であろう。武者は、興奮を冷ますように、馬首をホタホタと撫で上げる。

「藤吉！」

前田又左衛門利家は颯爽と笑った。

「又左、今帰りか！」

「おお、代わりが来たでな！」

精悍な顔を煤《すす》けさせた又左は傍らの若党に馬の口を預ける。

「又左、やったな！」

猿は手を差しだす。こたび、又左は信長の勘当も解け、洲の俣守備から帰ってきた。まさに名誉の凱旋《がいせん》である。又左は猿の手を両手でがっしりと握って、

「いや、藤吉、これからよ」

嬉しそうに頷く。猿もうんうんと何度も頷き返す。

「洲の俣のことも、言うてくれたんじゃな」

「おうとも。お屋形様もご同意くだされたぞ」

そこで又左は声を少し落とす。

「じゃが、難儀なことになっておる。知っておろうが、洲の俣の有り様を」

軽く首を振って、続ける。

「佐久間様も、内蔵助も命を落とす前に退いた方がいい。あそこは確かに要所だが、まだ城を築くのは早い」

「又左よう」

猿はちょいちょいと手招きして、又左を辻の陰にいざなう。

「ちょっと聞いてくれんか」

猿、ここで溜まりに溜まった己の想《おも》いをぶちまける。

すなわち、洲の俣に城砦をつくるには川筋衆の力が必要。この機に、中立状態の川筋衆を信長につかせてしまえば、洲の俣に城もでき、美濃斎藤家とのいくさも一気に信長優勢となる、と。

又左は、猿が蜂須賀小六と知り合いと聞いて瞠目し、

「確かに、川筋衆が総出で援けてくれるなら城は築けるな」

なるほど、と感心していた。が、すぐに眉根を寄せた。

「だが、いきなり、お屋形様と蜂須賀小六を引き合わせるのは難儀じゃないか」

「難儀か」

言いながら、今度は猿が瞠目している。いや、その不可能を可能にすると動いていたが、見事に不首尾を言い当てられた。

（ふうむ）

近道が塞がっているとはこのことか。又左は続ける。

「わしはな、お屋形様に勘当されて、いっとき松倉《まつくら》に匿《かくま》われていた」

ほ、と猿の顔が縦に伸びた。

松倉城は美濃との境の尾州最北端、かろうじて尾張国葉栗《はぐり》郡とはいえ、在所は木曽川本流と支流の間に浮かぶ中州。ここの城主、坪内勝定《つぼうちかつさだ》はむろん、川筋衆である。

追放された又左はそこで一時期匿われた。織田家の手の届かぬ地に身を潜めたのだ。

「坪内様ならではのことよ」

又左の顔つきから、頼れる男のようである。

「書状を書こう。会ってみればいい」

又左は颯爽たる面で頷いた。では、明日にでも、と力強い足取りで去ってゆく。もう一挙一動が自信に満ちている。

そんな又左をみて、猿の胸には喜びと共に、かすかな焦りがある。

又左は完全に立ち直った。明日から、いや、すでに信長の旗本、槍の又左なのだ。近々、長屋をでて、侍屋敷へと移るであろう。

又左のことだ。猿との友情を忘れることはないだろう。だが、猿の傍から光り輝く場所へと行ってしまう。これは間違いない。

（負けられんわい）

負けぬよう、己も伸し上がる。やらねばと、ふたたび胸で闘志の炎が燃えている。

(それに、いいではないか)

これだ、これが、木曽川殿が言っていたことだ。

事を急いで忘れていた。下手に小六と知己ゆえに、端《はな》から小六を頼ろうとしていた。だから、小六がだめとなると一気に八方塞がりとなっていた。

いきなり結論をもとめるな。事を積み重ねれば、状況は変わってゆく。

他の川筋衆を当たってみる。当たれば、何かが変わってゆく。それで小六もへそを曲げたりしないだろう。いや、へそを曲げるならまた状況も変わる。いいではないか。

猿は蒼天《そうてん》を見上げた。

(そうだ、何もせず悶々《もんもん》とするより、動くんじゃ)

動け、動けば何かが変わってゆく。天を見上げ、そうつぶやく猿である。

「兄者」

おっと、振り向けば、小一郎が口元をゆがめて佇《たたず》んでいる。

「おう、小一郎、おったのか」

「おったわ」

小一郎はやりとりの一部始終をみて、聞いていた。

ここのところどうも猿兄貴の様子がおかしかった。お役目中も、柄にもなく真剣な顔で視線を落とす。突然うめいたりする。そんなとき、この猿は不気味な面になる。

(似合わん)

物思いにふける猿など、みたくない。

才気煥発《さいきかんぱつ》、明るく騒がしい猿兄貴の方がいい。そう、なんだかんだで、小一郎も猿のことが好きなのだ。でなければ、手伝ったりはしない。

(また、とんでもねえことを考えとるわ)

猿と又左の会話で知った。憂鬱《ゆううつ》顔の理由はこれだったのか。

小一郎からすれば雲上の人のお屋形様と川筋衆の頭領を引き合わせる。さらには、この身分で殿様の城をつくるなど、ありえない。

常人離れした兄貴と思っている小一郎だが、あまりの話の大きさにうすら寒くなる。

(しっかし、よお)

と、内心、毒づく。

(ちっとは、話してくれてもええでねえか)

と思い、気を使ってみたのに、また、小一郎そっちのけだ。

(兄弟だろうが)

猿の生き様にいつの間にか巻き込まれた小一郎、そんなことを考えたりする。

「また、おみゃあに勤めを預けることになるわ!」

猿、ニカッと笑う。もういつもの猿である。

小一郎、フムと鼻を鳴らす。

ま、自分にはいくさ働きよりその方がいいか、と思ったりもする。

第三章　かます猿

松倉城

松倉城からは、四方に川が見渡せる。

つねに渺々《びょうびょう》たる風が吹いている。風は、川面を吹き渡り、春はむせかえるほどの草いきれを、夏は汗ばむような湿り気を、秋はからりとした涼やかさを、冬は凍《い》てつく寒気を運んでくる。ここは後年、木曽川が溢れ、流路を南に変えたのちには美濃の国に編入されてしまう。それほどの国境であった。

城、といっても、大きくはない。こぢんまりした櫓や居館《きょかん》などの建屋《たてや》は砦というべき規模である。だが、それに対して、岸を大きく切り開き、城中まで川水をふんだんに引き込んで設けられた船溜《ふなだ》まりは大きく、つねに大小数多の舟が繋がれている。それが、この城の特性を物語っている。

松倉は木曽川の中継湊《みなと》である。上流でとれた物資のほぼすべてが、一度ここに着き、時に陸揚げされ、選別と目利きにあい、下流の津島《つしま》や、さらには伊勢湾を目指す。ここから先の濃尾国境は織田、斎藤の激戦地。舟はここで、川下りの航路、日より、刻限を選び、船出する。場合によっては川筋衆の警固がつく。

そんな要衝、松倉を押さえているのが川筋衆坪内党、当主が坪内勝定である。

本日、勝定は、城内の居館の一室で、一人の男と向き合っている。

となれば、ここまでの流れで猿と思うかもしれぬが、違う。

前野《まえの》将《しょう》右衛《え》門《もん》長康《ながやす》、坪内勝定の長男。遅ればせながら、この物語の重要人物の登場である。

将右《しょうう》または小右《しょうう》などと呼ばれているので、将右とする。若者のように聞こえるが、三十路を過ぎた十分壮齢の侍である。ゆえあって家をでて、前野家という尾北の土豪の家を継いでいる。

その将右、ずいぶんと奇妙な服装だ。派手な朱色の小袖に、珍しい革の半袴、山で会えば山賊、川なら川賊と間違われそうな形《なり》であった。

「おやじ殿よ」

将右は口髭を蓄えた顔をゆがめて、勝定に詰め寄ってくる。体が大きい、六尺ほどもあろうかという大男である。座っても頭一つ、勝定より大きい。かなり威圧的だ。

「なぜ、わかってくれぬ」

が、将右、子供のようにすねた顔で下唇を突きだす。

「ここから舟で攻め寄せらあ、洲の俣の軍兵を一掃できる。そしたら、坪内党は殿様から恩賞をがっぽりもらえる。万々歳じゃねえか」

そう口を尖らせる。

前で、勝定は顔をしかめて腕組みしている。

どうも口数の多い息子だ。

将右は、早熟だった勝定が下女に手を付けて産ませてしまった子だった。そもそも幼児の頃からはねっ返りで、言うことを聞かなかった。出生の経緯がそんなだけになんとなく勝定も放任してしまった。何せ親子とはいえ、十二しか年が違わない。生意気な弟のようなものだった。

将右は気ままな少年期を過ごしたうえ、ある日出奔《しゅっぽん》し、行方《ゆくえ》知れずとなった。仕方がないとあきらめ、正妻の子、利定《としさだ》を継嗣《けいし》としたところ、ひょっこり帰ってきた。間の悪いことだった。

その頃ちょうど、尾北の土豪、前野家が跡継ぎ男子を探して話を持ちかけてきていた。前野家はもと岩倉織田伊勢守家で家老を務めた名家。将右のような奴に務まるか、と思ったが、地侍などそんな縁組を繰り返して地域に根を張る。だめなら、坪内党に併合しようと目論《もくろ》んで、だした。前野将右衛門長康という男はこうして生まれた。

しかし、人は、わからない。将右は意外な器量をみせ、今や、川筋衆の親方の一人であった。

「いいか、松倉と洲の俣の間にはな、木曽川っちゅうみえない道が開けているんだ。川筋衆は木曽川の上なら敵なしだろう。誰にも邪魔されず、敵の背後に回れる。松倉から兵を送りだし、敵の虚を衝き大勝をうる。それが、兵法《へいほう》ってもんだ」

出奔から戻ってきた将右は輪をかけて偏屈になっていた。どこで学んだのか、兵法とは、孫子《そんし》とは……などと、いかがわしいことを述べ立てる男になっていた。

(また、兵法などと、こいつは)

「そんな容易なことではない」

勝定はわずらわしいと言わんばかりに首を振った。

「おまえもわかっとろうが、川筋衆の理《ことわり》は」

渋面《じゅうめん》から吐き捨てるように言う。

川筋衆は木曽川流域で領主にも屈せぬ一大勢力であり、流域の地侍、野武士までを傘下に収める連合体である。坪内党が単独で動いていいわけがない。

「何度も言うたろうが、おまえがなんと言おうと、わしは城も貸さん、舟も人もださん。やりたいのならきちんと筋を通せ」

勝定は下顎をせり出し、プイッと顔をそむけた。

だが、将右は退く気はないようだ。父の前でしかめ面で腕組みする。

父子、そのまま押し黙る。

「失礼します」

とそのとき、回廊から若党の甲高い声が響く。

「大殿《おおとの》にお客人が」

誰だ、と、勝定は場から逃げるように背を伸ばす。

「おやじ殿、話は終わってない」

「おまえは下がっておれ」

食い下がる将右を振り払うように、勝定は立ち上がり、でてゆく。

仏頂面《ぶっちょうづら》で部屋をでた将右、ズカズカと回廊を巡り、奥の一間に入ると、ゴロリと寝転んだ。まあ、勝手知ったる実家の城である。

（つまらんな）

天井を見上げ、板の木目をなぞりながら、そう嘆息《たんそく》する。

なぜこんな妙手がわからんのか。頑固親父《がんこおやじ》の石頭に、馬鹿馬鹿しくなる。

いや、父とてわかってはいるのだろう。だが、川筋衆の一員である以上、己だけの判断で動けないのだ。

（こんな小城の主、川筋の者の親方ってだけでいいのかね）

将右は違う。この男には野心がある。だから、若年のうちに飛びだし、諸国を放浪した。修業と見聞のためだった。

世は下剋上《げこくじょう》の戦国。各地で戦乱が続く中、実力ある武人が頭角を現し、近隣を斬り従え始めていた。

乱世は名将を生む。文武と決断力に優れ、抜群の統率で国を制する戦国の群雄たち。甲斐武田晴信《たけだはるのぶ》、越後長尾景虎《ながおかげとら》、関東北条氏康《ほうじょううじやす》、中国毛利元就《もうりもとなり》などなど。地元の織田信長も、その一人と言っていいようだった。

彼らは最初から大勢力だったわけではない。極小の身から、国政を担えない主人を、あるいは対抗する大敵を駆逐して伸し上がった者たちだった。

どうやったら、ああなれるのか――将右は諸国を渡り歩き、数多の合戦を注意深くみては、聞いた。民から侍まで、いくさの前から後、体力と気力の続く限りやってみた。すると、彼らのいくさには、なんとなく同じ流れがあるように思えてきた。

（なんじゃや）

極めて単純なことだった。勝ちいくさのほとんどは、敵のことを念入りに調べ、相手の動きを読んで兵を配し、虚を衝き惑わし、攻め破っていた。北条氏康の川越《かわごえ》夜戦、毛利元就の厳島《いくつしま》合戦など、その最たるものだった。

対して、負けた方はというと、ろくに物見も放たず、兵数を頼み、無作為に攻め寄せた奴ばかりだった。いざ崩れ出すと兵など多いほど混乱し、敗走は敗走を呼ぶ。統率の甘い軍勢は一度手ひどく負けると一気に瓦解《がかい》し、滅びに向かってゆく。

（大兵《たいへい》なんていらねえ）

精鋭を束ね、十分に敵を知り、兵を動かす。軍略、兵法とも言うらしい。これを極めれば、寡兵でも大国を得て、やがて天下に君臨できるのではないか。そう思った。

それからは片っ端から人に尋ねた。その「兵法」というものを、である。

いくさ場で知り合った侍に、盛り場で牢人に、修験場《しゅげんじょう》であやしい祈禱師《きとうし》やら、放浪の槍仕などなど。大概、いかがわしい奴ばかりだった。

「唐土《もろこし》には、数多、ございます」

と教えてくれたのは、上方《かみがた》近くに在する古寺の僧だった。

それはそうだ。大陸の歴史は、日の本と比べて千年以上も古い。古代から国の興亡を繰り返せば、いくさの記録も多くなる。僧はとくに大陸渡来の書物を蓄えていて、様々、講釈してくれた。彼も好き者、奇人の類《たぐ》いだったのであろう。

「孫子の教え、などはいかが」

『孫子』――「孫武」という古代唐土の武人の残した世界最古の兵法書で、日本に伝わったのは奈良時代と言われる。八幡太郎《はちまんたろう》源 義家《みなもとのよしいえ》が、後三年《ごさんねん》の役《えき》にて、「鳥、起《た》つは伏《ふく》なり」の孫子の教えで伏兵を見破ったのは有名な話である。もとは高級武士の秘伝書的な扱いだったが、時を経て書を好む武人に親しまれ、戦国時代に至って熱烈な信者を生んだ。武田信玄《しんげん》が孫子の旗を軍旗としたのはその最たる例である。ただ、信玄は、実戦では日本の風土に合わないと、武家の心得として生かした、とも言う。

「孫子の方が、ためになりますぞ」

と、坊主が添えたのは、いくさのみならず生きるにおいて、という僧らしい配慮か。ともあれ、ろくに読み書きができなかった将右、初めは耳学問で学んだ。

（面白い）

まさに、将右が望んでいたものだった。

没頭できる男だ。変わり者だけに、これと思い込んだらとことんやる。学びに学んで、やがては書写し、松倉に持ち帰って何度も読み、とうとう諳《そら》んじるほどとなった。

その身に沁《し》み込んでしまえば、使いたくもなる。いつかいつかと思いつつも、木曽川筋の土豪では使う場もない。

それはそうだ。木曽川沿いでの合戦といえば、織田と斎藤。川筋衆は木曽川に拠って、両者の間で利を得る。片方に肩入れして、どちらかが勝ち過ぎてはうまみがなくなる。

（つまらんなあ）

織田と斎藤がいつまでも互角で勢力の均衡《きんこう》が保たれればいい。だが、いつかは崩れる。その兆しが、こたび、信長の洲の俣侵攻だ。

だから松倉に来た。坪内党を動かし、ここ松倉を拠点に兵を繰りだし、洲の俣に乗り込む。信長か斎藤龍興、どちらかに味方をして、がっぽりと褒美を稼ぐ。

（だけじゃない）

褒美だけではない。この男の野望はもっと大きい。

実は、将右、もらった褒美を元手に、川筋衆から抜けてしまおうとたくらんでいる。

この機に武名を轟《とどろ》かせて、武を欲する大名家に己を高く売る。身につけた兵法を駆使して、華々しく世に躍りでる。だから、他の川筋衆はどうでもいい。

（だが、松倉城は、いる）

この立地、木曽川へと舟をだす備え。松倉という要所を押さえる坪内勝定、すなわち将右の親父の協力、これは、どうしても必要。今日はそれを得るべく、ここに来たのだ。

というわけで、前野将右、まだ帰るつもりはない。今日はとことん話し込んで、父を口説き落とすつもりだ。

（ここ、なんだよ）

父は頑《かたく》なだった。さて、どうすれば、応じるか。

将右は苛ついて鼻毛を抜きながら、開け放たれた敷居越しに庭を覗く。

みれば、若党が一人、庭先を掃き掃除している。坪内一族の将右はその顔を知っている。

「与六《よろく》」

将右はにょっと顔を出して声を掛け、ちょいちょいと手招きする。

「客人とは誰だ」

与六と呼ばれた少年は箒《ほうき》を握った手を止め、さあ、と小首をかしげた。

「特に聞いたことのあるお名の方ではございませぬが」

素朴に答えるが、

「清須織田様のご家来衆とか」

聞いたとたん、将右の顔が険しくゆがんでいる。この情勢で、このときに、織田家の使いが松倉に来た。そんなことに、きな臭さを感じてしまう将右であった。

己の直感に素直な男だ。次の瞬間、もう身を起こしている。そのままズイッと身を乗り出し、回廊に滑りでる。

「くえ」

と、懐からつかみだした餅《もち》を与六に渡して歩きだす。

誰にも言うなよ、というのであろう。


坪内勝定は応接用の広間にある。前に座るのは、むろん、猿である。

「槍の又左殿は息災か」

勝定は先ほどと打って変わってにこやかだ。猿が持参した又左からの書状に目を落としては、気分よさげに頷いている。

「このたび、めでたく、お屋形様にお許しいただき、旗本へ復帰。しかも三百貫の加増《かぞう》を受けました」

「これにも書いてあるわ」

勝定は目を細めて嬉しそうに頷く。

荒子前田家と旧縁があったため、先年、前田又左衛門利家を匿った。

気骨者ぞろいの川筋衆でも名の知られた坪内勝定である。信長の勘気に触れた者とて、恐れることはない。むしろ殿様の側近を斬って罷免されたなど、痛快以外の何ものでもない。何より、この濃尾国境の中立地帯は織田にも斎藤にも気兼ねすることはない。そして、あの又左の男っぷりだ。勝定は一目で気に入り、丁重にもてなした。

「今度は、又左自ら御礼に参上したいと申しておりました」

猿は言う。そして、預かった手土産《てみやげ》を押しだす。山海の珍味、そして、金子《きんす》、太刀など、前田又左の誠心誠意のお礼であった。

勝定は満面の笑みで頷き、

「で」

と面を起こした。

「この書状に書いてある。朋輩殿とはおぬしじゃな」

勝定は目を細めて猿をみる。

書状には、前田又左の恩人、一に坪内殿、二に木下藤吉郎、と書いてある。

——木下藤吉郎と申す者は我が朋輩にて、今は織田家の足軽組頭。坪内様の御前《ごぜん》にて、さぞ面白き話など奏《かな》で候由《そうろうよし》、ぜひ聞いてやってくださりたく——と結ばれている。

「はい、さように、ございます」

猿はにこやかな笑みを絶やさない。

「なにやら、お話があるとか」

勝定は尋ねるが、この猿面男が何を言うか見当もつかない。いや、書状を読むまでただの使いの小者かと思っていた。それほど、又左の勇壮ぶりに比べて、眼前の小男は貧弱であった。

「いやはや、実はですな……」

猿は語りだす。


そのヒソヒソ声の話を隣室で聞いて、驚愕するのは前野将右である。

先ほどから様子を聞こうと、この部屋に忍んでいる。襖の前に胡坐をかき、じっと聞き耳を立てている。

(なんだと)

聞き取るたび、将右の彫深い面が険しくゆがんでゆく。

話は、まず今の濃尾の情勢のこと。織田信長の勢い凄まじく、ついに洲の俣を奪って美濃に足を踏み入れた。今、洲の俣の城砦を揺るぎなく拡げて、稲葉山攻めの一大拠点にせんとしている。この辺りは、将右とて十分知っている。問題はそのあとである。

「つきましては――」

川筋衆は、今こそ織田家に加勢すればよい。洲の俣の城はでき、信長は勝ち、美濃は織田に併呑《へいどん》される。それに積極的に加勢しておけば、信長から多大な恩賞がもらえ、その後の扱いも大いに重くなる。特にここ松倉は木曽川の要衝、坪内殿こそ一番手柄となるに相違ない……

「ここが節所《せっしょ》にございます」

時折、勝定が、うむ……と相槌を打っている気配がする。

将右の顔はもはや般若《はんにゃ》のごとくなっている。

「それは、わしの一存ではいかんともできんな」

話の合間で、勝定が断じた。いや、そう言うしかないだろう。

「小六殿ですな」

相手は即応している。川筋衆を束ねる頭領は蜂須賀小六である。

「それは、もちろん、わかっております」

声は歯切れよく続いた。

「では、蜂須賀小六殿さえ承知すれば、坪内殿は諸手を挙げてご加勢くださる、ということでよろしいでしょうか」

客の声は鋭く響く。

(おいおい)

将右は口をへの字に曲げた。声の主はこじつけでも松倉坪内党は織田に参じる、と言わせたい。その言質《げんち》を取りに来たのだ。

(おやじ殿、頼む)

将右がねじ説こうとしていた秘策である。そんなに簡単に了承されては困る。

先ほどは父の頑固さに閉口していた将右、今度は、父よ、頑固であってくれ、と念じている。

勝定は無言。さすが、と言えよう。そんな際どいことは言えぬと、口を閉ざしているのだろう。

カハハハッ
不意に響いた笑いに、将右はまた眉をひそめた。

「いいです、いいのです。そのお顔が何よりのこと、この木下藤吉郎、坪内殿のお気持ち、しっかと受け止めましたぞ」

(冗談じゃねえ)

将右は立ち上がっている。

木下藤吉郎だと――

いったい、何者だ。そんな見知らぬ輩が、俺の策を横取りしようとしている。

このときの将右、ただそれだけで頭がはちきれそうである。

すっくと立ち、蹴り上げるように、部屋をでている。


猿が帰ったあと、坪内勝定は広間で一人、黙然と思い淀んでいる。

猿の言葉を胸で反芻《はんすう》している。

織田家のいち足軽組頭とは思えぬ、重要な、危険な話だった。

むろん、なんの返事もしていない。厳《いか》めしくしかめた顔で、首をひねった、それだけだ。ただ、否定もしなかった。なぜなら、その中身は、つい先ほど息子から聞いた話とほぼ同じであった。

(なんなんだ)

これでは、もう一人将右がいるようなものではないか。

そういえば、と勝定は面を起こし、立ち上がった。

「おい、与六」

障子を開け回廊に乗り出して、外を掃除している少年に声を掛ける。

「将右を呼べ」

与六は小首をかしげた。

「ずいぶん前にお帰りになりましたが」

うぬ？　と、勝定は首を突きだす。

向こうで与六はもう掃き掃除に戻っている。

虜《とりこ》の猿

猿――松倉城をでて、帰路の渡し船の上にある。

(川筋衆の結束は固いな)

川面を吹き渡る夏風を頬に受けながら、考えている。

さすがに、即答で了承を得ることはできなかった。

だが、いい。今日のあの坪内勝定の様子、決して猿の言葉を否定しなかった。なら、脈はある。

川筋衆にも信長の隆盛と美濃侵攻に敏感になっている者はいる。親方衆の寄合い評議にかけるなどしてくれれば、幾人かは織田加勢に賛同するだろう。そうなれば小六とて無下にできまい。その頃までに、猿が小六と当たりをつけておけばいい。小六とて、己から信長に頭を下げるより、猿を使った方がいいだろう。ただ――

(それまで、洲の俣、もつじゃろうか)

そこは不安だ。洲の俣が陥落し、織田勢が撤退しては、すべてが無となる。なにかもう一手、打たねばならない。できうる限り、早急に。

猿は行く手を睨んで、なおも智恵を巡らす。

ギイ、ギイ、ギイッ

舟は滑るように対岸へと近づく。

「おい、船頭」

猿は、ふと眉をひそめた。

前方に近づく陸の景色が行きと違うことに気づいている。

船頭は答えず、のんびりと櫓《ろ》を漕《こ》いでいる。鼻歌が聞こえそうなほどだった。

「違っとらんか」

今日やとった木曽川の渡し船である。ただ、思えばこの船頭、行きはずいぶんと愛想がよかったのだが、帰りはほとんど口を利かない。

「おまえ、どこに……」

「だんな」

そこで船頭が前へ顎をしゃくった。

着いた岸で腕組みして立っている侍は、朱色の派手な小袖に、長刀《ちょうとう》を背負っている。刃のような鋭い眼光はすでに猿を斬りつけている。

男の背後に数名、これまた目つきの悪い男たちが上目遣いで睨んでいる。

片方の目に眼帯をしてにやついている男、千切れた籠手《こて》と脛当《すねあ》てだけつけた大木のような巨漢、上半身裸で鋭い大鎌《おおがま》を構える奴もいる。いずれもアクの強い、とてものこと常人と思えぬ者どもである。

船頭はトットと舟を下り、男たちの後ろに駆けてゆく。買収されたのだろう。

(川賊か)

大きな固唾を呑み込む猿の脇がじっとりと汗ばんでいる。

頭領らしき朱色小袖の男は一歩前に踏みだすと、

「木下藤吉郎、だな」

ねっとりと嫌な笑みを頬に浮かべた。

「一緒に来てもらおうか」

そう下顎を振って、歩きだす。

猿は、「何を」と抵抗しようとするが、すでに周りを囲まれている。

うえええ、とのけぞっても仕方がない。口を窄《すぼ》め、老人のように首を突きだし、ついてゆく。

そのまま、頭にすっぽり布袋を被せられた。両手首を後ろ手で結われ、二の腕を荒縄で縛られ歩かされる。もはや、奴《やっこ》も同然である。

ただ、猿、こうなるとむしろ落ち着いた。というより開き直った。

もとより川筋衆の中に入り込もうとしていた猿だ。いつなんどき、反対派の奴輩《やつばら》に囲まれるやもしれぬ。そんなこともあると予期していたのだ。

（こ奴らが川筋衆なら、話が早い）

木曽川流域は川筋衆の統制下にある。川賊とてそうだ。いきなり無体《むたい》はしないだろう。それに、猿など金もなく地位も名声もない。殺しても意味がないのだ。

（わしの命などなんにも値せん）

だが、だからこそ、猿は命を懸ける。そんな猿が何かやるなら、智恵を巡らせ命を張るしかない。

（懐かしいな）

実にひさしぶりの袋頭巾だ。少年の頃、こんな風にして、村の悪童にいたぶられたり、大人に蹴りつけられたりした。野盗に襲われ死にかけたこともある。今まだ殴られてもいない。痛くもかゆくもない。なら、なんとかすることもできるだろう。

（あんな男、いたかな）

落ち着けば、記憶をたどりだす。あの頭領然とした朱の小袖男を頭で思い浮かべる。記憶力抜群の猿、小六のもとで奉公していた頃会った顔はすべて憶えている。だが、思い当たる節はない。

考えつつ、時折背中を小突かれながら、てくりてくりと歩いてゆく。

「座れ」

ずいぶんと歩いたところでドンと背中を押され、布袋を取られれば、神社の境内である。参道の上で胡坐をかかされた。

（ここは――）

憶えている。前野村《まえのむら》の八幡社《はちまんしゃ》だ。かつて小六に仕えていた頃、何度か、使いで通りかかり、時に手を合わせた。この辺りの里長《さとおさ》は前野氏、猿が知る前野家は先代前野宗康《むねやす》である。

(前野党はこんなだったかな)

前野氏は岩倉織田家を支えた地元の名族である。ところが、今、猿の前にいる面々。先ほどの頭領らしき朱色小袖の男を真ん中に、眼帯男や巨漢の他にも獰猛な悪相が増えている。どうみても、まともな侍ではない。

「おい」

頭領はねめつけてくる。

「貴様、何者だ」

「わしは、織田家足軽組頭の木下藤吉郎。織田信長様の旗本前田又左衛門利家の朋輩じゃ。今日は又左の恩人松倉城主坪内勝定殿に礼を述べに参った」

「嘘をつけ」

頭領は口から唾を飛ばした。

「おのれ、信長の密命を帯びた使いであろうが」

む、と猿は片眉をひそめている。

先ほど、松倉で坪内勝定へ語ったことを知っているのか。では、こいつこそ、何がしかの間者か。いや、この男が放った間者にあの策を聞かれたのか。

(とすると――)

猿は黒目だけ動かして辺りを見渡す。

八幡社の境内は森閑《しんかん》としている。日はだいぶ西に傾いたが、辺りはまだ十分明るい。

斎藤家の手の者なら、こんな日中にこの八幡社で堂々と問答はできない。そもそもここに連れて来はしないだろう。なぜなら、ここは領主前野家の屋敷と隣接しているのだ。では、こ奴ら、前野の雇われ者か。

猿は己の知ることをひねり出す。前野党は岩倉織田家滅亡後、当主がここ前野村に隠棲《いんせい》した。にもかかわらず、なぜか先年、川筋衆に名を連ね、その後、急激に伸張している家である。当主は確か、前野将右衛門長康といったはず。推理は進むが、この間は一瞬。

(ならば)

猿はスウと大きく息を吸い込んだ。

「そうなら、どうするという！」

いきなり大声で問う。ムッと、悪党どもは身構えた。

「なんだと……」

「おぬし！」

話しかけた頭領を猿はさらなる大音声でさえぎる。もう全身に気が漲っている。まさに、赤ら顔の猿である。

(こいつの勘違いを使ってやる)

新たな智恵が巡り始めている。のちに「天下一の人たらし」と異名を取る猿の芸の一つ。はったり、である。柔らかい言葉で人を懐柔《かいじゅう》するだけではない。威圧的な相手には「はったり」で強くでる。

(口いくさ、よ)

猿は槍働きができない。猿の持つ武具、それは「舌」だ。舌戦で相手に勝つ。それが猿のいくさなのだ。なら、ここはこうだ。

「人に物を尋ねるなら、己が名乗ってからにせよ！」

不思議だ。先ほどまで絡めとられていた猿奴《さるやっこ》が、昂然《こうぜん》と胸を張れば、とたんに一端《いっぱし》の面構えである。堂々とした言い切りに、相手一同、眉をひそめている。

「貴様」

だが、頭領は応じることなく足を踏み出し、すらりと抜いた腰刀を煌《きら》めかせた。

「なんなら、このままそっ首掻き切ってもいいんだぜ」

猿の首筋に刃を当てる。冷たい刀身が猿の首を撫でれば、一筋の血が鎖骨の辺りへと垂れ落ちる。

(まずかった、かな)

川筋衆には斎藤贔屓の者もいる。そうなら、猿の命はない。

内心、慌てるが、表にはださない。当たり前だ。いくさの最中だ。恐れ、慄き、慌ては殺人者の嗜《し》虐性《ぎゃくせい》を呼び起こす。死を恐れる者ほど、無惨に殺される。

(そうなら、それまでじゃ)

だが、何もせずに死ぬわけにはいかない。瀬戸際《せとぎわ》である。丹田《たんでん》にますます力を込めている。

「もし、わしが、織田の密使なら、」

首に刃を当てられたまま、言う。

「坪内党に使いをして斬られたとあらば、川筋衆は織田と敵対すると断じられるが、それでよいのか」

頭領はジロリと睨んでいる。ここは賭けだ。猿はさらにかます。

「わしは蜂須賀小六殿と知己である」

「何い……」

「それも知らずに、殺すつもりか」

猿はもう胸を張っている。死を前にして落ち着いている奴ほど、殺しづらい。腹の内を知りたいと思うもの。そんなことも知っている。

頭領は刃を持った手を下ろしている。いい調子だ。どうやら話を聞く気になったようだ。では、ここから、前にでよう。

「おまえら、前野党の者であろうが」

ここは決めつけだ。だが、間違いない。悪どもの顔に動揺がみえた。

「黙れ……」

「あるいは、前野の名をかたる、斎藤の手の者か！」

猿は、ビシリと、割れんばかりの大音声で畳《たた》みかける。

「そうでなければ、織田の使者のわしを己の判断で斬り殺してはならぬ。よいか、ここはな」

猿の口調はゆっくりになる。話に妙な間合い、節が利いている。

「腹蔵《ふくぞう》なく話して、己の利を見極めるのだ」

一同、押し黙る。

「それで、面白くなければ！」

猿はまた大口を開いて、大音声。口から唾の泡が飛び散る。

「遠慮はいらん。この首を一閃《いっせん》に刎《は》ねよ！」

鋭い眼光。

野生の猿、である。

対する川賊の頭領、朱の小袖男、これはむろん、前野将右である。

猿が知らないのも無理はない。初対面なのだ。はぐれ者の前野将右、出奔、放浪から帰参した頃に猿はもう小六のもとにいない。

（こいつ）

その将右、猿を前に歯嚙みしている。

囚《とら》われているのに、まるで、臆さぬ男だ。

それに、その目。こいつは、ただの武家の下っ端ではない。

本物だ。侍でもない。飢餓と、殺意、この世の果てをみてきた目だ。

長刀一振り担いで各地を巡った将右は、乱世の僻地《へきち》でこんな奴をみた。それは、隙をみせれば喉元を食いちぎらんとする、まさに本能の野獣だった。

（それだけじゃねえ）

だけなら、押されはしない。この男、強がり、威嚇《いかく》するだけではない。人の弱み、そして、利得まで混ぜ込んで巧みに話を持っていく。そんな話芸を持っている。

横目でみれば、手下どもは完全に気を吞まれている。

「いいだろう」

将右は、フンと鼻を鳴らした。ひとまず話をしてみよう。

「縄を解いてやれ」

と、顎をしゃくる将右。知らぬ間に猿の流れに乗ってしまったことに、気づいていない。

「俺は、前野将右衛門長康。俺の名は知っているな」

「これは、前野党のご当主様ではないか、ご無礼の段、お許しくだされ」

今度は、猿、鼻孔を大きく広げ、自由になった両手を突き、深々と面を下げる。足軽組頭程度にしては、落ち着き過ぎている。

「前野党のご活躍は聞いております。高名な前野将右衛門様、なおさら、話がいたしたし」

深々と頷きつつ、言う。先ほどまでは言いたい放題だった猿がこう慎ましく言えば、妙な威厳がでる。

(この猿面が)

武家の仕草の見様見真似《みようみまね》か。将右は狂言と知りつつ舌打ちするが、将右は将右なりに新たな智恵を巡らせている。

(織田に繋《つな》ぎがあるのも悪くない)

そう思い始めている。将右が見るに、濃尾の争いはやはり信長に分がいい。守り一辺倒の斎藤より織田の方が伸びしろがありそうだ。前野家としては主家《しゆか》岩倉織田家を滅ぼした仇敵《きゆうてき》だが、養子の将右が気にすることはない。ここは信長に味方して一旗揚げるのもいいだろう。

「前野党は織田信長様にお味方するべきです」

猿の言い切りに、ドキリとした。心を読まれたのかと思った。

「なぜだ」

「前野党のご面々、美濃斎藤家などに尽くしても、つまはじきにされましょう。使うだけ使われて、わずかな褒美をもらってあとは捨てられる。いや、下手をすればいずれ皆殺しにされますぞ」

「何をもって、そう言うか」

「本日、なぜ前野党が数年のうちに立身したか、よくわかりました」

猿がぐるりと周りを見渡せば、将右も手下どもの顔を追ってゆく。皆、凶悪な顔つきの輩だ。それはそうだ。彼らは川筋で手のつけられないあぶれ者であった。

（まあ、そうなんだがよ）

将右は小さく舌打ちする。

将右は前野家先代宗康の養子である。岩倉織田家が滅びて、里に退隠《たいいん》していた宗康から家を引き継いだ。いや、受け継ぐために、前野家に入った。

実は、前野家は別の者が継ぐはずだった。先代宗康には孫九郎《まごくろう》という立派な跡継ぎがいた。ところが、孫九郎は岩倉織田家が滅びると共に、信長傘下へと走り、父を捨てた。それどころか、前野家をでて、母方の小坂家を継いでしまった。主家を滅ぼした仇のもとに継嗣が走り、心身共に萎えた義父は世をはかなみ失意の中病死した。没落しかけた前野家を将右は継いだのだが、そこは兵法好きの偏屈者、ただ継ぐのでは面白くない。家の再興に一計を案じた。

ちょうど、その頃、蜂須賀小六が川筋衆のとりまとめに奔走を始めていた。前野家と小六は岩倉織田家臣時代から縁がある。将右は小六と組んで、木曽の山賊、木曽川の川賊、流域の野武士といったあぶれ者たちを拾っては、その配下に加えた。

前野党はみるみる膨れ上がった。前野家はこうして力を蓄え、川筋衆の有力者として返り咲いた。

（みただけでわかる、ってのか）

将右は顔をしかめている。そうだ、新興前野党の正体は無頼者《ぶらいもの》の巣窟《そうくつ》だ。確かに、こんな奴ら、武家からみれば鼻つまみ者だろう。

猿は将右の心を読むかのように続ける。

「織田信長様なら、出自の境なく、働けば働くほど取り立てていただける」

「何をもって、そう言う」

将右は片頬をゆがめる。

「その証《あかし》をみせてみよ」

将右は流れるように聞いた。いや、猿に導かれたのかもしれない。

猿はニンマリ満面にこぼれるような笑みを浮かべた。そして、

「わしだ!」

いきなり立ち上がった。

「この尾張中村の百姓の出ながら、野良仕事の役にも立たず、家をでて世を放浪し、学もない猿が、織田家に仕えて、こうして人がましく生きておる。それだけでない。お城で役を務め、組頭として人に物言える。すべては、信長様のやり方、織田家の家風のおかげ。信長様は確かに厳しきお方、じゃが、己の才覚をもって粉骨砕身《ふんこつさいしん》働く奴ぁ、卑賤者でもしっかりみてくださる」

そういって猿は小袖の肩を外し、もろ肌脱ぎになった。

「みてみよ、この」

だけでない。袴も脱いで、下帯だけの裸になる。

「この貧弱男が、一端の武家となって、かの前野将右衛門殿と話ができておる。それこそが、いつわりなき、あ、か、し、じゃ!」

そういって、薄い胸を、ビシン! と叩いた。仁王立ちして、フウンと鼻から息を吐く。

「なんでもいい。己の才を揮いたい者は、ぜひ織田家に、いやいや、織田信長様にお味方するべし!」

最後にクワッと目を見開き、しゃあぁっ、と口を鳴らす。

唖然《あぜん》として目を見張る前野党の者たち。その中央で、ハア? と半口を開けている将右。

動けない。あまりのことに度肝を抜かれたのか。馬鹿らしくて拍子抜けしたのか。

カハッ

やがて、乾いた笑いが起こる。

ウハハッ

将右が開けた半口の顎がだんだんと下がり始めている。

ウハハッ、アハ、アハハ、ウハハハハ

ついに、将右は大口を開け、天を仰ぐ。

「こんの、人たらし野郎！」

笑う。猿を指さし、己の太腿《ふともも》をパンパンと叩き、将右は笑う。

前のめりに笑えば、連られて前野党の皆も笑いだす。

夕暮れの前野八幡社の境内に、野太い男どもの笑い声が響き渡る。

ウハ、ウハハハハ、ウハハハハッ

将右は腹を抱え、地に膝を突いて笑う。

やがて立ち上がると、家来たちの笑い声の中、一歩、二歩と足を踏みだす。猿の前に来て、その肩を、ダン！　と叩く。

「おもしれえ！」

小男の猿は鼻腔を広げて見上げている。大男の将右は見下ろす。

「おもしれえな、おまえは！」

「おめえもだ！」

将右の雄叫びに、猿も応じる。二人、目を剝いて、ウハッと笑う。

なんだ？　なんだか、似ても似つかぬ妙な二人だが、こいつら合っている。

そう、馬が合う。言うなら、びったびた、だ。


びったびた、って、なんだ？

兄弟の契り

あとは宴である。

猿は前野将右に肩を抱かれ、ガラの悪い男たちにやんややんやと囃《はや》し立てられ、担ぎ込まれるように、前野屋敷へといざなわれた。

大広間で車座になる。杯を片手に、大笑いする。

「そんで、そんとき、旦那さまが、よお」

例の眼帯をした男が、立ち上がり、いよっと、袴を下ろして下帯姿の尻をみせた。

「でたなあ、銀次《ぎんじ》よお」「きたねえ尻を見せんなや」「いいぞ、いいぞ」

と、周りの男どもが野次を飛ばしたり、手を叩く。

「これ、こう、わしの尻をバシリバシリと蹴っ飛ばされてよお」

銀次が開いている片方の目尻を下げ、尻で手を押さえてピョンと跳ぶ。ガハハッと座を囲む一同が盛り上がる。

「喧嘩《けんか》で旦那に勝てる奴はいねえ。おれぁ、一生ついてゆくと決めたんだよお」

銀次はアイタタと痛そうに尻をさすって飛び跳ねる。

輪の中心でウワッハッハと腹を抱えるのはその旦那、前野将右である。横で猿が片頬をゆがめて笑っている。

「死之助《しのすけ》、仁左《じんざ》、一つ、舞えや」

将右が顎をしゃくれば、おう、と二人の男が立ち上がり、

「では、御客人、我らの剣技を一つ」

腰刀をスラリと引き抜き、向かい合って身構える。

「さあーさ！」

勝手知ったる同輩たちが声を掛ければ、腰を落として、呼吸を合わせる。

「そいやっ！」「おうおう」

片方が斬りつければ、片方が受けては払い、突く。寸の間でかわしてさらに剣を閃かせる。絶妙の剣舞である。おおお、と、猿は目を見張る。

「どうだ、木下藤吉郎」

「いや、素晴らしい」

猿は心から感嘆の吐息を漏らす。

「そうだ、侍やらが好む猿楽より、こいつらの舞の方がよほど見事さ」

将右が言えば、猿は深々と頷く。

「命を懸けて身につけた、命がけの技だからさ」

将右はニヤリと笑った。

「皆、乱世が生んだ奴らだ。あんなまずい面してるが最初からそうじゃねえ。皆、親があり、家があり、里があったんだ。だが、いくさが、奴らを突き落とした。親子供を失い、盗みをして、人を襲った。生きるためさ」

そうすべては生きるためなのだろう。だから一挙一動に迫真の気合が満ちている。この者たちは、人の世の最底辺を、あるいは人とは言えぬ修羅場をのたうち回ってきたのだ。

猿は剣戟《けんげき》を繰り返す二人を始め、一座の者たちを左から右へと眺めてゆく。

皆、悪相を崩して、手拍子をしている。頷きながら見渡してゆく猿の視線は、やがて将右へと行き着く。

「いや、皆もじゃが、わしはさらに素晴らしいものをみた」

猿の目は大きく見開かれキラキラと輝き、将右を捉えている。そんな顔をすると猿、瞳に映るすべてを心から敬い、愛しているようにみえる。

「この者たちを見事に率いておられる、前野殿を」

赤心でそう思う。この一歩間違えば「ド悪党ども」は、前野将右という風変わりな頭領に心服している。間違いない。

将右はしばし黙っていた。

「奴らは俺の家来じゃねえ」

やがて、軽く鼻息を吐く。

「皆、俺の朋輩さ。俺も侍崩れのあぶれ者だ。だから奴らの気持ちはわかる。俺には運よく居所があった。それだけさ、俺は奴らを集めて、場を与えただけ。生きる場さえあれば、奴らほど優れた者はいねえ」

将右はそう言って、ケッと喉を鳴らした。

「木曽川筋のあぶれ者を生んだのは、織田、斎藤のいくさ、さ。だから、皆、織田も斎藤も嫌いなんだ。俺だって、そうだ」

「なぜ、織田家の侍のわしにそんなことを」

「おまえは違う」

は？　と猿は小首をかしげる。

「おまえが織田の侍だと、笑わせるな。違う、おまえは、同じさ」

違うと言ったかと思えば、今度は、同じ、とは？

「臭《にお》うんだ、おまえは俺ら川筋の者、前野党と同じだ」

ほう、と猿は目を剝いて頷く。まあ、確かに侍というより、野伏りまがいの前野党の面々に近いかもしれない。

（おんなじじゃな）

そう思う。彼らは、やり場のない悲憤と、出しどころのない力を悪さに費やしていた。もし、猿が膂力優れ、体軀十分であれば彼らのようになっていたかもしれない。そうなれないと断じて、奉公人の道を選んだのだ。

「まあ、そうだ」

猿の頷きに、将右は酒を差し出してくる。猿は盃《さかずき》で受ける。

「そう、だろう」

将右はニッと笑い、なみなみと注ぐ。そして、次に、己も盃を持ち上げ、突きだしてくる。猿は慌てて、酒を注ぐ。将右は一口に空けた。

「おまえみたいな奴がいるなら、話が早い。前野党は織田につく。俺は決めた」

おおお、と猿は、内心、驚嘆し、歓喜に震える。

「では……」

「でな」

大きく頷きかけた猿をさえぎるように、将右が被せてくる。

「それで、おまえが、おやじ殿に語った策のことだ」

「おやじ殿？」

「坪内勝定は俺の実の父だ。松倉での話は聞かせてもらった」

将右は、坪内家と前野家の由縁《ゆえん》、己の生い立ちを簡潔に語った。

(そうか)

将右が坪内党にも縁があるなら、さらに話は早い。猿は前のめりになる。

「いい話だろう」

「ああ。俺の考えていたことと同じだ」

おお、そうか、そうか。猿は己の幸運に身震いする。

「乗るんだな」

「いや――」

将右はかすかに顎を引き、にやついた。猿の目に、にわかに川賊の親分にみえるほど、悪辣《あくらつ》な面構えだった。

「だが、少々違うところがある。俺はな、洲の俣を川から襲うのがいいと思っていた。だが、おまえのあれはなんだ？」

将右が松倉から舟で運ぶのは兵。すなわち、洲の俣にたむろする軍兵に川から斬り込む。川筋の者らしい、水上からの奇襲戦法だった。

が、猿の言い分は違う。猿が語ったのは、洲の俣攻撃策ではない。城づくり、である。猿が運ぶのはあくまで、城を組むための資材だ。

「面倒だ。攻めた方が早い」

将右は、吐き捨てるように言うと、おい、と声を掛けた。いつものことなのか、前野党の一人が即座に応じて、筆と紙を捧げてくる。

「いいか」

将右は、白い紙をはらりと広げ、スラスラと筆で何かを描き始める。

なんだ、と猿はみている。大小のみみずがのたくったような絵図だった。

「ここが、松倉、ここが洲の俣」

と、将右は黒丸をつけてゆく。ああ、と猿は頷いた。どうやら、尾張北、木曽川の流路のようだ。

あまりにへたくそでわからなかった。

木曽川は犬山を過ぎていくつもの支流に分かれる。

松倉は、犬山を過ぎた木曽川本流が支流と分かれた間に浮かぶ中州。松倉の北を西へと進んだ本流は稲葉山南の加納《かのう》付近から南へと湾曲し、北から来る長良川と合流し、伊勢湾めがけて進む。そこにさらに、西から犀川が合流する。この合流点、絵図面上では、「Y」字状の二股のつけ根の西側、ここが洲の俣である。

「洲の俣はな、孫子の兵法に言う、争地《そうち》っていってな。軍勢に利を争わせる地なんだ」

猿は大きく顔をしかめる。そんな言葉は知らない。いや、この時代に、孫子など知っている者、限られるだろう。

「大兵などいらない」

将右は続ける。

「兵は三組に分けてな。それぞれの組に、乱《らん》、飛《ひ》、角《かく》と役割を与えてな……」

あらかじめ潜入した乱が敵を掻き乱し、飛がそれを広げ、合図をだす。浮足立ったところに角が斬り込み……滔々と話し始める。

周囲で飲んだくれていた家来たちも、「でましたな、旦那」「御大将の兵法なら、百戦百勝でさあ」と、酔眼の目尻を下げて、寄ってくる。

（勇ましいだけでない）

猿は感嘆の吐息と共に、将右をみている。そして、広間の片隅に山と積まれた書物へと目を移してゆく。

来たときから気になっていた。猿は先代前野宗康の頃、蜂須賀小六と共にここに来たことがある。そのとき、こんな書物はなかった。ならば、これは将右の蔵書であろう。

今どき、これだけの書物を持つなど、殿様か坊主ぐらいだ。しかも、書物が蔵に収められず広間に積まれているのは、将右が日々、読みこなしているのだろう。この乱世に、地侍でそんなことする奴、いない。

（よく学んでいる）

それに将右の話しぶり。理路整然と筋立てて話ができる。この男、単なる悪党の親玉ではない。だからこそ無頼者を御すことができ、彼らも従うのだろう。

「わかったか。城なんてなくてもこれで勝てる。兵も我ら前野党だけで十分だ」

将右は自信満々である。確かに川を使ったいくさで川筋衆は無敵、さらには、前野党のいかつい顔ぶれ。いくさ場で無類の強さを発揮しそうでは、ある。

(じゃが)

このいくさは敵を討つだけで終わってはいけない。

猿はスウと息を吸い、胸に溜めた。大きな吐息に乗せて言い放つ。

「そうだ、その通りじゃ。斎藤勢に奇襲をかけりゃあ、いっときは敵を追っ払うこともできよう。じゃが、奴らはまた現れて、洲の俣の織田勢を攻める」

「また、俺が追っ払ってやるさ」

違う違う、と猿は首を左右に大きく振る。

「織田が洲の俣に城を築くのはいっときのことではない。洲の俣に十分に兵を溜めて、守っては攻め、美濃を分断し、稲葉山を落とすためなんじゃ」

猿は説く。全身を震わせ、身振り手振りで説く。

「今、織田勢は洲の俣を守り、城を築こうと必死じゃ。もし、それをなせりゃあ、織田家どころか濃尾の国中の衆目を集めるぞ」

猿、ここは渾身の力を入れる。前野党、前野将右は思いがけず得た宝、猿の閉塞をぶち破ってくれる突破口だ。全身全霊でこの策を納得させねばならない。

「将右殿、おぬしが、いっときの褒美めがけてやるなら、わしはなんも言わずに帰る。おぬしの策通り、やれば、ええ。じゃが、それでは、前野党は今と変わらんだろうが。やるなら、織田家の美濃獲りの一番手柄になった方がええ。そうではないか」

猿のかき口説きに将右は眉をひそめている。まだ、納得していない。猿、さらに力を込める。

「命がけで敵に斬り込むより、命がけで城をつくるんじゃ」

「では、わしにおのれの策に従えということか」

将右はひそめた眉根を上げている。猿は言葉を溜めた。将右の心を読んでいる。

(そうか)

この兵法かぶれは譲れないのだ。味方するからには、磨いた己の軍才を十分に揮いたい。猿の策に自分が乗るなど、誇りが許さないのである。

(じゃあ)

猿は身を乗りだす。

「もし、この策が気に入ったんなら、そのまま将右殿にやる。わしのような者が粗々で組んだとて、うまくいかん。川筋衆とて動かせん。どうか、この策を将右殿が練り上げてくれ。将右殿が立てた策ということでわしは従う。これでどうじゃ」

お? と将右の表情が和《やわ》らぐ。瞳が明るい。いい流れであった。

「いいのか」

「ああ、いいとも」

(どうせ、川筋衆がいなければ始まらん)

猿は賭けている。いいのだ。今は何より、この前野将右衛門長康という男の心を放したくない。なんにしても織田側の取り次ぎ役が猿ならば、やることは同じだ。

「わかった」

「ただし」

猿が声音を改めれば、将右は胡散臭《うさんくさ》そうに顔をしかめた。（まだ、なんかあんのか？）と顔に書いてある。

「共に小六殿のところへ行ってくれ」

猿はぶちまける。蜂須賀小六は猿の元主であり、この話を一番に持って行ったが、断られた、と。

（隠しても、いずれわかる）

本日、事態は大きく動いた。川筋衆の有力者前野党を味方にすることはできた。だが、前野党だけではだめだ。

（小六が、欲しい）

蜂須賀小六という川筋衆を束ねる男が動いてこそ、この策はできあがる。すなわち織田家と川筋衆が結ばれ、灰色だった木曽川筋が織田一色となる。そして信長は美濃を獲るのである。

だが、将右は応じるか。さすがの前野党の首領とて、小六を動かすほどの力があるか。

「小六を知っているって、おまえ、小六んところの小者だったわけだ」

将右は呆れたように言う。ああ、と猿は頷く。

「そのおまえが俺を使って、小六を口説く、と」

「ああ、そうだ」

猿は臆面もなく頷く。嘘はこの男に通じない。正面突破あるのみだ。

将右の目がにやついている。背を反り返らせ、顎を引き、見下ろすようにねめつけてくる。長身の将右が小男の猿にそうすれば、大人が小僧を嘲るようだった。

やがて、バッと身を乗り出して、目を剝いた。

「どこまでも、図々《ずうずう》しい奴だな！　おまえは！」

猿、うわっと身構える。しかし――

将右は笑っていた。笑い終えると、フンと鼻を鳴らした。

「いいぞ、では、今から行こう」

「え、今から」

「なんだ、小六を口説きたいんだろう」

「いや、とはいえ……」

いい加減、日もとっぷり暮れている。この夜半に前置きもなく訪問して小六に会えるのか。口説く自信があると言うのか。

「俺と小六は義兄弟の契りを交わしている」

え？ と、猿は目を見張る。

「まあ、表ざたじゃねえがな。小六は俺とならいつでも会う」

じゃ、仕度だ、と立ち上がる将右を、猿は唖然と見送る。

「運がいいですねえ。旦那と小六様は一心同体の間柄ですよ」

傍らから、独眼の銀次が酒臭い息で言う。

蜂須賀小六が川筋衆をまとめ上げるのを裏から支えたのは旦那なんですよ……と、銀次は誇らしげに続ける。器量人とはいえ、小六は尾張、美濃と浪々した流れ者。前野党という実力家の後ろ盾と、将右という変わり者の助力がなければ、これほどの短期間に川筋衆をまとめるなどできはしない、と。

「なんせ、まともな侍ばかりじゃねえですから」

川沿いの偏屈で気の荒い土豪、野武士、そして、この銀次のような悪たれ。根絶やしにするなら、何年かかり、どんな血みどろの騒乱となるのか。まとめて雇い、囲い込んで己の力とした前野将右こそ、陰の川筋衆の主なのである。小六とて重用せずにはいられない。

(しかし、義兄弟とは)

ついている。又左の伝手で坪内勝定に会ったことから前野将右に繋がり、その将右は小六の義兄弟。

これは、なんという縁、幸運なのか。空恐ろしいほどであった。

あの若者の「当たってみよ」という一言からここまで来た。動くどころか坂道を転がるように事が進んでゆく。

(木曽川殿)

心で合掌し、拝む。やはり、あのお方は何かをもたらしてくれると確信する。

が、ふと、真顔に戻る。

(うまくいき過ぎじゃ)

瞬時に己をみつめ直す。

(いかんわ)

そうだ、今日、思いがけず事態は動いた。むしろ、動き過ぎた。

確かに、小六の心が獲れれば、猿も織田家を動かすつもりでいた。猿が小六の内意を得て、それを土産に、信長の御意を得る。そして、織田家と川筋衆の盟約がなされる。そんな筋を描いていた。

しかし、ここで前野党、蜂須賀党が一気に動くとなれば、猿個人の人脈の範疇《はんちゅう》を超える。本日こんな話になるとは微塵も思わず、織田家への根回しがまったくできていない。

「さあ、ゆくぞ」

爽やかな浅黄色の小袖に着替え戻ってきた将右の前に、猿は両手を広げて立ち上がる。

「だめだ」

「なんだ、俺が信じられないのか」

そうじゃない、と猿は全身を震わす。

「小六殿を迎え入れるのに、この有り様でゆくのは、いかん」

猿の物言いに、将右は苦笑して、赤ら顔の家来たちを見渡した。

「俺は酔っていない。俺に任せておけ」

「だめじゃ、小六殿には心から賛同してもらわねばならない。それに」

「それに?」

と言って、猿、織田家に話が通っていないとは言えない。こんな言い方をした。

「次にうまくゆかねば、もう小六殿の心を翻《ひるがえ》せない」

猿は簡潔に語った。二度訪問し、お伺いを立てた猿を小六は一蹴した。そして、次に、前野将右を伴った猿の話を蹴るとなると、もうあとに引けない。会うことも叶《かな》わなくなる、と。

「安易なことではない。仕度しようではないか。堂々小六殿のもとを訪ね、礼を尽くして迎えられるよう日を改めよう」

「なるほど、礼を尽くす、か」

と、将右、意外に素直に頷いた。何か楽しむようでもある。

「まあ、いい、焦ることもねえ」

笑顔で二度三度と頷き、上唇をなめる。悪戯でもするような顔つきである。敏感な猿はそんなことにも反応してしまう。

「なんかあるのか」

「今、お前は小六のもとを二度訪ねた、と言ったな」

「おお、そうじゃ」

「なら、次は、三顧《さんこ》の礼、さ」

「さんこの、れい？」

フッと将右は笑った。

「三顧の礼」後世に轟くほど有名な古代唐土の故事である。

後漢《ごかん》の末期、のちに蜀漢《しょくかん》を建国し、皇帝となる劉備《りゅうび》は在野の俊才諸葛亮《しょかつりょう》を招くべく、自ら三度その草蘆《そうろ》を訪ねた。仕える気のなかった諸葛亮はその熱意と態度に打たれ、劉備の軍師となり、死ぬまで忠誠を尽くした。

どうだ、いい話だろう、と、将右は鼻孔を広げる。

「礼を尽くすんだ、しかも俺のような無頼者がな。小六は必ずこちらに靡く」

猿はただ頷く。そんな故事、学がない猿が知るはずもない。が、将右の言いたいことはなんとなくわかった。

将右はまた小さく笑ったあと、面を引き締める。

「次は、外も万端固めて小六のところに行こう。奴が納得して動けるようにな」

「そうじゃ、わしも動く」

ここは猿、即応する。

(まあ、よかった)

川筋衆の目途はついた。なら、猿のもう一方の仕事である織田家の、すなわち、信長の意思を得る。それを持って、堂々小六のもとにゆこうではないか。

「次にいくときゃ、小六も我らの同志さ。こりゃあ、三顧の礼だけじゃなく、桃園《とうえん》の義、でもあるな」

「とうえんの、ぎ?」

将右が瞳を輝かせば、猿はまた小首をかしげる。

「演義三国志《えんぎさんごくし》さ」

どうも、将右は、三国志が好きらしい。

中国四大奇書に列される「三国志演義」。元代末の作家羅貫中《らかんちゆう》が記したとされる。最古の刊行本は明の嘉靖《かせい》元年(一五二二)、千年以上前の帝国史「三国志」をもとに、語り継がれた逸話《いつわ》を随所にちりばめ、物語としてまとめた大著である。日本での翻訳は江戸時代の元禄《げんろく》年間だが、その原書は古くより様々な形で大陸各地で親しまれ、戦国期の日本へも伝来し始めていた。まあ、文字も読めなかった男が書に魅せられて触れれば、心を鷲掴みにされるほど魅力的な書物ではある。

「おまえは今日、俺と盃を交わしたな。俺と小六は義兄弟、なら俺とおまえと小六は三兄弟だ」

「盃?　義兄弟?」

ご存じの方も多いだろう。先述の英雄劉備と、豪傑関羽《かんう》、張飛《ちようひ》の三人は、黎明《れいめい》前の若き頃、桃園で「我ら生まれた日は違えど、同じ日に死なん」と義兄弟の契りを交わし、乱世へと踏みだした。三国志演義きっての名場面である。

「血の繫がりよりも固い契りだ」

と、将右、大きく息を吐く。

(なんだよお)

猿は少々呆れ気味に、胸を張る将右をみている。この変わり者の兵法好き、思いのほか、陶酔肌《ロマンチスト》なのだ。こういう奴ほど思い込んだら一途なことを、猿は知っている。

「まあ、演義ってのは、つくり話なんだがな」

将右は照れるように笑う。そんな風に笑えば、精悍な髭面が妙に愛らしくなる。

「物語の中にこそ、真《まこと》があるんだよ」

猿がゆるく頷けば、将右は、

「しかし、俺とおまえが兄弟とは」

ニヤニヤして顎をしゃくる。

「で、どちらが兄かねえ」

「それは……」

「まあ、いいや」

将右の方が一回りも年長である。譲ろうとした猿を将右はさえぎった。

「どっちが兄で、弟か、競ってみようじゃねえか。それでいいな、木下藤吉郎」

ウカカと笑う。猿も笑って頷く。

「猿、と呼んでくれい」

「いいや、呼ばない」

将右は即答する。

「おまえは、俺の兄弟だろう、猿ではない、俺はおまえを藤吉、と呼ぶ。おまえは俺を将右と呼べ」

「では、将右殿……」

「将右でいい、と言ったろうが」

将右はさえぎる。

「もう一度言うぞ、俺とおまえは兄弟だ。俺はおまえを信じる」

そういって猿の肩を鷲掴みにする。大人が童を小突いているようにしか見えない。

「おまえは丸裸で俺にぶつかってきやがった。俺はおまえみたいな奴が好きなんだ！」

そのまま手を放して、猿の肩を、ビシッ！　と叩いた。

(いてえな)

小柄な猿はそれだけでよろける。が、いやな痛みではない。

「旦那の義兄弟ってことは、我らの兄貴分ですぜ」

後ろから銀次に背中をさすられる。

「よろしく頼みますぜえ、あにきぃぃ」

独眼の銀次は気味悪い笑みを浮かべる。かなり、酒臭い。

(兄貴、かい……)

猿は口をへの字に曲げ、ささくれた銀次の悪面を見た。後ろに居並ぶ前野党も不気味な顔で微笑んでいる。いつの間にか、この悪たれたちの兄貴になってしまった。

いいだろう。これだけの縁が連なっている。なら、悪党の兄貴分となるのも悪くない。そんな侍にできないことができる。それこそが、猿、なのである。

宿老評定

チッ、と小さな舌打ちが広間に響いた。

信長だった。

「すのまた、か」

続いて、その口の端から低いつぶやきが漏れた。

列座の一同、渋い顔を伏せるばかりである。

清須城、本丸御殿、織田家の宿老評定《しゅくろうひょうじょう》の最中。

村井貞勝は評定の間の上座脇から、列座する一同を見渡していた。

村井吉兵衛《きちべえ》貞勝。間違いなく有能な男である。それも織田家中で抜きんでている。のち信長が都を制したのち、信長の任命で天下所司代《てんかしょしだい》の役につき、朝廷の公家、寺社の坊主といった魑魅魍魎《ちみもうりょう》たる輩と渡り合い、見事に牛耳《ぎゅうじ》ってしまう。行政では織田一の男と言っていい。烈士でもある。末期《まつご》はあの「本能寺《ほんのうじ》の変」の日、燃え盛る本能寺をみて、息子信忠《のぶただ》の籠もる二条城《にじょうじょう》に駆け込み、主君父子に殉《じゅん》じる。

武勇一辺倒の荒武者より、こんな男の方が得難《えがた》いもの。信長はむろん家臣団の信も厚く、信長守《も》り役の平手政秀《ひらてまさひで》没後は、織田弾正忠家の家宰《かさい》となり、清須城の奉行筆頭、城内の束ね役をもこなしている。

織田家の宿老評定の仕切り役とてこの男以外、いない。

宿老評定は信長の家老の中でも選び抜かれた重鎮が参加する。

筆頭家老、尾張でも最大の国衆勢力を持つ佐久間信盛、織田の武を代表する猛将柴田権六勝家、先代信秀からの譜代家老林秀貞《はやしひでさだ》、若手から抜擢を受けた丹羽五郎左衛門長秀、である。

彼らが上座の信長の前で向き合って座る。仕切り役の貞勝は信長の傍ら。意を述べるより、発言をとりまとめ、議を進行する役である。

それ以外は、評議案件を抱える物頭、奉行が下座に控える。いわゆる「現場の当事者」だ。当事者は己の担当事案を言上《ごんじよう》し、仕切り役の貞勝なり、その者の上役の宿老がそれを補足する。宿老一同が内容の吟味と方策を論じ合い、信長が裁断する。

宿老評定まで上がる案件は特に重い。ゆえに、この評定、平時はあまり行われないが、このところは連日行われている。

貞勝は、ふむむ、と口を結び、評定の間のもっとも下座へと目を移してゆく。

その男は時折、顔を上げ、上目遣いに前をうかがっている。そのたび、猿顔の大きな白目がチラチラとみえている。

貞勝はクッと息を漏らした。

いや、猿には初の宿老評定だ。物珍しくて仕方ないのだろう。

村井貞勝は前日、猿の訪問を受けている。

「おまえが宿老評定にでたいじゃと?」

ハイ、と平伏する猿の頭頂の髷を睨んで、貞勝は首をひねる。

「やつがれもこのお城で奉公して台所役をようやっと慣れて、少しはお役に立てるようになりました。向後のため、評定の見聞などしておきたく」

猿は、そんな殊勝なことを述べてくる。貞勝はしばし思考を巡らす。

(まあ、少しどころか、十分だが)

貞勝にとって、猿は極めて有用な部下であった。まず、仕事ができる。それだけではない。他の者と違うのは、猿は己で己の役の改善、向上ができるのだ。

当世、城の奉公人など上が決めたことを忠実にやるだけ。いくさ働きで武功を立てる方が褒美も大きく出世も早い。しぜん、切れ者は皆、武者奉公を望むのである。奉行とて、槍働きが苦手で非力な者が担うとして軽くみられがちだ。奉行衆の束ね役の貞勝としては切歯扼腕《せっしやくわん》たる想いでいる。

そんな中で猿という存在は刮目《かつもく》に値する。猿は慣習で続いたことも無駄と気づけば効率よいやり方を貞勝に進言してくる。中には貞勝が気づかぬこともあり、唸《うな》りを上げることも多々ある。現場にいる者ならではの発見、発想、それを形にできる奴なのだ。

頭固き者なら、それをわずらわしいと抑え込むだろう。だが、貞勝は吟味のうえ、大概、採る。この辺りはさすがのちの天下所司代村井貞勝である。

信長に報じることもない。城内のことはすべて任されている。

(いや、報じるまでもない)

猿の言い分は的を射ている。無駄嫌いな信長なら即座に採るとわかる。そこまで信長と貞勝は阿吽《あうん》の呼吸であった。まあ、のち、阿吽の呼吸なのは実は猿だったと、貞勝、苦笑して懐かしんだりするのだが。

そんな貞勝である。いずれ猿を評定に呼ぼうと思っては、いた。

「だが、宿老評定はなあ……」

「存じております」

宿老評定は、先述の通り、宿老以外は難案件を持つ者だけが呼ばれる。猿は呼ばれたことはない。なぜなら、猿の受け持つ役どころはすべて問題なく差配されているからだ。それは貞勝が猿を認め、その才を使いこなしているからに他ならない。それほど、この上役と部下の関係は良好なのである。

(可愛げのある奴だ)

猿は己の仕事がうまくゆけば、「村井様のおかげじゃ」と大声で喜び、「村井様の言われた通りやっておれば、この猿とてこのように奉公がはかどる。ありがたや、ありがたや」と天を拝む。

猿は卑賤の出、しかも非力貧弱者ゆえ、他の者、特に腕自慢の武者どもの風当たりが強い。槍働きもできぬ猿め、と露骨に罵《ののし》る者さえいる。だから、日頃から貞勝を立てる。まあ、わかりやすい「おべっか」なのだが、これだけ明るく大仰にやられると、周りも苦笑するしかない。

そんな猿、「はい、お席の末でひたすらご評定を聞き、お歴々のお振舞いをこの身この肌で感じたいのでございます」と平身低頭ねだってくる。

ふむ……と貞勝は考える。

(いいか)

そう思い始めたのは、織田家吏僚《りりょう》の総元締めの貞勝らしい根拠がある。

信長の躍進と共に、軍役を担う侍大将と同じく奉行衆の仕事も増えている。優秀な者を引き立てて、各所に配さねばならない。猿ほどの者なら、もっと難しい役もできるだろう。遠方の代官となることもあるかもしれない。なら、後学のため評定をみておいてもいい。

「いいだろう」

ついにそう断じた。この貞勝も、やはり猿にたらし込まれたのかもしれない。

ただ、さすがに政の達人村井貞勝、根回しも忘れない。事前に信長に問うた。「かの猿、木下藤吉郎、あす評定の末席に加えます」と。

信長は眉一つ動かさず、「であるか」とだけ、答えた。

その初《しょ》っ端《ぱな》の宿老評定がこれでは、さすがの猿も面喰らっているだろう。

本日の評定はいつにない空気で始まった。

なぜなら、予期せぬ参加者がいた。むろん、猿ではない。

佐久間信盛である。

いや、先述の通り、立派な宿老評定衆の一人なのだが、この男、今はここにいるはずがない。信盛は、洲の俣在陣、築城の大将。ところが、なぜか、今朝方、単身、清須に戻ってきて、荒い息のまま評定に乗り込んできた。

いの一番に報じるのは、洲の俣の件である。例によって、斎藤勢の連日にわたる攻め激しく築城困難、あまりの苦境にこれを報ずるべく陣を抜けてきた、と、言う。

佐久間信盛は一通り述べたあと、むっつり黙り込んで、視線を落としている。

いつもは、えらの張った面を昂然と上げる信盛だが、頬がこけている。戦場焼けでそうみえるのか、えらく疲れているのか。その様は洲の俣の苦難を物語っていた。

(やれ、難儀なことだ)

ここのところの宿老評定は、もっぱら洲の俣のためであった。

洲の俣。貞勝からすれば、撤退が妥当だ。

貞勝は武人ではない。吏僚である。徹頭徹尾、現実派だ。ひとまず武門の事情をおくのなら、洲の俣築城など無駄としか思えない。

今、苦境にある兵の損耗、運んだ物資も奪われ、焼かれ、つぎ込んだ人夫すら、殺され、あるいは逃げて失っている。このまま浪費を続けて城ができないでは意味がない。早々に引き揚げて、別のことに人と金を使うべきだ。

(だが、ただ退くのもな)

貞勝がただの奉行でないのは、そこまで考慮できるところである。

このちも美濃斎藤とのいくさは続く。せっかく取った美濃側の拠点、撤収するにしても「やり方」がある。そろそろ、それを考える時期に来ているように思える。


「お屋形様」

身を乗りだすのは柴田権六勝家である。

勝家は先日、援軍で洲の俣にゆき、斎藤勢を打ち破り、包囲を崩して帰ってきた。

「美濃勢はこちらが攻めれば一旦退いて、また寄せるの繰り返し。当方も深追いしては敵に囲まれることになり申す」

現地を見てきただけに、己が言うべきと気負っているのだろう。事実、勝家が追い払っても斎藤勢はすぐに兵を立て直し、洲の俣に攻め寄せている。

「洲の俣についてはお退きになるのが上策かと」

勝家の嗄《しわが》れ声が重く響いた。横で深々と頷くのは林秀貞である。家老中最年長のこの男は、特に慎重肌、保守的であった。

信長は二人の方をみもしなかった。その怜悧な顔が一層冷たく光っている。眉間に一筋の縦皺が浮く。

「五郎左」

信長の声は低い。
ハ、と一礼した丹羽五郎左衛門長秀はしばし言葉を溜めた。列座の中でもっとも若い新任宿老の長秀は周りを気遣うように黒目を動かしていた。

気まずい沈黙の中、思い切るように、面を伏せ語りだす。

「佐久間殿、柴田殿が参ってもなせぬとあれば、ここはやはり、一度兵を退くにしかずかと……」

長秀の言葉が進むたび、信長は徐々に瞼を伏せていた。


あいや！


にわかに轟いた叫びに宿老は皆目を見張り、左右を振り仰ぐ。瞬時、どこからか、わからない。なおも、小刻みに首を振り、視線を迷わせる。

その者は広間のもっとも下座で、高らかに手を挙げていた。

猿である。

この場で発言する権利のない輩、いや、発言するに値しない者が、今、広げた右手の平を大きく前にかざし、面を上げ、「待った」をかけている。

皆、驚愕している。貞勝とて、あんぐりと口を開け、愕然と肩を落としている。

（あ、あ奴、物狂いか）

あまりの驚愕に動くこともできない。

「お待ちくだされ、ここまでやったなら、洲の俣のお城、つくらねばなりませぬ」

「何を言うか、下郎が！」

片膝立ちとなるのは、柴田勝家。いや、勝家だけではない。温厚な丹羽長秀すらすでに腰を上げかけている。が、次の瞬間、さらなる驚愕で、一同、またも動けなくなる。

「貴様！」

耳をつんざくほど甲高い叫びに、皆、固まっている。

恐る恐る、黒目を動かしてゆく。

信長が立ち上がっていた。その切れ長の目が吊り上がり、こめかみが激しくひくついている。時折見せる信長の癇癪《かんしやく》の予兆。宿老たちは生唾を呑み、身を固くする。皆、恐懼《きようく》の目を見開き、頬まで鳥肌が立っている。

「どの口がほざく！」

信長そのまま大股で歩みだしている。その背から雷光がほとばしるようである、うわっと列座の者が身を引けば、座に一本道が開ける。その真ん中を信長はダン！　と、床を踏み鳴らして進む。

「ここで何もなせず退くとあらば、斎藤方の思うつぼ、織田は口ほどにもなしと嘲りを受け、家を継いだばかりの斎藤龍興の跡目は固まり、のちのいくさにも響きましょうぞ！」

猿は叫ぶ。口から盛大に唾を飛ばし、全身を震わせている。信長の歩みの間も必死の言上が続く。

「口ほどにもないと」

ついに猿の前に立った信長の顔が激情で燃えている。猿、うへへっと平伏する。

「言うたか！」

信長は右足を上げ、伏せた猿の肩辺りにかけ、グワアンと蹴る。猿、激しく床に転がる。

貞勝は立ち上がって、信長に駆け寄ろうとする。そうだ、信長は時折、こんな風に癇癪を起こす。大概は、宿老、侍大将で気にくわない意を述べた輩に対してだ。それを宥《なだ》めるのは貞勝の役目である。

が、起き上がり平伏した猿の次の言葉に、貞勝の全身は凍りつく。

「お、お許しを、しかしながら」

「しかしながら、なんだ！」

「洲の俣の城、つくらねばなりませぬ！」

座り直した猿は床に額を擦りつける。

貞勝の唇がアワワと震える。あ奴、物の怪《け》でも憑《つ》いたのか。こうとなれば、どの者も平身低頭詫びるのみで同じことを口走りはしない。だが、この猿は——

(殺されるぞ)

もう目をつぶるしかない。

「うぬれが！」

信長また蹴る。猿がゴロオンと回転して、ドン！　と柱にぶつかる。

「もう一度、言うてみよ！」

「洲の俣の城はつくらねばなりませぬ！」

猿は逃げない、居直り、身を震わせ平伏し、叫ぶ。

「この！」

信長、蹴る。猿、うげっと二転、三転、転がる。あまりに凄まじい絵である。誰も間に入れない、皆、下唇を震わせ、青ざめた面を伏せる。信長は蹴る、蹴りつける。猿は転がっては直り、その凄まじき折檻《せっかん》を受ける。

「猿が！」

最後にひときわ大きく蹴り、叫び、信長は肩を上下させた。

広間を占める重い静寂の中、信長の呼吸の音と、猿のかすかなうめきが聞こえる。他はひたすら沈黙、息もできず唾も呑み込めずに、ただただ、沈黙。

「右衛門、権六！」

信長は振り返りざまに叫んだ。

ビクリと、宿老一同、雷撃に打たれたように肩を揺らし、目を剝く。呼ばれた二人、佐久間右衛門信盛は、つい先ほどまでうなだれていた上半身をビンと直立させ、柴田権六勝家はすでに海老《えび》のように体を丸め面を伏せている。二人共、まるで己が折檻を受けたようだった。

「洲の俣、もう一度ゆけ！」

「ハハア！」

筆頭家老信盛、織田一の猛将勝家、即座に応じる。こうなるともはや忠犬である。

「散れ！　今日は終わりだ！」

信長は大股で座の中央を戻ってゆく。列座から漏れた吐息が広間に充満する。皆、一斉に居住まいを正し始める。いや、一刻も早くこの場から去りたいだろう。

ふだんは冷静沈着な貞勝とてそうだ。早々に退散したい。

「村井」

上座に戻った信長はジロリと横目で貞勝を睨んでくる。

「は」

と応じたつもりが、かすれて声にならない。刃のような信長の眼光が貞勝の顔を射抜いている。うはああ……と貞勝ほどの器量人がうろたえている。

「残れ」

低く呼びかけてくる信長の瞳の輝き。

尋常ではない。

貞勝、生きた心地もしない。


猿は広間から下がり、奉行の詰めの間にある。

壁に向かいうずくまり、己の肩を、尻を撫でている。

「いたいのう」

同僚たちは恐ろしがって近づいてこない。皆、猿が宿老評定にでたことは知っている。そのうえ、痛めつけられたとすれば、何事か不首尾を責められたとしか思えない。

中には（いい気味だ）と思っている奴もいる。猿ごときが宿老評定にでたのが気にくわないのだ。さすがに信長直々の蹴りを喰らったとは思い及ばないが、どんな時代もそんな輩はいる。で、部屋の片隅の猿。壁に向かう、その顔。

なんと、笑っている。

あれだけ痛烈に蹴られてもニタニタ気持ち悪いほど笑っている。

人が見れば、正真正銘、正気を失ったと思うであろう。だが、猿の頭には、この男ならではの思考が渦を巻いている。

（お屋形様に、蹴られた）

別に被虐愛好者《マゾヒスト》なわけではない。猿は知っている。前田又左に聞いたことがある。信長は己が気に入った者を人前でこっぴどく足蹴にする、ということを。「わしはずいぶんと蹴られたぞ」又左は懐かしそうにそう言っていた。

（蹴られたわ）

それは、近寄ることもできなかった天上の神が舞い降りて、己の頬を撫でてくれた、そんな倒錯《とうさく》した思いとなって、猿の心を満たしている。信長はひょっとして、相手を痛めつけて、その者の信長への信奉が揺らがぬか試しているのかもしれない――そこまで思い至る猿、やはり、どこかおかしいのかもしれない。

宿老評定であんなことを言いだした猿。だが、当初から、ああするつもりだったわけではない。評定にでたのは、まず信長と宿老たちの意思、やりとり、織田家の大方針を知っておきたかったからだ。知り、雰囲気を体感しておく。そして、いざ評定にでるときの下地としておきたかった。

そのうえで、村井貞勝に洲の俣築城を上申し、評定にかけてもらうつもりだった。だから、貞勝に述べた後学のため、というのも嘘ではない。

だが、あの評議のなりゆき。

佐久間信盛、柴田勝家始め、宿老連中の悲観的な思考、態度、否定的な物言い。

声を大にして言いたかった。「てまえに策があります」と。

だが、さすがにあの場では言えない。なら、なんとか、止めたかった。その一心で、口が、体が動いてしまった。

何より許せないことがある。宿老たちは、撤退を主張するばかりで、打開策を論じ合わないのだ。

(ご重臣など、大したこともない。退く、退く、というのは簡単じゃ)

ではどう退くのか、それが肝心ではないか。この辺り、猿の思考は村井貞勝と一致している。違いは、猿は川筋衆という秘策を抱えている、ということである。

(あれではお屋形様もおつらいだろう)

信長の顔。そうだ、信長はあの場で何かを求めていた。

千載一遇の機を逃さず、先頭切って美濃へと駆けた信長だ。今後の美濃獲りのためにも、すごすごと退くはずがない。

ところが、重臣は、捨てろ捨てろというだけ。あれでは腹も立つだろう。

だから、その鬱憤《うっぷん》を猿にぶつけた。そして、猿は逃げなかった。信長はきっと何かを感じたであろう。

来る、必ず、来る。

猿は痛む腰を、太腿をさすりながら待っている。

「猿はおるか」

と、小声で呼ぶ声に振り返る。

半ば開いた障子から村井貞勝の顔が覗いている。

その顔がいつになく尖っている。が、猿にはよい予感しかしない。
ハ、と向き直り、立ち上がる。
しかし、背中が痛い。

密命くだる

村井貞勝に続いて入った御殿最奥の一室は広くない。

明かり取りの小窓も小さく昼でも薄暗い。

猿が貞勝の横で待てば、ほどなく、奥の襖が開く。

(来た)

一人の貴人が入ってくる。むろん、信長である。

深々と平伏する猿の全身に鳥肌が立ち、体の痛みなど吹き飛んでいる。その身は感動で打ち震えている。

信長はいつもの鋭い身ごなしで上座に胡坐をかき、やや目を細めて猿をみた。

しばしの間、ただみつめる。穴が開くほど、猿のことをみていた。

「お屋形様」

あまりの沈黙に口を開いたのは、村井貞勝だった。

信長は表情を動かさない。

「顔をみせろ」

猿は面を上げ、信長をみた。ここまで至近で対面するのは初めてだ。

(綺麗《きれい》なお顔じゃなあ)

漠然とそんなことを思っていた。

信長は美男である。通った鼻筋、切れ長の目、男が見ても惚れ惚れするほどであった。

(じゃが、寂しそうじゃ)

その細く見開かれた瞳の輝きがどうも哀《かな》しい。

そうだ、このお方は幼き頃より巨大な孤独を抱え生きてきた。うつけと笑われ、母からも疎《うと》んじられ、家臣からも嘲りを受け、屈折し、その鬱憤を奇矯な行動で晴らしていた。誰にも理解されず、理解を求めず、むしろ逆らって生きてきた。

父の先代信秀が死んだとき、信長の周りは敵ばかりだった。それこそ血族など皆敵だった。信長はそれを討ち、ねじ伏せて、国を統一してきた。

（なんと、なんと哀しい）

八つの頃から家をでて放浪し、孤独と共に生きてきた猿にはわかる。今こそ、お屋形様として君臨するが、成長期に負った心の傷は生涯癒《いや》せるものではない。

（わかりますぞ）

間違いない。猿の確信はやがて大きくなり、その想いだけで胸がいっぱいになる。

己が、己だけが、この殿様の心を解放することができる。やらねばならない。それが己の使命なのだ、と。

信長は表情を変えず、口の端だけをかすかに動かす。

「しゃべれ」

ハハアと、猿は、一度、面を伏せ、また上げて語り出す。

「洲俣の築城、てまえにお命じください」

「つくれると言うか」

「はい」

傍らで村井貞勝が驚愕の目を剝くのを尻目に、猿は抜け抜けと言い放つ。

「術《すべ》を言え」

信長の言葉は短い。接しなれた側近でさえ戸惑うほどである。だが、猿は応じる。絶えず信長の思考を慮《おもんぱか》り、その先を読む猿に迷いはない。

「木曽川筋の者どもを使います——」

猿は語る。すなわち、川筋衆を抱き込み、彼らに資材調達、運搬、洲の俣での組み立てを手伝わせる。川筋衆は舟いくさに長《た》けている、斎藤勢を切り崩し、川を封鎖し、城づくりを警固することもできる。彼らがお膳立てをし、洲の俣にいる織田勢を援ければ城はできる。有力な者への伝手はすでに得て、道筋を固め始めている、と。

「川筋の者か」

信長、しばし、黙った。

無言。その瞳が徐々に光を増してゆく。

やがて、その鋭い光が極限まで研ぎ澄まされたところで、口を開く。

「できねば殺す」

刺すような言葉だった。眼光は猿の眉間辺りを貫いている。

「できねば死にます」

猿は即答する。

ここで、この場こそ命を懸けるところだ。そのために猿の命はある。

確信がある。信長が認めた役目、仕事。その御意さえ得れば、洲の俣築城はなる。

(なせねば、生きていても仕方がない)

それが猿の生き様だ。このまま小者として生きるぐらいなら、さほど面白くもない一生だ。

薄情かもしれないが、愛するねねの顔も今は浮かばない。いや、猿のごとき下郎が、一端の奉公人となり、ねねのような美人を娶り、前田又左と友となり、信長と対面した。それだけでも十分な人生だった。

このあとも生きるなら次の階《きざはし》を上がる。洋々たる未来に向け、今こそ命を張るのだ。

「いいだろう」

信長の瞳の色が変わっている。

「やれ」

依然として表情は動かない。だが、信長は確かにそう言った。

「村井」

信長はそこで初めて村井貞勝へと目を移した。

「援けてやれ」

村井貞勝はこの場の証人、後見役である。すなわち、こたびの件、信長は正式に猿に命じた。常道なら貞勝に命じ、与力として猿を抜擢、というところだろう。しかし、今、はっきりと役は逆転していた。

猿の全身が震える。それは武者震いである。

「ははあーっ！」

猿は面を下げる。

ことさら大仰に諸手をついて、深々と。床に額が当たるほどに力強く。

その全身から燃え盛る炎のごとき熱気が放たれている。


信長は密談のあとも小部屋に残っている。

一人、黙然と考えている。信長にしては実に珍しい。

その思考は猿とほぼ同じである。

宿老評定。相変わらず、重臣の面々は頼りないばかりだった。

期待して送った柴田勝家も敵を打ち払っただけで役をなしたと帰還し、退き陣を主張する始末。林秀貞など相変わらずの因循《いんじゅん》ぶりだった。柔軟さを買って引き上げた丹羽長秀も他に気を使うばかりで役をなしていない。

平時はいい、だが、難局を切り開こうとする意志がみえない。

佐久間信盛など論外だ。若手を残して陣を抜けるとは何事か。現地のひっ迫を訴えるため単身帰るなど、態《てい》のいい敵前逃亡である。

皆、上《うわ》っ面《つら》のことしか考えていない。

これではまた対美濃戦、押し戻されて終わりだ。それがわからないのか。

頭にきて、もう宿老評定などいらぬとすら思い始めていた。

思うだけでない。このあと、信長は大評定で己の下知を言い降《くだ》すこととし、宿老評定をやめてしまう。評定の復活は、かの「清須会議」。皮肉にも信長死後となる。

(頼りにならぬ奴らだ)

いい加減、頭に血が上り、限界が来ていた。そこでいきなり叫んだのが、猿だった。

そのときの感情はもう言いようがない。

(あやつ)

みたのだ。

みた。いや、そう感じただけかもしれない。

(笑いおった)

猿は信長の顔を上目でチラリと覗いて笑った。白い目を剝いて、口の端を上げていた。まるで憐《あわ》れむような顔だった。

己の心を覗かれたような、そんな気恥ずかしさ、照れ臭さ。そして、あの言葉だ。かの猿面男に先手を取られたような、焦り、衝動。

許せない。小ざかしい。気づけば蹴りつけていた。

途中から何を蹴っているのか。猿なのか、家老連中なのか、それとも己の心なのか。なぜ蹴るのか。わからないほどに感昂《かんたかぶ》っていた。

（ここまで我が心に踏み込むとは）

そのままにしておけない。のち、外国人宣教師がインドから引き連れた黒人奴隷を「肌を塗っているのだ」と擦り、洗わせ、本当に肌が黒いと知るや己の家来としてしまうほどの信長である。もう猿への興味を止められない。

あの猿は何かを持っている。それだけを感じて、呼んだ。間近で、直《じか》にみたかった。問い、その心底を聞いてみたかった。

（洲の俣、つくれる、か）

本当につくれるのか。いや、確かに川筋衆を抱き込めばその確率は上がる。

だが、川筋衆といえば、面従腹背《めんじゅうふくはい》、表裏比興《ひょうりひきょう》のくせ者だ。はたして、心底織田のために働くのか。本当に奴らの心を獲ることができるのか。

まだ信長は半信半疑である。ただ、話を聞いて、確たるものが信長の中で芽生えていた。

猿に、やらせる。

そうだ、あの猿、本当にできるのか。信長の宿老さえもできず、やろうと考えもしなかったことを、あの下郎がやり、こなせるのか。

一つ試してみようではないか。そう思っている。

（できるなら、あの男）

本物か。ならば――

（いいだろう）
信長は一人頷き、立ち上がった。

第四章　口説く猿

三度目の、小六

信長と密会した数日後。猿は住まいの長屋で出掛け仕度である。

「さあ、できました」

いつものごとく、ねねが甲斐甲斐しく手伝ってくれた。今日は持っている一番の小袖に羽織。まさに一張《いっちょう》羅《ら》姿の猿である。

いざ、ゆかん、とするところに、小一郎が入ってくる。

先日まで猿の長屋の居候だったこの弟も、今や空き長屋を与えられ一人暮らしである。

「今からかい」

「おう、小一郎、城のお勤めは頼んだぞ」

毎度のごとく猿が頼めば、小一郎、ああ、と仏頂面で頷く。何やら一大事で猿がでかけることは知っているが、仔細《しさい》は聞いていない。

「今日はどこに、何しに行くんだ」

口を窄めて問いかけてくる。

「三顧の礼さ」

「なんだ、そりゃあ」

小一郎、胡散臭そうに口元をゆがめる。小一郎どころか、日の本ほとんどの者が知らぬ言葉である。

「まあまあ、では、行ってくるわ！」

そんな呆《ほう》け面に応じず、猿は颯爽と行く。

唖然と見送る小一郎の傍らに、ねねが寄ってくる。

「小一郎さん」

はあ、と、小一郎、半口を開けて応じる。

「どうか、よろしくお願いしますね」

ねねは小一郎の右手を取って、己の両手で包み込むように引き寄せる。

その円《つぶ》らな瞳、大きな黒目が下から小一郎を覗き込んでくる。

「はい……」

（この人たらしの夫婦にゃあ、だまされんぞ）

まあ、弟なんだから仕方ない。わかっておりますよ……といつものように軽く応じようとした小一郎、あることに気づいてハッと息を呑む。

ねねの両の五指と手の平は異常に硬く、ところどころささくれている。見れば、手の甲もずいぶんと荒れている。

（これが十四のおなごの手か）

やっと少女の域をでた乙女の手だ。なら、もっと柔らかくて、愛らしいものではないか。ところが、ねねのは、使いに使い込んだ、それ。小一郎が田舎の母の手を思いだすほどだった。ふくよかで肉づきよいねねからは想像もできない。

(働き過ぎじゃ)

ねねは、朝から晩まで、炊事、洗濯、裁縫とまめまめしく動いている。さすがに薪割りをしているのをみかけたときは、小一郎、斧《おの》を奪い取って代わった。たぶん、小一郎が来るまで、ほぼ、ねねがやっていたのだろう。

猿は、城勤め、謎の外出とほとんど長屋にいない。しかも不規則だ。夜帰らないこともたびたびある。家を守り、家事をやるのはすべてねねである。

ねねは武家の娘、しかも歴とした組頭の家だ。黙って親の勧める嫁ぎ先へゆけば、下女に傅《かしず》かれて生きていただろう。

だが、この嫁は猿を選んだ。そして愚痴一つこぼさず猿を支えている。猿が全力で奉公できるように、ねねも懸命に働いているのだ。

ねねは小一郎の戸惑いに気づいたのか、スッと手を引き、はにかむように視線をそらした。

「小一郎さんだけなんです」

「え?」

「あの人のこと、頼めるの」

不意に小一郎の全身が熱くなった。脳天からつま先まで、稲妻が駆け抜けるようだった。それは恋ではない。ただ目の前の女性を抱きしめたくなった。

愛《いと》おしかった。震える胸を押さえて、声を絞り出した。

「姉様、お任せくだされ」

全力で応じる。余念は吹っ飛んでいる。

「小一郎さん」

ねねはもういつもの明るい猿の嫁である。

「ありがとう」

嬉しそうに頷いた。

これは人たらしではない、だろう。


数刻後、猿は前野屋敷を経て、宮後村の蜂須賀屋敷へと向かっている。

尾北ののどかな草原をゆく。

猿は徒歩ではない。なんと馬に乗っている。

らしくもないが、前野屋敷で馬を借り、前野党の口取りに引かせている。

猿は歩くつもりだったが、前野将右は「馬鹿言うな」と小声で吠えた。

「ぬしゃあ、俺の兄弟だろう。徒歩でゆくなんて許さねえ」

そう笑みを湛えたしかめ面で怒られ、強引に乗せられた。

「うまくいくさ」

その将右、先頭で猿と馬を並べ、自信満々である。

「おまえも頼もしいだろうが」

と、後ろへ顎をしゃくる。あとを騎乗でいかつい面が連なっている。

将右の家来の悪党どもではない。もっと重厚な凄みを持つ、一目でただ者ではないとわかる連中が威風堂々《いふうどうどう》風を切って馬を進めている。

さきほど、彼らを前野屋敷で将右に紹介された。

「稲田大炊助《いなだおおいのすけ》」

「青山新七《あおやましんしち》、小助《こすけ》」

「河口久助《かわぐちきゅうすけ》」

各々、底響くような声で名乗りを上げる。

ほか、長江半丞《ながえはんのじょう》、加治田隼人《かじたはやと》、日比野六太夫《ひびのろくだゆう》、松原内匠助《まつばらたくみのすけ》などなど。

どいつも、顔つきだけではない。言行に刃のごとき切れがある。川筋衆でも武闘派の者たちであり、いずれも数十の配下を従える親方たちである。

稲田大炊助などは、岩倉織田家家老だった家筋。父を失い、同じ元岩倉織田家臣のよしみで将右が後見する十五の若者だが、その手の者は百をゆうに超える。この稲田家は、阿波《あわ》蜂須賀藩の家老として明治まで続いてゆく。

ほか、加治田隼人は美濃加治田村の、日比野六太夫は尾張東部春日井《かすがい》の土豪。青山新七、小助兄弟に至っては、信長の父織田信秀の宿老青山与三右衛門《よそうえもん》の子、兄の信昌《のぶまさ》は歴とした織田家臣であった。

その人材の多彩ぶりに、猿は目を見張った。

「すでに、こ奴らが、このたびの件、与力を賛同してくれた」

（凄いわい）

猿は唸りを上げる。彼らが一丸となり、さらに川筋衆の親方が総出で加わるなら、いかな難事とてなし遂げられるだろう。この短期間で彼らを抱き込むとは、さすが前野将右、口だけではない。

（これなら、いける）

今日は彼らも共に小六のもとにゆく。そして、猿も信長の御意を得ている。

根回しは完璧だ。さすがの蜂須賀小六も動かずにはいられないだろう。

（いける）

猿は、ゆっくりと馬を進めてゆく。


そして、何度目かのあの広間である。

（三度目さ）

最初は探りを入れに行った。二度目は依頼を一蹴された。

これで、三度目。前野将右曰《いわ》く「三顧の礼」となる。

（三顧の礼、三顧の礼）

猿は念仏のように唱えている。

これまでと違うのは、上座の傍らに小六とよく似た若者が端座《たんざ》していることだ。小六の使用人だった猿は、むろん、彼を知っている。蜂須賀又十郎《またじゅうろう》、小六の弟だ。ときに兄の名代《みょうだい》として家を切り盛りする実直な青年である。

（又十郎殿がおる、ということは）

今日この場で小六は大きな決断をするつもりではないか。猿の胸はいや応なく高鳴っている。

小六は静かに現れると、無言のまま上座で胡坐をかいた。その重厚な物腰に、広間の空気がピンと張りつめるのを感じる。

「小六、まあ、聞いてくれ」

そんな中でも、将右の口調は軽妙である。

「俺も、おまえも、いつまでも川筋の者の親方ではつまらんだろうが」

将右は猿と共有した策を語る。坪内勝定と面会した松倉から、本日の経緯。木下藤吉郎という織田侍とも十分に意思統一した、と。

「俺と藤吉郎は、義兄弟の盃を交わしたぞ」

呵々《かか》と言い放つ将右の笑顔にも、小六は応じず、

「坪内殿は？」

と、聞いてくる。声音は硬い。

「そりゃ、おまえ次第さ」

将右の切り返しに、小六は目を床の上に落として、むっつりと黙り込む。

「小六、いいか」

前野将右は前のめりになる。

これだけの奴らがすでに応じている。そして我らは織田信長の内意を受けている……

小六は頷きもせず、静かに瞼を伏せた。

「やろう。ここは男の勝負だ」

将右は言い放ち、右の拳で、ダン！　と床を叩いた。

小六は沈黙。

「信長、か」

かすかに開いた口の端から、ボソリと言葉が漏れた。

やがて小六は静かに目を開くと、深い群青を湛える瞳で一同をみた。

左から右へ。

列座する皆の顔を、ゆっくりと眺めてゆく。

ごくり。猿は一同の中央近くで大きく固唾を呑み込んでいる。

(小六殿よ)

猿は呼びかけている。

(さあ、小六殿、みてくれ)

期待している。その目が猿をみて、ゆっくり微笑むことを。

そして猿も大きく頷き返すのである。

――わしじゃ。あの猿もこのように人がましくなったのです。このように、立派な形《なり》で、織田信長公の下知を得て、小六殿と対面できるようになったのでござる。さあ、やりましょう。共に立ちましょう――

が。

猿で止まると思った小六の視線は、そのまま動き、右端の者まで行くと、正面の前野将右へと戻った。

また沈黙。小六は視線を落とし、右手を己の顎に当てた。

(まずい)

猿の心があやしく騒いでいる。

小六が髭をいじりだしている。その顔はすこぶる険しい。

よくない仕草、顔つきだ。何より、小六は、終始、猿に一瞥もくれない。これは小六が心を閉ざしていることを雄弁に語っている。

「小六……」

そんな有り様に焦《じ》れたのか、将右は険しく顔をゆがめる。

口を開きかけた将右の前で、小六はまた瞼を閉じ、大きく首をひねった。

うむっと将右は顎を引き、猿は瞠目する。

そのますべてを拒絶するように、小六は立ち上がった。

「おい、小六!」

将右の呼びかけも聞かず、小六は去ってゆく。

「待て!」

「前野様!」

追いかけようとした将右の前に立ちはだかったのは、弟の又十郎である。

「前野様、ここは、お引き取りくだされ」

諭《さと》すように言う。この辺り兄への忠孝無比な男だけに取りつく島がない。

一同の深いため息が広間に充満する。

その中、将右の歯ぎしりの音が、響き渡っている。

猿が、やるしか

「小六があんな奴とは思わなかった」

前野屋敷の広間に戻るや、将右は怒声を上げげた。

「もういい、我らだけでやろう」

渋い顔を振る同志たちを前に、将右は息巻く。

「これだけの者がいる。十分だ。小六なしでもできる。俺に任せよ」

大きく舌を鳴らして、唾を飛ばし、がなり立てる。

だが、他の連中は困惑の顔をゆがめている。彼らにとって蜂須賀小六の沈黙は巨大なのだ。

「小六殿も必ず応じる、と言っておったではないか」

「いや、我らが再度説けば」

「他の親方衆を巻き込んで評定を催そうぞ」

「時がかかるばかりだ」

皆、目の色を変えている。意見が噴出し、場は混沌《こんとん》とする。

猿は、その輪から一歩外れて、胡坐をかいている。

一人、瞬《まばた》きもせず両目をいっぱいに見開いて考える。

何がいけない？　そこまで小六が拒否する理由はなんだ？

宙の一点を凝視し、奥歯を嚙みしめて考えている。深く息を吸い、大きく吐いている。そのたび、肩が大きく上下する。

その間も川筋衆の侃々諤々《かんかんがくがく》、喧々囂々《けんけんごうごう》のやりとりは続いている。

袖をたくし上げ野太い二の腕をみせている者もいる。それぞれ、拳を振り上げ、床を叩く。いずれも武張《ぶば》った男共だけに、すでに喧嘩腰となっている。

「おまえら、俺のことが信じられねえのか！」

ついに、将右は業《ごう》を煮やして立ち上がる。

「待て、将右」

ピシリとした声に、皆、振り返る。

そこに猿がいる。薄い胸を思い切り張り、両の手を己の太腿に添えている。

座が混沌としていただけに、その座り姿は何やら神々しく見えた。

「わしに、任せよ」

一同、固唾を呑む。

「藤吉、おまえ……」

「将右！」

猿は甲高くさえぎる。

「三顧の礼は敗れた」

将右は苦々しく顔をしかめ、口をつぐむ。さすがにグウの音もでない。いや、将右こそ己の自信を完全に覆《くつがえ》されたのである。

「焦るでない。この件、この木下藤吉郎がひとまず預かる！」

下腹から声がでている。

「必ずや、蜂須賀小六殿をお味方につける。皆、安堵して待ちや！」

猿、堂々と言い切る。


すでに西の地平に日は落ち、東の空に星が瞬《また》きだしている。

猿——清須へ戻るべく、南へと歩いている。

先ほどはああ言い切ったが、実は根拠はない。ただの「はったり」であった。

ああ言うしかなかった。

将右は必死に虚勢を張っていたが、動揺は隠せなかった。その言行は空疎であり、せっかく味方に引き込んだ川筋衆も四分五裂《しぶんごれつ》しかけていた。

このままでは将右の威勢も崩れ、築いたものが灰燼《かいじん》に帰す。だから、言った。己で引き取った。根拠もないのに言い切った。

（結局、お願いするしかない）

猿がだした答えは一つ。

信長が小六と会う、である。

これは当初、到底無理と避けていた。当然だ。猿ごときが、信長様直々のおでましを願うのだ。

しかし、状況は変わった。これだけのお膳立てをした。信長とて川筋衆の力が欲しいなら、感じ取ってくれるのではないか。最後の一押しと思えば、動いてくれまいか。

小六も、信長本人が来るなら、会わぬわけにはいかぬはずだ。

（だが、なあ……）

猿は険しく固めた面を落とす。

なぜか、なせるような気がしない。

信長と小六が向き合う姿が想像できない猿である。

（えい、やるしかない）

ゴンゴンとこめかみ辺りを叩いた。不吉な予感を振り払おうとする。

猿は面を上げ、宵闇の空をみる。

ここまでやってきたのは猿だ。猿がやらずに誰がやる。

「蜂須賀小六と会え、だと」

信長のつぶやきが密室に響き渡った。

猿は蛙《かえる》のごとくひれ伏している。

村井貞勝を通じ経過報告を願い、信長の前にでた。

猿は報じた。川筋衆の名を挙げ、前野長康始めこれだけの有力者が味方についたと段取りの進展を述べた。ちなみに、小六が、猿と将右らを袖にしたことは言っていない。

そして、「あとは、蜂須賀小六です、ついては……」と結んだ。

「ここに来るか」

信長の短い問いに、いいえ、と猿は面を伏せ、小刻みに全身を震わす。

「願わくは、お屋形様に岩倉辺りまで、おでましくださりたく……」

「行かぬ」

即断だった。

猿は固まった。身震いすら止まっている。

そのまま場に沈黙が訪れるかと思うと、それすらなく、信長は立ち上がった。

「もう一度だけ言う」

猿の後頭部に、冷たい声が降りかかる。

「行かぬ。己でなんとかせよ」

言い捨てて、信長は去る。

「お屋形様！」

慌てて立ち上がり追いかけるのは、村井貞勝である。

猿はその場に残される。

猿は一人。

いや、一匹――


回廊をゆく信長の顔は朝冷えの湖水のように澄んでいる。

「お屋形様、今少し、話を聞かれましても」

あとを村井貞勝がすがってくる。

「村井」

信長は立ち止まる。

「小六を説き伏せるまで奴には会わぬ、取り次ぐな」

振り返った信長の眼光があまりに鋭く、貞勝は息を呑んで立ち尽くす。

「奴にもそう言え」

「は」

こんな信長には何も通じない。それを知る優秀な吏僚の貞勝、もう一礼して引き下がるのみである。

信長の顔は刃のように研ぎ澄まされている。

(奴も同じか)

そんなことを考えている。結局、猿も家老共と同じなのか。

大見栄を切ってしゃしゃりでたのに、できぬとなると、信長を頼り、身をかがめる。佐久間信盛も柴田勝家も、皆そうだ。

(その程度の輩なら、いらぬ)

やはり、ただ口が回る小者か。ならば、もう怒る気にもならない。

そもそも、信長が出向いて蜂須賀小六に会うなど、論外である。

（王道というものをわかっていない）

外交は最初が肝心である。頭《こうべ》を低く垂れて始まった関係を覆すのは難しい。

信長はいち侍ではない。もはや、おおうつけと嘲られた若輩者でもない。国主である。

三河との交渉は進み、松平元康は清須来訪の方向で話ができつつある。三河国主すら、信長のもとに参じるのだ。信長が川筋衆のもとへなど出掛けられるはずがない。

そんなことをすれば川筋衆の特権を認め、のちに重大な禍根を残す。

腰を折って参じてくるなら使ってやるぐらいで、いい。信長はむしろ、この機に、川筋衆を牛耳ってしまいたいのである。

（頭を下げるなど、いつか手の平を返して討つだけだ）

のち、信長は、武田も上杉《うえすぎ》も毛利も比叡山《ひえいざん》も、この法則で攻める。迎え入れ、将軍と奉戴した足利義昭《よしあき》すら、身ぐるみはがして放逐《ほうちく》してしまう。

（しょせん、猿か）

それに――

実は、信長が動けない理由はもう一つある。

信長は小刻みに首を振りながら、速足で歩いてゆく。

「お屋形様」

回廊を曲がったところに一人の男が片膝を突いている。

うむ、と信長が頷けば、男は立ち上がり、ススス と続いてゆく。

やがて、奥の一間に入った信長の前で平伏するのは、滝川一益である。

一益は新参かつ牢人上がりながら、特異な切れ者である。忍びの里近江甲賀《こうか》の生まれで諸国を放浪したというだけに、各地の内情に詳しく、忍びを使った諜報戦略に長《た》けている。

いくさは情報を持つ者が制する。他国との戦いならなおさらだ。信長が尾張から踏み出すのに、一益ほど有用な男はいない。

だから三河への使者として水野信元につけた。さらに、一益は、松平家との交渉役をこなしながら、手の者を使って各地の諜報活動を怠らない。

(使える奴だ)

近々宿老に引き上げるつもりだ。信長はこんな風に己の得意分野で異才を発揮する者を次々抜擢していく。

(猿は、どうか)

期待していた。だが、思い違いかもしれない。

「お屋形様」

のち、柴田、丹羽らと並んで織田四天王と称される一益は面を伏せ、低く始める。

「犬山に不穏の動きあり」

その簡潔な言い切りに、信長は眉根を寄せた。

「信清めが」

頬がかすかに痙攣《けいれん》する。

信長が川筋衆と結ぶのに動かなかった、もう一つの理由がこれである。

川筋衆が根城とする木曽川上流の領主、犬山城主織田信清はもとよりあやしい男である。

桶狭間合戦のときも、加勢にすら来なかった。勝ったとなれば、叛《そむ》かなかっただけでも十分なのだが、寝返りと紙一重の行為であった。その後の美濃とのいくさもわずかな与力をだす程度で、腰が引けている。信長に服従する気がないのだ。

「弟君が死んだ不平を近臣に漏らされることもあり」

信長は、信清が派してきた実弟広良《ひろよし》を先の十四条合戦で討ち死にさせてしまっている。これは不運だったのだが、怨《うら》みは残るであろう。

一益の諜報網は広い。特に犬山織田家は言い含めたところでもある。

(あの小心者が)

織田信清は、織田一族とはいえ、典型的な国境の地侍なのだ。信長と美濃斎藤氏の間にあり、優勢な方に靡いて己の領分を守ろうとしている。洲の俣の苦戦をみて、斎藤家への肩入れを模索しているのだろう。

(目先のことばかり考えおって)

刈谷の水野信元と同じだ。こうして地方の地侍はあちらにつき、こちらに寝返っては生きている。これでは、いつまでたっても統一などなされない。

応仁《おうにん》の乱以後の慣例、戦国乱世の縮図である。侍だけではない。これに寺社などの既得権勢力、そして民衆が絡んでゆく。坊主とて一揆をあおり、民と共に領主を殺したりする。

木曽川に根差した川筋衆も同類だ。だから、信長は川筋衆を頼らずにいた。すなわち、蜂須賀小六に頭を下げるなど言語道断なのである。

(根こそぎ、均《なら》す)

抗するなら駆逐する。のち、信長が大きく掲げる「天下布武」だ。

絶対的な力を持つ君主が侍と民を率いて国を刷新せねば、永遠に乱世は続く。信長の意志は固い。

信念と言っていい。

「いくさ支度にも余念なく、兵を挙げるつもりやもしれませぬ」

眼前の滝川一益は、淡々と続ける。

挙兵となれば、一大事である。やっと統一した尾張の一角が崩れる。

「洲の俣の動静次第かと」

一益は表情を変えず、つぶやくように言う。

チッ

信長の舌打ちが響いた。

蹴っても、もらえず

一方の猿。

虚無の中、下城している。

よろよろと左右にふらつきながら、なんとか歩を進めている。

(終わった)

終わった、終わった、終わってしまった。

何度も胸で繰り返している。

信長に拒絶されたというだけでない。すべてが終わった、と思っている。

（蹴っても、くださらん）

気にくわぬなら、怒声を上げ、蹴りつけて欲しかった。

その程度のことしかできぬか、この猿、と激情をぶつけて欲しかった。いや、そうされたなら猿も必死に言い訳し、術を探したかもしれない。

だが、信長は去った。

怒られもしない。それは、猿にとっては、人として扱われないのと同じこと。

だから、終わった。相手にすらされず、終わった。あのお方だけが猿をみつけ、認め、引き上げてくださる。そう信じた唯一無二の存在が猿を捨てた。

猿の命がけの夢が終わってしまった。それは猿の命の終わりだった。

は、は、は
猿は笑っている。

とぼり、とぼり、と歩く。

ハハ、ハ、ハ
口の端をだらりと下げ、力なく笑い、猿は歩いている。


「か……帰ったぞ」

長屋の戸口をくぐる猿はフラフラである。

その姿は焦燥し、疲弊し、一本の枯れ木のようにみえる。

「お戻りなさいま……」

囲炉裏端《いろりばた》で裁縫をしていたところで振り返ったねねは、あまりの様子に息を呑む。

猿は土間をよろよろと進み、上がり框《がまち》の前でつまずくように倒れ込む。

「おまえさま」

すばやく駆けこんだねねは、猿の体を受け止める。

軽い。ねねは猿の体の重さを誰よりも知っている。もとから痩せぎすな猿だが、いつにもまして軽く感じられる。魂が抜けたようだった。

「お、おねね」

ねねは素早く猿を横たえ、頭を抱え、膝枕をする。

猿は顔を上げ、天井を向く。その瞳から滂沱たる涙が落ちている。

「終わった」

猿は阿呆のように口を開け、閉める。

(調子に乗り過ぎたのか)

できると己を信じ過ぎ、分不相応の大事に手をだしたのか。

猿はやがて信長に殺される。いや、その前に前野将右に斬られるかもしれない。この嘘つき、謀《たばか》り者、と罵られ、川筋衆の前で血祭に上げられるかもしれない。

(いい)

もう信長は斬ってくれないかもしれない。ならば、将右に斬られよう。いっときでも兄弟と呼んでくれた男に斬られるなら、ずいぶん心地がいい。いいではないか、生きた者こそ死ぬことができるのだ。

(それが、わしの死にざまじゃ)

猿、現世で木下藤吉郎と呼ばれた者が生きた証。その何よりが、死ぬ、ということだ。ねねの温かい太腿の上に頭を載せたまま、猿の想いは巡る。

ねねは見下ろしている。何も聞いてこない。何も言わない。ただ優しく猿の頭を撫でている。

「運が尽きた」

猿のあえぐような声に、ねねはしばし間を置いて、小さく頷いた。

「命を召されることになる」

そんな言葉にも、ねねの様子は変わらない。

「そう」

ポツリと答えた。声は深く、柔らかい。

「いいか」

猿の虚《うつ》ろな問いにもねねは一切動じない。どころか、すべてを受け止めるように、

「はい」

と、潤んだ瞳で頷く。右手は猿の頭を撫で続けている。

「おねね」

猿はその小さな手を取った。その手はあの日小一郎を驚かせたように荒れている。指先は硬く、ひび割れもあり、手の平には豆すらある。

(おねね、よう)

猿は、夜ごと、板の間のゴザの上でねねを抱き寄せては、この手を取って言った。「わしゃあ、しあわせもんじゃ、天下一のおなごが嫁じゃ」と。そして、その荒れた五指を目の前に持ってきて愛しそうにみつめ、「今は苦労をかける、じゃが」と、頰ずりした。「おねねをわし以上のしあわせもんにしちゃる。天下一のしあわせもんに、な。おねねがそうなれば、わしゃまたしあわせなんじゃ」そう

言って、唇を激しく吸い、ねねを抱いた。ねねは猿の下で身もだえながら「はい、はい」と微笑んでいた。閨《ねや》でもおかしな夫婦だった。

（この手を、なあ）

猿は愛しそうに指の一本一本を撫でる。いずれ、人をいっぱい雇って、擦り傷一つないように贅沢させてやる。うまいもん食わせて、いい服を着させて、珍しい化粧をして、そうしたら、おねねは日の本一の美人になる。念じては、言い続けてきた。そのたび、ねねは、「もっと言ってくださいな」と、朗らかに笑っていた。

だが、こんな荒れたままにしてしまった。

（わしなんかと連れ添ったせいで）

思えば猿の方が骨の髄から惚れ込んだおなごであった。この娘は他と違う。容姿だけではない。猿のような男、いや、すべての者を魅了する才気に溢れている。そうと知った時、心の底から欲しくなった。全身全霊の愛を表し、注いだ。猿のそんな下心を知りつつ、身を委ねてくれた。ねねとは、そんなおなごであった。

（すまん、すまんなあ）

だが、だからこそ、猿はねねを縛れない。

ねねは若い。このあとも人生は続いていく。猿は絞り出すように言う。

「新しい嫁ぎ先をみつけてくれ」

声はかすれていた。言葉はしばし宙に漂った。

ねねは無言で見下ろしていた。

「おねねは若い。わしのことなど忘れて……あいあ！」

いきなり猿の声音が頓狂《とんきょう》に跳ね上がる。

「いた、いたたたああ！」

ねねの指が猿の耳をつねり上げている。

「や、やめてくれ！」

「やめない！」

ねねはしもぶくれの頬を膨らませている。怒っても可愛い。が、目は爛々《らんらん》と怒りの炎を宿している。

グイグイと猿の耳を引っ張るのをやめない。

「今、なんと言った！」

「いや、だから、わしがおらずとも……いたた、痛い痛い！」

「痛いなら生きている！」

ねねは切り裂くように言う。

「生きているなら、なぜ、そんなこと言う。死んでも離さんと言うたのは、嘘か！」

「ちょっと、待て、待て」

猿、必死で身をよじり、激痛と共にやっと耳つねりから脱した。

「わたしが、この、」

ねねの金切り声はやまない。どころか、辺りの物を手当たり次第投げつけてくる。

「この身を捧げた藤吉郎とは、そんな情けない男か！」

猿は飛び上がってよけ、とりあえず土間に逃げる。

その間も様々な物が飛んでくる。こんな、ねね、かつてない。まるで夜叉《やしゃ》のようである。とにかく、殺気立っている。

「逃げるな、この猿！」

ねねの絶叫を背に、猿は長屋を飛びだす。

いや、逃げることしか、できない。

目を覚ます

「ああ、痛い痛い」

いや、千切れるかと思った。まだ耳がじんじんとする。

猿は小首をひねり、側頭をさすりながら歩いている。

が。

不思議と足取りはしっかりとしている。

(生きている、か)

この痛み。改めて生きているという気がした。

(そうじゃ、生きているではないか)

二本の足で地を踏みしめるたび、五感が戻ってくる。

死ぬ瞬間まで、あがく。それが猿ではないか。ねねの怒りで目が覚めた。

(じゃが、じゃがのう……)

といって、どうすればいいかは、わからない。

あてどなく歩き、五条川の河原へとでた。

考えは浮かばない。川の堤上《ていじょう》に腰掛け、膝を抱いている。

夕暮れ時である。清須城の櫓群が西日に照らされて輝いていた。

(どうしたもんか)

ねねを宥め、詫びねばならない。いや、あの剣幕だ、もう少し時を置こうか。それもそうだが、猿の思考はどうしても洲の俣築城へとゆく。

「これは」

背後から声を掛けられ、ゆっくりと頭をもたげる。

「よほど、ご縁があるようですね」

その声音に思い当たり、ハッと目を見開く。

「木曽川殿！」

後ろに立つのはあの若者だった。

(またも会えた、っちゅうこと)

己の運はまだ終わっていない。にわかに猿の心は躍る。

若者は首をかしげている。夕日が秀麗な若者の顔を橙色《だいだいいろ》に照らしていた。

「木曽川殿……？　私のことですか？」

「これは、これは、これで三度目ですな」

猿はとにかくいざなう。死にかけた、いや、生きながら死んでいた猿には、もう真にこの若者がどこの誰かなどいい。むしろ、この夕暮れに天から降臨した摩利支天《まりしてん》に見えている。

「ちっと話を聞いてくだされい、まあ、まあ」

拝み倒すように頭を下げ、己の隣の草地を両の手で大きく払う。別に何も落ちていないが、そこは貴人に対する礼のつもりである。

ここにどうぞ、と手招きする。

「では」

木曽川殿は苦笑して腰を下ろした。

「ずいぶんとお悩みのご様子ですね」

わかるのか。まあ、端《はた》からみれば一目瞭然だろう。

「はい……」

「いかがされました」

若者の目元は相変わらず涼やかだ。

「実は……」

と、猿、口を開きかけて、止める。

（はて、どう言うべきか）

そこは、猿、まだ正気である。さすがに、洲の俣築城の秘策、川筋衆への調略を明かすわけにはいかない。もう十分にわかっている。この若者は他国者《よそもの》、猿の策は信長の内意を得ている。なら、織田家の機密を漏らすわけにはいかない。

（では、どう言う……）

猿の才智は駆け巡り、やがてこんな言葉をひねりだす。

「三顧の礼、ちゅうものを、ご存じですかな」

「ええ」

若者は即答する。

「三国志ですね」

やはり。猿は会心の拳を固める。この若者なら知っているだろう。そう睨んで訊《き》いたのだ。

「わしも招きたい方がおりましてな」

猿は語る。我ながらなかなかうまい尋ね方ではないか、と思っている。

「一度、二度、三度とお伺いしたのです。ところが見事に袖にされてしまいました」

「なるほど」

若者は頷いたあと、笑みを含んだ面を伏せた。クックッと肩が小刻みに揺れる。

「何か、おかしいでしょうか」

「いえいえ、これは失礼」

若者は面を起こした。明らかに笑みを噛み潰している。

「でも、三顧の礼というものはですね。なしたお人は劉備玄徳《げんとく》という、王室の血を引き、そのときすでに漢王朝から位を得ていた立派な将軍様で、やがて皇帝となるほどの貴人なんです。そんな齢五十に近いご重鎮が野に埋もれた若い書生一人招くのに、人もやらずに、わざわざ自ら出掛けて腰をかがめて礼を尽くした。しかも三度も。諸葛亮という人はそれに心を打たれて、劉備のために尽くす決意をするのです。それに比べて――」

そう言って、猿の頭頂からつま先までを見て、クスリと笑う。

「いや、申し訳ありません。これは」

猿の顔が、かあっと熱くなっている。

(はあぁ)

穴があったら入りたい。いや、三顧の礼など持ちだした己が恥ずかしい。よく知らぬ故事とはいえ、そんな貴人と自分、比べるべくもない。

「そう考えるとどうでしょう。あなた様が招きたいという方のお気持ちは」

ううう、と猿、うめく。言われた通りだ。猿のような下郎が、たった三度通っただけで、蜂須賀小六ほどの男を口説けるはずがない。

いつの間にか己を立派なもののふと勘違いしていた。猿など、しょせん猿。小六の下人だった輩ではないか。それを、織田家の組頭と侍じみた恰好で、しかも馬に乗って、大きな顔して乗り込んだ。信長の内意も得ていると、胡坐をかいて待ち続けた。川筋衆を抱き込んで外堀を固めたとうぬぼれていた。

思えば、三度目など将右任せで猿自ら一言も発していない。応じてくれると勝手に思っていただけだ。小六からすれば片腹痛いだろう。

(わしゃあ、なんと阿呆なんじゃ)

三顧の礼どころではない。百度、お百度参りだ。それが猿には似合う。

「そうじゃ、そうじゃ。そうですわ」

猿がいきなり鼻息を荒くしたのに、若者はニコリと微笑んで、

「もう、いいようですね」

立ち上がりパンパンと尻をはたく。

「お迎えも来たようですよ」

若者が顔を向けた彼方から、小一郎が駆けてくるのが見える。

猿、おお、と背を伸ばす。

「では、私は」

「もう行かれるのか……」

猿が振り向けば、木曽川殿はもう背を向け、歩きだしている。その足取り、秋風のごとく軽やかである。

猿は深々と一礼して、勢いよく頭を上げる。

（そうじゃ、ゆこう）

小六のもとへ。何度でも行ってやる。拒絶するなら、殺されるまで行ってやる。そこで殺されるなら本望《ほんもう》。それでこそ猿がやり切ったと言えるのではないか。恰好つけずに、全身全霊で口説こう。命がある限り、やろう。

猿、グルリと振り返るや、踏みだそうとする。

「おい、こいちろ……」

が、眼前に、鬼の形相と大きな拳が迫っている。

「何やっとんじゃ、この猿！」

雷のような怒声と、痛烈な鉄拳を頰に喰らって吹っ飛んだ。

「な、なんじゃあ」

痛い。激痛だ。地べたに転がり、頰を押さえ、うめく。

「おんのれ、許さねえ！」

うぐぅあ！　よける間もなく、ズンと馬乗りに腹の上に乗られてしまう。

小袖の胸倉をつかまれ、顔を引き上げられる。

大人一人が腹の上に乗るのだ。痛いわ、苦しいわ。猿は、足をバタバタさせる。

「泣いておった」

泣く？　見れば、小一郎、涙で目が真っ赤である。

「あの姉様が、姉様が泣いておったんじゃ」

小一郎の目から涙が降り落ちる。渾身の揺さぶりに、猿は言葉もだせず、アウアウとうめく。

「他は何があってもええ。だが、姉様を泣かせることだけは、許さねえ！」

小一郎は盛大に奥歯を嚙み鳴らし、グイグイと猿を締め上げる。

待ってくれ……いや、反論しようにも声がでない。

「待て、待て！」

飛び込むように、間に割って入る若侍がいる。

(ま、又十郎殿？)

猿は声なき言葉をひねり出す。

蜂須賀小六の弟又十郎は懸命に小一郎を猿から引きはがす。

「まずご両名、落ち着かれよ」

又十郎は小一郎を宥める。猿はやっと解放されたが、ゲフゲフと咳き込む。

「又十郎殿、なぜ」

猿は苦しい息の下で聞く。

「猿殿を訪ねてきたのだ」

又十郎は息を荒らげる小一郎の肩を押さえ込んで、軽く微笑む。

「住まいを訪ねようとしたら、弟君にお会いしてな。屋敷へご案内いただいたところ、ご内儀《ないぎ》が床に突っ伏して泣いておる。いったい何があった」

ああっと、猿、大口を開けのけぞる。

おねね、すまぬ。

あんな狂乱の裏で、ねねは悲しみ、傷ついていた。そして、泣き崩れていた。

(すべて、わしのせいじゃ)

胸が絞られるようにせつない。この償いは一生もの。半開きにした口を震わせ、そう胸に刻み込む猿である。

「こんの、クソ兄が!」

小一郎がまた激昂《げっこう》して踏みだすのを、又十郎はがっしりと止めた。

さすがに小六の弟、人を押さえ込む武芸を知っている。膂力も並ではない。

「さては」

あがく小一郎を羽交い締めにする又十郎、思いついたように瞳を見開き、

「猿殿、まさか?」

鼻の下を伸ばした笑顔で振り返る。

猿、ブンブウンと全力でしかめ面を振る。

浮気なんてしている場合の猿では、ない。

頰が痛い、耳が痛い。

心が一番、痛い。


ともかく我が家へと、猿はいざない、又十郎を引きずるように歩きだす。

猿の先導で、蜂須賀又十郎、小一郎と、長屋へと戻る。

小一郎が後ろでブツブツ言っているが、猿は見向きもしない。速足に進む。

長屋が近づくほどに猿の足取りは速くなってゆく。

自邸がみえてくれれば、ついに、猿は駆けだす。

「おい、兄……」

小一郎の声に振り向きもしない。

バアッと飛び込むように大股で駆け込む。無言。いつもの大声がない。

ねね、がいる。客をもてなす仕度でもしていたのか、台所である。

猿は声も掛けず駆け寄る。大きく両手を広げ、突進する。

そのもの凄い勢いに、ねねは動く暇もない。泣きはらした真っ赤な目で、だが、化粧を直し、ふくよかな両頬の間の小さな口を半ば開け、立ち尽くしている。

激突するかと思った猿、そのまま、ぐわっ、とねねを抱きしめる。

猿とねねは同じほどの背丈である。抱けば、ねねの小さな耳が猿の口元にある。猿は、すまん、すまんすまんすまん、と声なくまくしたてる。

「おねねおねねおねねおねね！」

ようやく叫んだ猿の全身が震える。

「わしゃ、おまえがおらんとだめなんじゃ！」

猿は抱く、かき抱《いだ》く。ねねの柔らかい体が潰れるほど抱きしめる。

「おまえ、さ、ま」

ねねは小さくささやく。

「お客様がみてます」

「いいんじゃ！」

猿は、抱きしめる両腕をゆるめない。

「離さんぞ、一生!」

嘘ではない。猿は、生涯、ねねを離さなかった。いくつになっても、いかなる身分になろうと「おまえが一番」と言い放った。それは、決して変わることはなかった。

ねねの体がクスッと小さく揺れる。

「この、人たらし」

ねねの両の白い腕《かいな》が、猿の首を優しく抱く。

「もっと、言って」

呆れたような、愛らしい吐息が猿の耳にかかる。

戸口では小一郎が、はああ? と呆け顔で肩を落とし、蜂須賀又十郎は笑みを含んだ瞳で夕空を見上げている。

弟が繋ぐ

どうもいろいろあり過ぎて、なんの話かわからなくなりそうだ。猿の周りは騒動ばかりだ。

だが、やはり、この物語は、猿——木下藤吉郎という一風変わったお調子者、この世の底辺の淀みから湧いてでて、のち、天下人となり上がる男の若き日の築城譚《たん》である。

そろそろ、本題に戻れるようだ。

やっと落ち着いた猿は、長屋の居間で、蜂須賀又十郎と向かい合う。なりゆきで小一郎も傍らに控えている。

「又十郎殿、こうして、お話しするのも実に久しいですな」

いいや、先日も蜂須賀屋敷で会った。だが、あの通りの有り様で一言も交わしていない。面と向かって話すのは、猿が蜂須賀屋敷をでて以来であった。

「猿殿も息災じゃな」

又十郎は猿と同年配である。先ほどから猿のことを「猿殿」と呼ぶのだが、猿にはこれが心地よい。小六の下人であった猿は又十郎からしても使用人、かつては「猿！」と呼びつけていた。だが、今はこんな風に呼ぶ。「猿殿」というのも珍妙な呼び方だが、下手に「木下殿」などと呼ばれると、ずいぶん他人行儀に聞こえる。こんな風に呼んでくれることに、又十郎らしい愛を感じる。

（さすがじゃな）

決して偉ぶらない好漢である。まあ、小六の弟なら、彼とて戦乱に浪々とした苦労人。下々の者の気持ちを十分知っている。蜂須賀党の者は皆そうだ。だからこそ、流れ者の猿が馴染み、居ついたのだ。

（さあて）

猿の目は奥底で輝いている。

（又十郎殿が来た、っちゅうことは）

間違いない。何か、動きがあるに違いない。

「猿殿、過ぐる日は失礼した」

蜂須賀又十郎は丁寧に頭を下げる。

（来た来た）

だが、猿、そんな期待はおくびにもださず、ああ、いやあ、と頭《かぶり》を振る。

「小六殿の御意を得られず、真に残念でござった」

猿の方から詫びるように言えば、又十郎は、口を固く結んだ面をかしげる。

「うむ……」

何かを言い淀む。

猿もここは黙ってみる。また小六を口説きにゆくなどと自分から言わない。

いや、黙るべきだろう。又十郎が兄小六の使いなら、躊躇《ちゅうちょ》なく用件を述べるはず。だが、又十郎は何事か心に抱えている。それを吐きださんと溜めてここに来たのだ。ならば、無理強いするより待ってみる。そうするに尽きる。

「猿殿よ」

又十郎は落としていた視線を上げた。

「なぜ、兄上があのように頑なか、わかるか？」

思い切るように口を開く。

猿はここも無言でしかめ面を振る。それこそ猿が知りたいことである。

「兄上は、信長が嫌いなんじゃ」

猿、ほう、と眉根を上げる。なぜ？　と問いたい心を我慢する。その代わり全身で頷く。すべてを受け入れるように、深々と頷く。

「我ら一族が、織田信秀に里を追われたのは知っておるな」

又十郎は語りだす。

蜂須賀家は信長の父織田信秀に父祖伝来の城を奪われ、里を追われている。それがなければ、尾張蜂須賀郷の領主のはずの小六である。

蜂須賀郷は、織田信秀が本拠とした勝幡《しょばた》城と隣接し、南に一里もゆけば木曽川下流最大の湊町津島がある。

津島――木曽川を下る物流はほぼすべてこの湊に集約され、ここから尾張国内に出荷されるか、伊勢湾に向かって船出した。

人と物が集まれば町は殷賑《いんしん》を極める。津島湊をさらに開発し、交易の利を独占したい信秀は勝幡から津島一帯の支配を強化するべく、蜂須賀党を駆逐した。小六からすれば理不尽な話だった。

「信長が美濃の姫を娶って斎藤家と和睦したときな、道三様の口利きで、我らが尾張へ帰るという話があったのだ」

ほう、と猿は瞠目する。それは知らなかった。

「だが、信長は帰参しても蜂須賀郷は返さぬ、と言うた」

織田家の庇護を受け「尾張の台所」と呼ばれるほどとなった津島は、信長の尾張統一、隣国との戦いのために必要不可欠な資金源だった。信長は隣接する蜂須賀郷の明け渡しを拒んだ。

信長からすれば至極当然なことだが、蜂須賀党としては許しがたい行為だろう。

ううむ、と猿は顔をしかめる。

だから、小六は、道三没後も信長に対抗する勢力に拠り続けた。

(よほど、怨みが深いな)

わかった。小六の言動の端々に信長への嫌悪が見えたその理由が。これまでのいきさつ。そこからの小六の感情は想像以上にねじれている。

「それにな」

又十郎は身を乗りだしてくる。

「兄上はもはや侍奉公に飽きている」

又十郎の嘆息するような声音に、猿、眉根を寄せて頷く。

小六は土地を追われ、仕えた主家が倒れては、放浪した。それに飽き、今さら新たな主家を仰ぐ気になれないのだろう。

小六は今や木曽川川筋衆の頭領として、確たる地位を築いている。下手な土豪、元の蜂須賀郷の領主程度より、よほど裕福なのだ。

こたびの濃尾の争いとてどちらが勝とうが関係ない。むしろおのずから与力して負けたら、それこそ貧乏くじだ。

「我が身可愛さではない。兄上は長きにわたり不遇であった。だが、兄上は落魄《らくはく》しても我らを養ってくれた。家を守るため懸命に道を探してな。あがきにあがいて今の蜂須賀党がある。すべては兄上のおかげじゃ。わしは間近でそれをみてきた。そのご心中痛いほどわかる」

(なるほどなあ)

その辺りは仕えていた頃も薄々感じていたので、わからぬ猿でもない。わかってしまえば、武人でない猿、どうしようもなく心が揺れる。

(苦労人、だわなあ)

だが——猿、ここは、さらなる大きな目標に向かって、気持ちを立て直す。

「なるほどのう。じゃが、又十郎殿、川筋の者とて今は隆盛を誇るが、はたして先はどうか……」

「猿殿」

ここから猿の攻勢が始まる……というところで、又十郎は右の手の平をかざしてさえぎった。

「おぬし、わかっておるのだろう」

固く結んだ口の端を小さく上げている。

「それがしは弟。兄上のご意思に従うのみなれど」

その若々しい面に新たな力が漲ろうとしていた。

「わしは織田様に乱世を切り開く力を感じている」

おお、と猿の顔が明るくなる。

「だから、この機にこそ、兄上を長き呪縛から解いて差し上げたいのだ」

むろん、猿とて気づいている。この実直な弟は、猿に兄を口説いて欲しい、と考えていることを。

「わしらとて、一端に成人した。向後は兄上の力になりたい。兄上に思いのまま大きく生きていただきたいのだ。だから、わしは猿殿のところへ来た」

又十郎の瞳が明るく輝いている。猿も会心の笑みで頷く。

そうだ。ぜひこれを、又十郎の口から聞きたかった。

猿のやる気だけではない。今、又十郎という、この上なき力も得た。

よし、やる、蜂須賀小六を口説く。やってみせる。

「兄者」

驚いた。路傍の地蔵がしゃべったのかと思った。慌てて声の方へ振り向けば、小一郎が握りしめた拳を太腿の上で震わせ、面を伏せている。

不覚ながらこの弟が場にいることを忘れていた。いや、それだけ目の前の又十郎に集中していたのだ。

「なんと、健気な話ではないか」

上げた小一郎の面は涙でぐしゃぐしゃだった。

「又十郎殿が兄様を思うお気持ち、なんと素晴らしいんじゃ」

ねねのこともあり感情が波立っているのか。小一郎は盛大に肩をしゃくり上げている。

「ゆかねばな、兄者」

「えっ？」

猿は驚愕の目を見開く。

「蜂須賀小六様のもとへ」

いや、ゆくわい。言われずともゆくわい。ゆくつもりなのだが、そのとき、猿の頭で何かが閃《ひらめ》いている。小一郎の涙顔と、蜂須賀又十郎の真摯な顔を交互にみる。

「おまえも来い、小一郎」

「え」

小一郎は濡れ面を振る。

まあ、どうせいるだけだろうが、ここは弟君が繋いでくれた縁。験《げん》担ぎならこちらも弟連れでいこう。一族想いの小六だ。考えてみれば、川筋衆の強面《こわもて》どもと連なるよりも、小六も心を開きやすいのではないか。

猿ならではの感性、人たらしの勘である。のち、猿は妹や生母まで外交の手段に使ってしまうのだが、今はただ必死なのだと、ご勘弁いただきたい。

「ゆくぞ、小一郎。又十郎殿、ご同道お頼み申しますぞ！」

猿、勢いよく立ち上がっている。

またも、小六

猿たち三人が、宮後村の蜂須賀屋敷に着いたのは、すでに、深夜。

だが、又十郎が共にいる。三人、誰にも邪魔されず屋敷へと上がってゆく。

小六は起きているようで、例の広間で三人待たされる。

(四度目か)

猿は念じている。

いや、だめでも五度でも、六度でも来てやる。

上座と猿たちの間に座る又十郎の顔は緊迫で張りつめている。小一郎など窒息《ちっそく》しそうな顔で黒目だけを左右に動かしている。

小六が来た。先日と同じく、沈鬱を帯びた顔だった。

その顔をチロチロと燃える燭台《しょくだい》の灯《あか》りが照らし、目鼻の陰影を深くしていた。

無言の小六は上座に胡坐をかく。猿は落ち着いて、静かに始める。

「小六殿、過日は真に申し訳ないことをした」

猿は両拳を床について面を伏せる。

いや、無言で席を立ったのは小六の方だ。何を詫びるというのか。

小六は半ば瞼を閉じて、目を据えるようにしている。

「ああしてお会いできたのに、小六殿のお気持ちを聞かずに帰ってしまい、大変な無礼であった」

猿は頭を下げる。小六、やや眉をひそめている。

「本日参ったのは、他でもない。過日は、前野将右殿の言い分を聞いていただいた。今宵は、この猿の、木下藤吉郎の本心を存分に聞いていただき、そして小六殿のお心根を存分にお聞かせいただきたく、こうして参上仕ったのじゃ」

猿は言う。小六は沈黙で応じる。

傍らの又十郎は瞬きもせず、宙の一点をみつめている。

又十郎は「それがしから申しましょうか」と提案してきたが、猿は謝絶した。

弟殿はすでに同意しているなどとは言わない。前野将右でも川筋衆でも信長の意思でもない。そんな根回しでなく、今日は、猿の口から、猿の言葉で語る。それでこそ、小六と本音でぶつかれる。そう胸に刻み込んでいる。

猿は語る、全身を口にしたように大きく震わせる。

「根無し草となっても、ここまで一族を守り抜いた小六殿。今や、川筋衆の頭領じゃ、なんとお見事、まっこと、素晴らしい」

猿の勢いにも小六は動かない。

「信長様との因縁。里を追われた苦しみ。これは確かに、辛く、くやしく、悲しいことじゃ。だからこそ、それを断って新しい絆を結ぶのじゃ。今こそそのとき、それができるときなんじゃ」

それでも、小六、無言。ここまで動かないとは、なかなかにできぬことだろう。

(負けられん)

猿、グッと生唾を呑む。己を奮い立たせる。

「信長様はやがて濃尾を統一される。いや、伊勢、近江、そして、都まで制する」

猿は両手を掲げ小さな輪を作り、その輪を大きく広げる。まるで、織田家の領土が広がるようだ。

「そうなったときもなお川筋衆はこの木曽川にしがみついて活計《かっけい》とする。それでよろしいのじゃろうか」

猿は右手の人差し指を立て、指先でチョイと縦線を引く。織田家の大きな領地の中、この一筋が木曽川、と言わんばかり。猿お得意の体現話法《ボディトーク》である。

いいぞ、乗ってきた、というところで、後ろからグイグイと小袖の裾を引っ張られる。

「兄者！」

「なんじゃい」

振り返れば小一郎がしかめ面を寄せてくる。

「なぜ利得の話をする」

小一郎のがなり耳打ちに、猿は、えッと瞠目する。

「もっと他に言うことがあるだろうが」

目を血走らせる小一郎の睨みに、大きく顔をゆがめる。

そうか。どうも城での奉公が続いて、算盤《そろばん》勘定の癖がついている。一人語りの厳しさに、知らずと利得を説いていた。

小六は依然として無言。少々眉をひそめている。

猿、気を取り直し、スウと息を深く吸い込む。居住まいを正し口を開く。

「わしは、小六殿が好きじゃ。好きなんじゃ。もののふ蜂須賀小六がみたいんじゃ！」

ドンと両手を床に突いた。前のめりである。

「小六殿を主と仰いだわしは知っておる。小六殿は一国一城の主になれるお方じゃ。木曽川のほとりでくすぶっておるなんてもったいない。わしが必ずや、侍、蜂須賀小六をこの世に蘇《よみがえ》らせる。一族もろとも栄えるようにする。小六殿、わしを信じて踏みだして欲しいんじゃ。信長様が好かんなら、それでええ。わしを信じてくれ！」

小一郎も、横で又十郎も、低く頭を垂れている。小六は黙然と聞いている。

猿はむんと目を見張り、歯を食いしばる。

「何度でも言う。何度でも来る。嫌なら、ここでわしを殺してくれ！」

猿はそう言って己の首を差し出すように、ずいいっと身を乗り出し、頭を伏せた。

「小六殿がわしを拾い、送り出してくれたおかげで、わしゃあ人がましくなれた。蜂須賀小六に殺されるなら、本望じゃ！」

猿はそのまま黙った。

もう動かない。小六が傍らの刀を引き抜き、斬りつければ猿の首は落ちるだろう。息もできない。

そんな中、小六、猿、又十郎、小一郎の放つ気が部屋で交錯していた。決して目にみえるものではない。だが、確かに各人の頬に張りつく何かがあった。

ふーっ
やがて、小六が長く息を吐く音が響く。

「そちらは弟君か」

実に久々に聞いた小六の声に、猿、あっと、面を上げる。

「そうです。弟の小一郎です」

応じれば、小一郎もへへえっと面を床に引っつくばかりに伏せる。

そのまま黙ると思った小一郎、

「はい、木下小一郎にごぜえます」

と、朴訥に名乗りを上げたのには、猿も仰天した。その驚きは終わらない。

「蜂須賀小六様、又十郎様もわしも、小六様のお侍姿がみてえです」

小一郎のボソボソ声が室内に流れる。

小六は小一郎をみつめていた黒目を動かし、横の又十郎をみた。又十郎は、燃えるような瞳で兄を見返し、一度、固く首肯《しゅこう》した。

「わしは、つい先頃まで百姓をしとりましたが、この兄に連れ出され、なぜか、お城で奉公なぞするようになってしまいました。なんでだか、己でもよくわかんねえのでごぜえますが……何にしても、わが兄は、かように浮ついて騒々しい奴でごぜえますが、言ったことは必ずなし遂げる男でごぜえます。誰より弟のわしが知っております。蜂須賀の皆様を大事にするお気持ちに嘘偽りはごぜえません」

雄弁とはまったく言えない。小一郎はときどき詰まり、声はかすかに震えていた。

「小者でごぜえますが、何事も全力でやる奴でごぜえます。わしも今生しっかりお支えします。蜂須賀様も信じてやってくださいませ」

小一郎は訥々と述べて深々と首を下げた。

「気に入った」

応えは早かった。灰色だった小六の顔に、いつの間にか鮮やかな色が戻っていた。

猿、小一郎、息を止め固まっている。

「我も又十郎を我が片腕と頼っている。猿もよき弟君を持ったな。小一郎殿のような弟君が援けるなら、猿も一廉《ひとかど》の男となろう」

小六は莞爾《かんじ》と微笑んでいた。傍らで、又十郎も会心の笑みで頷く。

「猿のみならず小一郎殿の真摯なお姿、この蜂須賀小六、真、感じ入った。ここで立たずば男ではない」

猿、伏せた面の目をひん剝くばかりに見開いている。小一郎は、それ、以上。

「いいぞ、猿。己にこの身を預ける。川筋衆総出で洲の俣築城を援けよう」

小六の声が室内に響き渡る。

うへえええーっ！

猿、小一郎、二人の声があう。

兄弟まったく同時に、思い切り面を伏せていた。

ともあれ、談判は終わった。

小六は、奥の間で一人静かに酒を飲んでいる。

その心――

いや、実はもう決まっていた。

又十郎が小六に無断で出掛け、夜になっても戻らなかった。

猿の来訪を感じた。そのとき、小六は腹を括っていた。

先日はあんな形で座を立ったが、もし、もう一度、猿が来るなら小六は逃げられない。逃げたら男がすたる。

だから、小一郎をきっかけに、猿に応じた。

（また、侍働きするか）

信長への恩讐。確かにあった。いや、今もある。

しかし、そこは辛酸《しんさん》舐め尽くした蜂須賀小六。こだわってはこの乱世、生き抜けないことを知っている。

猿の言ったことぐらい、小六もわかっている。信長の勢いは凄まじい。犬山織田信清など雑魚《ざこ》の類い、美濃斎藤もいずれ信長に均されるであろう。

抵抗すれば小六など抹殺される。一族皆殺しだ。下手をすれば川筋衆とて根絶やしだ。いつか、どこかで、信長につかねばならぬ。そう思い始めていたところだった。

それでも、小六が素直に応じなかったのは――

（確かめたのさ）

さて、猿よ、このお調子者、おのれ、真に信長を主と仰ぎ、ついてゆく気か。いや、ついてゆけるのか。あやつは冷たい。徹頭徹尾、実力、成果を求める。それでも耐えるか。おぬしは耐えられる「玉」なのか。その覚悟をみようと思った。

（それに）

猿の願いに即応などできるものか。

（いたずら、さ）

猿が、あの小者が、髷を結って、綺麗な小袖を着て、馬にまで乗って、前野将右という気難しい男と川筋衆の列強を引き連れて来た。なんの冗談かと思った。

己の下人だった頃から見違えるほどだった。内心、瞠目していた。素晴らしいと思うと同時にちょっと嫉妬した。

(あ奴。立派になりおって)

だから、一蹴りしてみた。猿がどんなツラで出直して来るか、みてみたい。

主と下人だった頃もよくからかったものだ。猿は猿で時にムキになり、時に頓智《とんち》を利かせて小六の心を獲った。

小六の顔がプウと膨れてゆく。

あの猿と侍働き。いったいどんなことになるのか。生きていると、こうもおかしいことに巡り合うのか。考えるほど下腹から笑みが込み上げる。

そうだ、と、小六は真顔になる。

(将右に)

あ奴の顔も立ててやらずばなるまい。

書状でもださねば。あいつこそ、後々までうるさい。

小六は文机《ふづくえ》を引き寄せる。

「此《こ》の度、濃州墨俣押出入《おしだしいり》の事、織田上総殿肝入《きもいり》にて藤吉郎殿才量の合戦にて、かねて打合せの通り、諸道具之儀、御油断無く相調《ととの》ひ願《ねがい》候事《そうろうこと》たのみ申上《もうしあげ》候」

――このたびの美濃墨俣(洲の俣)侵攻の件は織田上総介殿ご執心の指示にて藤吉郎殿指揮の合戦、かねて打合せ通り、諸般の道具の支度について、ご油断なくされますよう願います――

書く。書くに連れ、小六の顔がにこやかに彩られてゆく。小六、クッ、クッと肩を揺らしながら、なおも、書く。

「押出人数の儀、差出し下され度《た》く、藤吉郎殿何分にも足場悪き処《ところ》なれば、重々御心得下され度く、一門一党一族功名手柄の儘《まま》と藤吉郎殿申し伝えられ候」

――参加の人数を集めていただくようお願いします。藤吉郎殿いわく、なにぶんにも足場が悪いところなれば、重ねてご注意いただきたいとのことです。一門、一党、一族、功名も手柄もほしいままに挙げられると、藤吉郎殿は申しておられます――

最後に「永禄四年寅七月」としたため、花押《かおう》を添えて書状を締める。

(ちょっと、おおげさかな)

小六は笑顔の眉をひそめ、小首をひねる。

この文面が様々な手を経て、「墨俣一夜城築城資料」などという数百年後の冊子に載ると知れば、こんな風に書いただろうか。

まあ、いい。

猿と働くのだ。前祝いにこれぐらい、いいだろう。

書き終えた小六、こらえきれない。

腹を抱え、天井を見上げ、高笑いしている。

ふたり兄弟

その晩は泊まらせてもらった猿と小一郎、日が昇ると共に蜂須賀屋敷をでた。清須へ帰る。胸を張り歩く二人、その足取りは、潑溂《はつらつ》としている。

小さな猿、ひょろりとした小一郎、凸凹な兄弟は尾北の田野を闊歩してゆく。

「小一郎」

猿は小一郎を振り返る。

「なんだ、兄者」

小一郎の顔は寝起きの腫れが引いていない。

泣いたり笑ったり怒ったり、極限の緊張で身を硬くしたり。昨日はこの弟にとって感情のすべてを出し尽くした一日だった。

「おぬしのおかげじゃ」

珍しい猿の言葉に小一郎は息を吞んだ。はにかむように頰を搔いて、目をそらした。

「もう、姉様を泣かせんなよ」

と応える。照れ隠しだろう。

猿、とたんに目を細め、口を尖らせ、

「おみゃあ、まさか、おねねのこと」

ニヤと笑って、小一郎を見上げる。

「そんなんじゃねえ」

「いいおなごじゃろう。最高のおかか、じゃ」

小一郎、ああ、と口をへの字に曲げている。「ほんとに」と声なくつぶやいている。

「おまえも、はやく嫁を娶らんとな」

「知らん」

小一郎が顔をそむけても猿はニヤニヤ笑っている。

「洲の俣に城つくったのちな。わしがみつけちゃるわい」

猿は西をみる。草地の合間に幾筋も川が流れている。その方角、五里ほど先が洲の俣である。小一郎、猿の心がすでにそこにあるのを感じている。

「まあ、清須でのお勤めはわしに任せろよ」

「何言っとるんじゃ」

向き直った猿は大口を開ける。

「おみゃあも、城、つくるんだがや」

え？　と、小一郎、瞠目する。

「あほう、小六殿もああ言っとる。おみゃあ、わしの弟じゃ。共にやらずに、どうする」

えええ？　小一郎の腫れ上がった顔が大きく伸びる。

「支えてくれるんだよな、わしを！」

猿はそういって背のびして、小一郎の肩に手を置き、ガシガシと揺すった。

小一郎、ううむ、と口元をゆがめている。

が、やがて、小さく鼻息を漏らし、頷いた。

「仕方ねえ、兄貴だな」

「こんな兄を持ったおのれも因果《いんが》じゃな」

猿はニカッと目を剝いた。

「だがな、ぜったいに、面白きことができるぞ!」

アッハハと高らかに笑って、先に歩きだす。

小一郎、もう呆れて、天を見上げる。

(そうかなあ)

木下小一郎、のち、秀長《ひでなが》、大和《やまと》大納言。

猿の傍らにあり、終生、兄の天下統一を支えた。時に勢いに乗り、独走しがちな猿を諫《いさ》め、諸侯との間に入り、よき調整、仲裁役となった。人は民にいたるまでその温厚質朴《しつぼく》な人柄を愛した。

「そう、かもなあ」

小一郎、つぶやく。

兄に遅れないよう、その小さな背に向け、歩み始める。


兄弟は、ゆく。

その道が天下に続いているとは、二人、夢にも思わない。

第五章　城つくる猿

始動

小一郎は数日後、猿に連れられ、信長の前にでた。

場は清須城本丸御殿奥の間。上座には信長、傍らに筆頭奉行村井貞勝、下座に、猿、小一郎のみ。

極めて内々の謁見《えつけん》ということは、さすがの小一郎にもわかった。

猿は一通り、川筋衆、特に蜂須賀小六との談判の結果を報じたあと、小一郎を信長に紹介した。

「わが弟の木下小一郎にございます。こたび洲の俣築城を共に行いまする」

「であるか」

小一郎も、ハハアと平伏したつもりだが、喉がかすれて声にならない。

息もできない。死にそうだ。こんな感覚生まれて初めてだった。

胸苦しいほど緊張している。蜂須賀小六と会ったときもよほどだったが、その比ではない。

(よく、こんなお方に)

上座をみることもできないが、そちらから発される研ぎ澄まされた気を感じる。

首筋に刃を突きつけられるような、一瞬でも気を抜けば斬りつけられそうな、そんな薄ら寒さ。微

塵でも粗相があれば、殺される。織田信長という殿様に仕えるのは命がけなのだ。

小一郎のような朴直者《ぼくちよくもの》は寸刻も耐えられない。全身が萎縮《いしゆく》し、ただただ震えていた。

「猿」

信長の声は澄んで、冷たい。

「蜂須賀小六、こちらについたか」

ハハア、と、猿は平伏する。

「小六始め川筋の親方衆、近々、清須に連れてまいります」

(よくも、まあ)

淀みなく返答できる。小一郎、改めて兄を敬おうと思ってしまう。

「猿」

「ハ」

「面を上げよ」

信長の声音は変わらない。冷えている。氷のごとく冷たい。

小一郎は怖くて上げられないが、猿が面を上げたのはわかる。しばし、沈黙が流れる。

「余が岩倉辺りまで出向く」

ええっ、と猿が声なき声を上げた。「真にございますか」と続ける声は半ば裏返り、語尾が震えている。

「し、しかし、お、畏《おそ》れ多いことで……」

「川筋衆は織田方なのだな」

「ま、間違いなく」

「ならばゆく」

「ははあっ」

ゴン！　という大音が響いて、小一郎、思わず身をすくめてしまう。猿の頭が床に当たる音だった。

「村井、猿と段取りせよ」

信長の声が横に流れるのを感じた。傍らで村井貞勝が面を伏せている。

「このこと厳秘《げんぴ》にて行う。間者をまいて、信長は近々洲の俣を撤退させる、美濃攻めから転じて伊勢へ兵をだすため、新たに人と資材を集める、と言わせよ」

鋭い指示が続く。

「猿、小一郎」

信長が立ち上がるのを感じた。

「一層励め」

ひときわ甲高い言葉の余韻を残して、信長は去った。


あとに残ったのは兄弟二人。

だが、小一郎は動けない。平伏したまま虚脱していた。

結局、まともに信長をみることもできなかった。脇の下やら背やら冷や汗びっしょりである。

とにかく疲れた。これなら一日野良仕事をしていた方が、ましだ。

「兄者、そろそろ……」

と、声を掛けて、息を呑む。

猿が泣いている。床に突っ伏して泣いている。

「ど、どうした兄者」

うっうっと、猿は嗚咽《おえつ》を繰り返す。

「お屋形様……」

どうした？　さすがの猿兄貴も信長とのやりとりに疲れたのか。

「信長様は、わしを捨てておらんかったぞ。おん自ら出向いてくださる。やはり、あのお方は素晴らしい」

いや、それは、川筋衆のことを極秘としたいだけなのでは……と小一郎なりに思うのだが、猿にはそれだけではないのだ。

「小一郎、やはり、やはり、わしにゃあ、信長様しかおらんわ」

猿は皺の多い面をさらにぐしゃぐしゃに縮めて泣いている。


そして、小六を筆頭とする川筋衆は、信長の謁見を受けた。

村井貞勝が段取りし、信長の側妾《そくしょう》の実家《さと》の生駒《いこま》家が場を提供した。

生駒屋敷は、岩倉からさらに北へ一里ほどの場所にある。この辺りは、すでに犬山織田信清の領分が目前である。

そんなところにまで信長が出向き、両者の面会が済むや、事は一気呵成《いっきかせい》に動き出した。

（いや、凄いわ）

小一郎はその怒濤《どとう》の勢いに、うめき続けた。

川筋衆の組織力と団結に、驚嘆するばかりだった。

懇意の商人、山主《やまぬし》、樵衆まで総動員して、木材の確保。そして、川筋の地侍と舟と舟衆の調達、連携して、水路の押さえ。

瞬く間に木曽川上流で五万本の材木が集められ、松倉を始めとする中継地に運び込まれてくる。仕度という仕度が一気に揃う、そんな様であった。

しかも、川筋衆が凄いのは、これだけの動きが表にでず、すべて極秘裏になされている、ということだ。

織田家の力もほとんど借りない。織田方で事を知るのは、猿、村井貞勝を始めとするごく少数の者に限られている。尾北の領主織田信清さえ、この動きには気づいていないだろう。

敵間者の類いはいかに闇に潜んでも、野武士まで一味とする川筋衆の網に引っかかる。

多才な者たちが、各々の持ち場で役をこなし続ける。川筋衆を味方にしたことで、木曽川流域が一気に信長色に染まった。そんな様相だった。

(ここまでとは)

しかし、小一郎、啞然としてばかりもいられない。小一郎とて、立派な洲の俣築城組の一人である。

尾北にあって川筋衆の仕切りに明け暮れる猿とは別口で、清須近郊を巡り、人手集めに走った。表向きは、信長の伊勢攻めに従軍する作事衆集め、であった。

難しい作事をするわけではないので、大工などの本格的な職人はいらない。それより健康で頑丈な奴がいい、ということだった。ならば百姓に限る。

織田家の重鎮村井貞勝のお墨つきをかざして頼み込めば、在郷の名主や村年寄りたちは崇めるように援けてくれた。

小一郎は、地元中村はむろん、近在の村々を回り、体自慢の奴らを掻き集めた。皆、嬉々《きき》として集ってきた。当たり前だ。褒美は十分にでる。しかも年貢に取られない。槍働きでもなくひとときでいいなら、志願する者はいる。百姓の気持ちは誰よりわかる小一郎である。

それでも、己が集めた者たちが戦場で傷つくということなら、小一郎、躊躇したことだろう。

「絶対に死なさん」

猿兄貴は清須に戻ってきては、猿顔を寄せてきた。

「侍のいくさに民を巻き込んで傷つけるなど、愚の骨頂。そんなことわしが誰より知っとる。信じろ。民は傷つけん。わしが楯になっても死なせん」

そのときばかりは迫真の顔で言う。小一郎、ゴクリと生唾を呑んで頷いた。

洲の俣へ

そして、永禄四年もすでに九月。信長の洲の俣奪取から、四か月が経つ。

今、小一郎の目の前に木曽の大河が滔々と流れている。

対岸に洲の俣がみえている。

洲の俣の地は南から北に向かってゆるやかに上がるナマコ状の台地である。

振り返れば、川岸に生い茂る葦の合間にいくつもの白い目が覗いている。

清須から率いてきた徴募《ちょうぼ》の人足衆だ。これから彼らと共に川を渡り、洲の俣へ乗り込む。

「そろそろ刻限だな」

小一郎の横で川面をうかがう川筋衆の加治田隼人がぶっきらぼうにつぶやいた。

木曽川には数名の斎藤兵を乗せた小舟が遊弋《ゆうよく》している。洲の俣の織田勢と木曽川を見張る物見舟である。

と、突然、その舟が揺れた。

水面からいきなり手がでて、舷《ふなべり》側をつかんでいる。そのままグワッとふんどし一丁の壮漢《そうかん》が川面から躍りでた。

口に短刀をくわえた漢《おとこ》は水鳥のごとく跳躍し舟に飛び乗るや、目にも止まらぬ速さで、斎藤兵を刺殺した。

(うっはあ)

見事というより、凄まじ過ぎる。斎藤兵は川に巣くう物《もの》の怪《け》に殺されたと思ったのではないか。

小一郎が驚愕したまま首を巡らせると、遥か上流から何艘かの小舟が連なって下ってくるのがみえた。

小一郎、バアッと飛び出し、手を振る。

「おおい、ここじゃ、ここじゃ」

気づいた先頭の船主も大きく手を振ってこたえている。川筋衆の船団である。

川筋衆の舟は特殊である。

川舟はもとより船底が地につかぬよう吃水《きっすい》が浅い。いわゆる高瀬舟《たかせぶね》だ。川筋衆はそれをさらに浅く改良し、より速度がでるようにしている。

さらに、複数の櫂《かい》を備えている。川舟は流れを利用して竿で川底を突き、櫓で漕いで進むのが普通だが、この舟はむしろ櫂を主力とし、水上を自在に動く。しかも、漕ぎ手は練達屈強の川筋衆だ。速度は驚異的、動きは軽快、流れがゆるやかなら川上りも容易《たやす》い。

そんな川筋衆の船団は生き物のように蠢き、連なって川面に広がりだす。

「おっしゃ、こちらもじゃ」

加治田隼人が、ピューッと指笛を吹けば、何十人もの男たちが湧き出て、葦の草むらに隠していた小舟を引き出す。隼人はそのうちの一艘に跳ねるように飛び乗り、大きく川へ漕ぎだす。

他の舟も川に滑り出るや、おのおの水主《かこ》が手に持った荒縄を投げ渡し始める。中流へと進みながら、各船尾と船首を縄で繋ぎ、グイグイと引き始める。先頭の舟が川の半ばにいたるほど、繋がれた舟が岸から一本の列をなしてゆく。

加治田隼人は先頭の舟で仁王立ちしている。

その頃、川上から来た船団が迫っている。

「ほいよ!」

隼人は、下ってきた先頭の舟に近づき、相手と呼吸を合わせ、持っていた縄を投げ合う。二艘の船首は固く結ばれた。川下り組の舟もすでに縄で結ばれ、後に連なってゆく。下ってきた最後尾の舟は河の向こう側、すなわち洲の俣の岸へと着いた。

すると、数珠《じゅず》繋がりの小舟が河を横断する一本の線となった。

「それ、いけ!」

小一郎の号令一下、今度は岸に控えていた男たちが、小舟に向かって、戸板をホイホイと渡してゆく。船乗りたちはそれを受け、パンパンと舟の上に敷いていてゆく。

あらかじめ舟に積んでいた戸板もあるようで、またたくまに舟の上は戸板で覆われてゆく。

橋が、できた。

小一郎は、感嘆の吐息を漏らす。

遥か彼方に浮かんでいた川向こうとの間に今や立派な一本道ができている。木曽川にこんなに簡単に舟橋をかけるなど、信じられない。

「夜の方がいいんでないか?」

小一郎は段取りのとき、加治田隼人に何度も聞いた。対岸には敵勢がいる。日の光の下で堂々と木曽川を渡れるのか。常道なら夜密《ひそ》かに、であろう。

「明るい方がよく見えて、無駄なく動ける」

隼人はそう言って「まあ、任せな」と笑った。

(その通りじゃ)

闇の中ではこれだけの連携作業、むしろ、できまい。

それにしても川筋衆の舟を操る力は凄まじい。それは一朝一夕のものではない。何年と繰り返し、日常も行ってきた賜物《たまもの》であろう。敵を前にした一発勝負でも寸分の狂いすらなかった。

(さすがじゃ)

が、みとれている場合ではない。次の行動へと身を移す。

「そうれ、渡れ!」

小一郎が手を振るや、岸にいる百人ほどが順繰りに駆けだす。

「列になれや、遅れるな!」

順番は決めてある。皆、乱れもなく順に走り、一本の線となって舟橋を渡り始める。

皆、薄汚れた小袖に半袴の軽装、中には上半身裸の者すらいる。ほとんどが清須近在の百姓である。

ドカドカと足を踏み鳴らし、川を駆け抜ける。

「かけろ、かけろ」

小一郎は全員を送り出し、最後尾を駆けだす。

「おわっ」

奇声が響くや、バッシャと派手な飛沫《しぶき》が上がる。

最後尾近くを走っていた男が、橋が揺れたはずみでよろけて、落ちた。

「何やってんじゃ、おいぃ！」

小一郎は駆け寄り、川に向かって右手を差し伸べる。急ぐのだ。ぼうっとしてると敵が来る。男は水面を掻いている。

「す、すまねえ」

「早く！」

男を引っ張り上げて、また走る。

水浸しの男を押しながら一目散に駆け、橋も半ばを過ぎた頃、バーン、と鉄砲音が響く。行く手の南から、斎藤方の軍勢が喚声と共に駆けてくるのがみえる。

「ゆけゆけ、はやくゆけ！」

加治田隼人の嗄れ声が背後から追いかけてくる。

舟上の隼人らはもう戸板を回収して、繋いだ縄を切り始めている。

「こっちみるな、行け！」

言われずとも振り返る余裕などない。小一郎、ただ目を吊り上げて、揺れる舟橋の上を駆けている。

渡り終え、岸に飛び降りるや、脱兎のごとく、高台へと駆け上がる。

左手から迫る斎藤の鉄砲足軽が、小一郎たちめがけて鉄砲を構えている。

うわわわわ

小一郎、頬を引きつらせて、なおも駆ける。

ダーン！

うわっと、身をすくめるが、痛くもない。

走りながらみやれば、倒れて騒いでいるのは斎藤方の足軽である。

振り返れば、先ほどまで舟橋を切っていた加治田隼人たち、今は鉄砲を構えて斎藤方を狙い撃っている。

各舟、岸辺の斎藤勢へ向け、弓鉄砲を斉射しつつ、下流へと漕ぎ下ってゆく。

船団の中ほどで、加治田隼人が手を上げて笑っているのが、かろうじて見えた。

(うひょおお)

小一郎、味方の頼もしさに慄きながら、それでも駆ける。

堤のように掻き上げられ、まばらに木柵が編まれている土塁に向け、一目散に進む。

「小一郎！」

大音声が空から降ってくる。井楼の上に、猿がいる。

「放てや」

下に編まれた木柵のたもとにいた織田の物頭が右手の刀を振れば、前で跪く鉄砲衆が一斉に筒先を揃えた。
パ、パーンと小気味よい斉射音が響くや、斎藤勢の動きは止まる。
「小一郎、入れ、入れ！」

言われずとも小一郎は駆ける、入る。

木柵の切れ目から砦に飛び込むと、すぐ後ろで、またパン、パァアンと鉄砲音が響く。

はああーっ
小一郎はその場にへたり込んで、盛大な吐息を漏らす。

「小一郎、ご苦労！」

下りてきた猿が大声を掛けてくる。さすがの猿も今日は小具足姿だった。

猿は信長のお墨つきと共に先行して洲の俣に入り、川筋衆の受け入れ支度をしている。

「はあぁ、し、死ぬかと思うた」

「何言っとるんじゃ！　上からみとったが、まったく危なげなかったぞ」

ええ？　小一郎はあえいで見上げる。まあ、そういえば、そうかもしれない。そうとはいえ、鉄砲で狙われるなど生まれて初めてだ。

猿は小一郎の手を取り、引っ張り上げる。

「こちらは手負いもおらん。皆、無事、着いたわ！　小一郎、ええぞ、ええぞ。うまくいっとるわい」

うまくいってる、か？

これから、どれほどこんな思いをするのか。気が遠くなりそうな小一郎である。


小一郎は、そのまま猿のあとについて、洲の俣砦の中をゆく。

(ひどい有り様じゃなあ)

一言《こと》で言えば、荒れている。

黒焦げの朽ちた建屋の残骸《ざんがい》の合間に、つくりかけの陣小屋が点在し、雑然としている。かろうじていくつか立つ井楼も半分は傾いている。ところどころ材木が無造作に積まれているが、焼け焦げているものが多い。とても築城に励んでいるとは思えぬ光景だった。

周囲をぐるりと見渡せば、外周の土塁はかろうじて四方を覆っており、それに沿ってまばらに木柵が植え込まれ、内側に鉄砲除《よ》けの竹束《たけたば》が並べられている。これが城壁代わりの外構のようである。

(織田方が取ったとき、焼かれたまんまじゃねえか)

聞いてはいたが、ひどい。この砦と言えぬ陣地では守るだけで、精いっぱいだろう。

敷地の中に立つ櫓とは呼べない何棟かの陣小屋のうち一番大きな、それでも河原小屋に毛が生えた程度の掘っ立て小屋に猿は入ってゆく。

小一郎も続いて戸口をくぐれば、奥の板の間に、立派な具足を身につけた武人が二人、胡坐をかいている。

「佐久間様」

猿が先に跪き、頭を下げる。

「わが弟の小一郎にございます。ただいま、清須より、人足百人引き連れ来着しました!」

猿は面を上げ、サアッと右手をかざした。小一郎、両膝を地べたに突き、平伏する。

「ああ、そうか」

佐久間信盛は興味なさそうに下顎をしゃくり、右のうなじの辺りを掻いている。

(これが、佐久間信盛。するとこちらが佐々内蔵助か)

小一郎は上目遣いにみた。信長指名の洲の俣築城の二将である。

傍らの佐々内蔵助は眉太く凛々しき面構えの偉丈夫だが、小一郎はおろか、猿のこともみない。眉間に深々と皺を寄せて、目をそらしている。

尊大な態度だった。

まあ、彼らからすれば、なぜ、民に毛が生えた程度の輩が加勢として来るのか解せないのだろう。

(これが、侍だ)

小一郎は内心、唾を吐きつけたい気持ちを抑えている。

そうだ。小一郎が嫌いな、百姓など虫けら同然に思っている侍の顔だ。

「それでは、佐久間様――」

小一郎の苛立ちをよそに、猿は快活にしゃべりだす。

(ようも、まあ)

そんな猿兄貴の背をみて、数日前の夜を思い出す小一郎である。

さむらい、とは

その晩、猿は、宮後村蜂須賀屋敷に隣接する八幡社に一同を集め、最後の段取り合わせをした。

社の境内に幔幕《まんまく》が張られ、川筋衆一同が集う。

猿は真ん中、蜂須賀小六、又十郎兄弟、前野将右衛門が傍らに、他、川筋衆親方の面々、今日は、松倉城主坪内勝定、喜太郎利定《きたろうとしさだ》の親子もいる。

さながら出陣前のいくさ評定といった態である。その末席に小一郎は控えていた。

「いよいよ、洲の俣へ乗り込む」

鋭く言い放つ猿を、皆、爛々と光る目で見返している。

そうだ。下準備は終わった。

あとは、松倉に集積した資材を洲の俣に運び、組み上げ、城とするのだ。

ここまで各々の役を全うし、やってきた。事は完璧と言えるほど順調に進んでいる。

だが、この先は、絶対的に違うことがある。それは敵がいる、ということだ。

「洲の俣への着到は、九月十二日」

小六が重厚に言い放ち、「では」と首を振れば、将右が大きな紙片を広げる。

皆の前に木曽川の流路図が広がる。今日は誰かが清書したのか、ずいぶんとわかりやすく綺麗な絵図だった。

「先鋒は俺がやる」

将右が切り出す。かねて入念に打ち合わせてきた、洲の俣乗り込みの段取りである。

先鋒の一隊は将右が率いて、前夜のうちに洲の俣を挟んだ木曽川の尾張側東岸に潜伏する。この隊はいくさ舟を操る水軍である。先行して、対岸の斎藤勢を奇襲する。

「肝心なのは、丸太だ」

軽快ないくさ舟、己で動ける軍兵はいい。嵩張り、鈍重で、運搬が困難、しかし、何より大事なのは、柵や櫓を組むための木材だ。

丸太は束ねて結いそのまま筏舟《いかだぶね》とし、それに格子状に結い合わせた木柵そのものを重ねて載せる。バラの丸太を積む筏も織り交ぜた船団は一斉に松倉を発し、木曽川を下る。大木を一本ずつ運ぶのは大事だが、川を下れば、人手も労力も皆無に等しい。

筏舟を操るのは川筋衆の水主の中でも選りすぐりの手練《てだ》れだ。これを小六がいくさ舟で護衛してゆく。洲の俣では、それを一気に陸に引き上げ、そのまま木柵として使う。

組み立てるための大工と人足は、別途、陸地をゆき、先に洲の俣に入っておく。小一郎はその組だった。

将右はきびきびと述べ、皆、淀みなく頷く。何度も打ち合わせ、諳んじるほど頭に叩き込んだ段取りである。この場では念を押すだけだ。

「で」

川筋衆の役どころを一通り示し終わると、将右は振り返った。

「織田勢の総大将は、藤吉、お前だな」

視線の先に猿がいる。洲の俣に入るにはむろん、砦の織田勢の援護がいる。陽動のいくさをしかけて、砦の逆側に斎藤勢を引きつける。そして、木曽川から入る船団を援けて欲しい。その軍兵を率いるのは猿だろう。

「いや」

猿は即答した。

「織田方の大将は佐久間信盛殿、佐々内蔵助殿じゃ」

「なにい?」

「かねてより洲の俣にて城づくりしておる方々、これが大将だ」

「今さら、俺らに佐久間だのに、従えってのか」

将右は納得できない。ここまで来たら洲の俣築城は、猿と川筋衆が担い手だ。もはや織田家の家老に気を使うこともないだろう。

「佐久間様の方が織田の者どもに、いい」

猿は言う。猿のような軍功のない「にわか者」がいきなり采配を振っても織田兵がついてこない。むしろ反発する者もでる。ここは織田家筆頭家老の佐久間信盛に総大将として織田勢を率いてもらう、それがいい、と。

「じゃあ、おまえは何をする。まさか……」

ここまでやって逃げるのか、と将右が突っかかろうとすれば猿は勢いよく首を振る。

「わしが逃げるわけがない！」

全身を激しく震わす。

「わしは働く。わしの役はすべてじゃ。すべてをやるため、ここから寝ずに働く」

猿は、数十の視線を小さな体に受け止め、大きく頷く。

「こたびの第一功は川筋衆じゃ。わしは役などどうでもいいんじゃ。城ができればええ。むろん、川筋衆の手柄は必ずや得られるようにする。手柄は皆が分ければええ」

一同、口元をゆがめて、沈黙する。この男、凄まじいほど無欲なことを言っている。利得に鋭い川筋衆の目には無私奉公など奇人にしか見えない。

だが、小一郎はわかる。この件は信長直々の極秘令。ならば、なせれば、功績第一は猿だ。信長はみている。猿はそれを知っている。

だから、表面上はどうでもいい。とにかく城をつくり、信長に美濃を獲らせる。それさえなせれば、信長は猿を認め、大きく登用する。

猿の大望は目先にない。この辺り、川筋衆にわかるはずがない。

「おまえ、恰好つけんな……」

「猿、わかった」

将右をさえぎるように身を乗り出したのは、小六である。

「織田方のことはおまえに任せよう。表向きは佐久間でも佐々でもいい。だがな、我ら川筋衆はおぬしを大将と仰ぎ、おぬしの下知に従う」

小六は重々しく言い切る。

「ついては、わしは、向後おぬしのことを、木下殿、と呼ぶ」

小六は言って、川筋衆をグルリと見渡した。

「皆もそうせい」

一同ポカンと半口を開け、みている。将右はクッと笑いを漏らしている。

「では、木下殿、よいな」

小六が猿の方へ向いて跪き、片手を地に突いた。川筋衆一同、すぐに居住まいを正し、同じく一斉に跪く。

場が粛然とする。皆の黒い頭が猿の方へと落ちている。

猿はその前で一人、胸を張り、背筋をビンと伸ばしている。

「かたじけない！」

大きく、高らかに叫ぶ。

「皆も、皆も」

猿は中腰で這い、川筋衆一人一人を回り始める。両手で、その者の手を取り、

「よろしくお頼み申すぞ！」

各々の顔を間近に覗き込む猿は、やがて将右の前に来る。

「頼むぞ、将右！」

「任せろよ」

将右は応じるが、そこで瞳を輝かせて、

「でも、俺は、藤吉、と呼ぶがね」

そう言って、ニッと片頬を上げる。

「だって、兄弟だ」

「むろんじゃあ！」

猿の絶叫に、皆、炯々《けいけい》と光る目で頷いた。


そんな熱いやりとりだった。

侍でもない小一郎も知らずと鼓動が高まっていた。いや、男なら誰しもそうであろう。

(それに比べて、なあ……)

「ああ、段取りはもう聞いたわ」

眼前の佐久間信盛は偉ぶった顔を上向けて顎をしゃくる。なんだか投げやりになっているようにもみえる。

「向後は――」

猿は、そんな信盛に対しても、懸命に話し続けている。

(なんだよお)

小一郎、やりとりをみて、次第に脱力してきた。

築城がうまくいっていないのなら、猿の言うことを真摯に聞き、最大限力を合わせて挽回を図るべきではないか。

なのに、佐久間信盛のぞんざいな態度。佐々内蔵助の険しい顔。

川筋衆の方が、よほど爽やかで、見事な侍ではないか。

共に働くのは、ああいった連中であれかし、と思ってしまう小一郎である。

「とにかく、我々は斎藤勢を引きつければいいのだな」

信盛は疲れたとでも言わんばかりに切り上げ、座を立とうとする。

「佐久間様！」

猿はにわかに声を高めた。

「この小一郎は拙者の名代、ときに、我に代わることもございます。何とぞよろしゅうお願いいたします！」

頭を下げた猿の言葉が室内に響き渡る。小一郎もとにかく面を伏せる。

「ああ」という空疎な返事を残して、佐久間信盛と佐々内蔵助は去ってゆく。

小一郎、伏せた面の口を渋く窄めている。

洲の俣の大将

二人、陣小屋をでる。

小一郎、憮然として顔をしかめている。

(よくやるわ)

猿兄貴の小さな背中を追いつつ、胸でつぶやいている。

——あんな思いしてまで、奴らを立てねばなんねえのか。やはり俺にゃ侍なんて無理だ、いや、合わねえ——

すると、いきなり猿が振り向いた。

「なんだよ、兄者」

顔をしかめると、猿はニッとやたら白い歯をみせ、笑った。

なんだか心の奥を見透かされたような気分だった。


そして、猿に洲の俣砦をくまなく案内された。

日が西へと落ちてゆく中、東の川岸から北端の高台を回って西へ、南面の斎藤勢に向かって掻き上げられた土塁までをぐるりと歩き、

「いいか、小一郎」

猿は目を細め、「地を知れ」と念を押すように言ってくる。真剣な顔だった。

「どこに何があるか。真っ暗でも自在に走り回れるほど知れ。あとで、目えつぶって歩いてみろ。わしも昨晩夜通し歩いた」

寝てないのか、いつ寝てるんだ、と小一郎、呆れてしまう。

一連の作戦の中で猿が休んでいるのをみたことがない。

川筋衆の間で奔走しているかと思えば、清須に戻って信長への報告、村井貞勝との談合、織田方の人足集めの進捗《しんちょく》確認、小一郎たちへの指示などなど。自宅の長屋には何度か戻ったようだが、その素振りもみせない。

「いきなり帰ってきたらすぐ寝て、起きたとたん、でていきましたよ」

ねねに尋ねても、朗らかに笑うばかりだった。

次は、織田方の組頭連中に引き合わせられた。

一通り済ませた頃には、もう夜の帳《とばり》が下り始めている。

猿は「じゃ、行ってくる」と言い放つ。隣の家に遊びにでも行くように軽快である。単身、松倉まで戻り、小六らと共に資材を運び込む、という。

(任せりゃ、いいだろうに)

小一郎は思う。

「仕度こそ大事じゃ」

猿はことあるごとに言う。それはわかるが、もう洲の俣に入ったのだから、あとは役目通り、蜂須賀小六と前野将右に任せて待てば、と思う小一郎である。

「兄者が、川の上で何ができる」

つい、そう言えば、

「小一郎」

と、働きずくめで昂ってか、やたら光る目を思い切り剝く。

「人にはな、やらねばならんときがある。こたびの城づくりはな、わしのいくさなんじゃ。だから、やる。やるのがわしじゃ」

そう言って、また白い歯をみせる。

やせて尖った顎、肉が落ちた頬、猿顔もなんだか、精悍にみえたりもする。

騒々しい男だけに、猿がいなくなれば、なんだか物寂しい。

小一郎はこの陣では新顔なので、知り合いもいない。居場所もないので、砦の中をもう一度回った。

「目をつぶって」歩いてもみた。何度もこけて、膝を擦りむいた。

とにかく落ち着かない。気が逸《はや》れば小便も近くなる。

立ち小便でも、と思うが、適当な物陰がない。所在なく歩き、ボロ小屋の陰に回る。

「佐久間殿」

低い声を聞き留め、小一郎、うっと背筋を伸ばす。物陰から覗けば、小屋の前で、佐久間信盛と佐々内蔵助が立ち話をしている。

「このような仕儀で、真に城ができるのでしょうか？」

内蔵助の声音はけげんそうだった。小一郎、顔を引っ込めて聞き耳だけを立てる。

「川筋衆などの力を借りるとは……」

佐々内蔵助成政、誇り高い武人である。この男は残念ながら、終生、民出身の猿と相性が悪かった。

「内蔵助、言うな」

佐久間信盛は宥めるように応じている。

「お屋形様の気の済むようにやるしかない。うまくゆかねば、皆、わかるであろう」

小一郎の顔がだんだん強張《こわば》ってゆく。

「やらせてみようではないか。なに、奴らはまず外囲いを築く、と言っておる。その後の築城は我らがやる。うまくできればよし、できねば、泣きついてくるだろう」

小一郎、ギリリと奥歯を噛みしめる。

猿が描く筋書きでは、洲の俣に入った川筋衆はまず砦の外周に木柵を立てる。運び上げた筏ならぬ木柵を片っ端から洲の俣の外周に打ち込んで一気に城囲いを作ってしまう。

「囲いをつくって守れるようになれば、あとは織田家のお歴々でもできる」と、猿は笑った。いいとこ取りをされても構わない、と言うのだ。

「我らがここまで苦労しておるのだ。まあ、容易ではないわ」

信盛は緩い笑いと共に続ける。

「なんにせよ、わが勢に痛みはない。あの猿と川筋衆のやることじゃ」

小一郎の目にカッと怒りの炎が灯る。失敗したら、背負わせるのか。おのれたちがなせぬから、このようなことになっているのに、まるで他人事か――

(これが、侍か)

小一郎、柄にもなく、拳を固めて舌打ちをする。

(やってやる)

見返してやる。ぜってえ、城、つくってやろうじゃねえか。

目が爛々と輝く。

しょんべん、止まっている。


それから、引き連れてきた人足たちと共に、作事の仕度などして過ごした。手足を動かしているとなんだか落ち着いた。

疲れ果てると、朽ちかけた小屋の地べたにむしろを敷いて雑魚寝した。

秋の風が涼やかな夜だった。野宿同然でも、十分に心地よい。

大の字になり、天井のない夜空いっぱいに広がる星を見上げると、にわかに体が震えた。

今、この洲の俣は囲まれている。数多の敵勢の目が虎視眈々《こしたんたん》とこちらをみているはずだ。明日、資材が着けば、どうなるのか。

「あした」

そうつぶやくと、さらに鼓動が高まった。

恐れなのか、昂りなのか、自分でもわからなかった。

翌朝、日が昇るや、織田勢が動き出した。

北から舟で来る川筋衆を入れるため、斎藤勢を西と南に引きつける。段取りの内であった。

小一郎ら人足はむろん、戦力ではない。川筋衆の受け入れのため、待機である。

やがて、前方で高らかに法螺貝《ほらがい》が咆哮《ほうこう》して、いくさが始まった。

小一郎は南、西と、目を凝らす。

織田勢の小隊が砦をでて前進し、斎藤勢と小競り合いを始めた。

織田勢は小当たりをしては退き、すぐ砦の柵内に入ってくる。あとは鉄砲と弓いくさとなる。

小一郎、よし、と、踵を返すと、北へと歩いた。

例のごとく洲の俣の陸地は北に向かって高くなる。上がり切って砦外周の土塁をでると、今度は川に向かって下った。川岸で北へ向かって目を凝らす。

犀川対岸に布陣している斎藤勢は逆側で始まった合戦のため、岸辺近くまで前進している。西と南に兵を回したのか、やや兵は薄くなっているようにみえる。

東の木曽川には、斎藤方の物見舟が数艘浮いている。

すると、尾張側の対岸から漕ぎだす舟がある。葦の草むらから湧いてでるのは、川筋衆のいくさ舟である。始めは一艘、瞬く間に数十。

先頭の舟に立つ朱色小袖に胴丸を当てた前野将右が右手を振りかざすのがみえた。左右から放たれた矢が、斎藤方の舟上の兵を確実に射落とす。

船団はそのまま動き、一本の巻物でも投げ広げるように並ぶ。

すると、舟上の川筋衆が一斉に、弓、鉄砲を構えた。皆、斎藤方の陸地を向いている。川の上で、突然、三百ほどの軍勢が隊列をつくった。そんな様だった。

ようやく気づいた敵勢が押っ取り刀で駆けてくるのに向け、つるべ打ちに撃ち始める。斎藤勢は舟で漕ぎだすことも、乗り込むことすらできない。バタバタと倒れ、やがて、じりじり尻込みを始めた。

小一郎は会心の拳を固める。

(いいぞいいぞ)

そして、小一郎はみた。

遥か北方に一つの黒点のように現れた船団が、みるみるうち、川面いっぱいに増えてゆくのを。

奇妙な形。例の木柵の筏である。

そんな不恰好な筏舟が、疾風《はやて》のように川を下ってくる。

(できねえなあ、侍になど)

重いうえに川の流れに乗っているのか、よほど力強く漕いでいるのか。まともな舟より速く感じる。

何より、そんな異形の舟を操舵《そうだ》する技。これぞ木曽川を友とする川筋衆ではないか。

小一郎はいっとき茫然《ぼうぜん》と眺めている。その目があっと見開かれる。

先頭に、奴がいる。

「おおおお!」

小一郎は力いっぱい叫ぶ。

「兄者!」

その日の猿、黒革染尾張胴の具足に猩々《しょうじょう》緋《ひ》の陣羽織。腰には二尺六寸余の野太刀。風を切って、颯爽と川を下ってくる。

さらに、後方から十数艘の小舟が水面を滑るような速さで下ってくる。舟上の蜂須賀小六は鉄砲を片手に掲げている。

小六の舟が並ぶや、猿は合図するように右手を上げた。すると傍らの眼帯の川筋衆が、手に持った大旗をブルンブルンと振りだす。

手前でいくさ中の前野将右がそれに気づき、小鉦《こがね》をガン、ガンと叩けば、斎藤勢を撃っていた船団は、一斉に水主が櫂を操りだす。一匹の竜のように一糸乱れず反転し、猿の筏船団を守るべくその横へとついた。

合流した大船団は大挙して、洲の俣へと向かってくる。

先頭は猿の筏、猿はその船首。横には乗り移ったのか、小六がいる。

陸地の斎藤勢は岸から盛んに鉄砲を放っている。

「兄者よお」

小一郎の鼓動は早鐘を打つように速くなる。

いくら離れていても鉄砲放ちが狙っている。流れ玉もあるだろう。

だが、猿は隠れない。身をすくめることもない。船首で「大」の字を作るように胸を張り、大手を広げたままである。むしろ、その姿は、「俺を狙え」とでも言うかのようだ。

横に恰幅のいい小六。隣の舟に長身の将右。

だが、小一郎の目には、二人より猿が大きくみえている。

「恰好つけんなよお」

猿は岸辺に立つ小一郎に気づいたのか、手を振っている。

こ、い、ち、ろ、お！


鉄砲音が、うるさい。だが、確かに、その叫びは聞こえた。

そのときの小一郎には、佐久間より佐々より、誰よりも猿が侍にみえていた。


いけ、いかんか、いけ！


猿は、絶叫して右手を大きく払っている。

——わかるよ、わかってるよ。ついたらすぐ木柵植え込んで、空堀掘るんだよな。休む暇なんかねえんだよな。どうせまた寝ねえんだろ。はやく人足連れてこい、って言ってんだよな。やるさ、ああやるさ、任せろよ、仕度は——

「できてるさ」

小一郎、心でつぶやき続け、最後は声にだす。それでも猿を凝視している。

ついに、両の手を口に当てて、叫ぶ。

「洲の俣の、大将」

知らずとそんなことを口走っている。

「木下藤吉郎！」

そう叫ぶや踵を返して駆けだす小一郎。

なるのなら、猿兄貴みたいになりたい。

不覚にもそんなことを思ってしまっている。

将の器

九月十二日昼過ぎ、猿始め川筋衆が乗り込むや、それまで背中を丸めた猫のようだった洲の俣の地は、盛大に目覚めた。

北東の岸辺に着岸した川筋衆が、舟、筏から飛び降りるや、待ち受けた小一郎ら人足総出で筏ごと陸へ引っ張り上げる。

上陸した川筋衆と事前に入っていた人足衆、合わせて二千。そこからは人海戦術と組織力である。ある者は筏を結んだ荒縄を解き、ある者は木柵と化したそれを運び去る。

「こっちだ、こっちへ運べ！」

大工頭領役の松原内匠助のがなり声が響けば、「おう！」と太い声が応じる。

えっほえっほと運び、持ち場に木柵がつくや、屈強な男たちが、それを地に打ち込んで左右を結いつける。

木柵の植込みはまず北側へと集中した。みるみるうちに木柵の壁ができあがってゆく。

むろん、斎藤方も黙ってはいない。北の犀川にいくさ舟を漕ぎだし、攻め寄せてくる。

そこを、東の木曽川から川筋衆の水軍が横撃する。

舟いくさで川筋衆に勝るものはない。敵勢は次々討たれ、川に落ち、舟は焼かれる。

それでも、三々五々渡ってきた敵勢はできたばかりの木柵の内側から蜂須賀小六と前野将右が率いる鉄砲衆が打ち払う。その後ろで作事は進む。

「動くな、折り敷き、放て。ひたすら放て」

小六は兵の後ろを杖代《つえ》わりの青竹を持って歩き励ます。槍いくさではない、とにかく守ればいいのだ。

「将右、でるなよ！」

「わかっとるわい」

「目が斬り込みたがっとる」

「わかるか！」

絶え間ない銃声の中、目配せしながらがなり合う小六と将右は采配も呼吸も絶妙である。

夕方までに北東から北西へ二百有余間（三百六十メートル）、高さ六尺の木柵が地に突き立ち、前には空堀が掘り下げられる。そこを基点に防御と作事は続行される。

夜を徹した作事は西、南へと及び、一晩で植え込まれた木柵は実に五百有余間（九百メートル）。洲の俣砦は、瞬く間に堅固な外囲いに覆われたのである。


そして、九月十三日の日も暮れている。

昨日からここまでで、砦の様子は一変している。

いや、内部はそう変わらないが、外からではだいぶ違うだろう。

（一日でこれほど変わるとは）

佐々内蔵助成政は、砦を覆うようにできた木柵の壁に沿って北へと歩いている。

内蔵助は手勢を率いて南を守っていたのだが、今、ここに見回りに来て驚愕した。

やるとは言っていたが、ここまでやるとは。

時折、頬をゆがめて小刻みに首を振る。

すでに、日は西に落ちている。灯りは最小限、ということで、篝火は何間かおきに置かれるだけ。橙のうす灯りの中、人足たちは、「オウ！　オウ！」と威勢よく動き、合間を小者が駆け回っている。彼らは各所の組頭を繋ぐ連絡係である。

すでに木柵が終わった今、行われているのは空堀の掘削だ。時と場所の役割が決まっていて、組ごとに一斉に取り掛かり、疾風のごとく仕上げては移ってゆく。警固の兵もそれに連れて動く。できたところに残るのは番卒だけであった。

内蔵助がしかめ面を北に向ければ、対岸に斎藤勢が蠢いている。

視界が夕闇に閉ざされてゆく中、敵勢の掲げる松明《たいまつ》の火が点々と灯っている。

敵は目をぎらつかせて洲の俣をうかがっているだろう。

（初めは、できるのだ）

内心舌打ちする。内蔵助の手勢、佐久間勢とて、当初は順調だった。洲の俣砦の外周を掘り、土塁を搔き上げたのは内蔵助である。攻め来る斎藤勢を打ち払い、追い返しては作事を進めた。

だが、敵の攻めは日に日に激しくなった。いくさだけではない。火矢で木材を焼かれ、鉄砲の斉射を受け、作事衆は身をすくめ、逃げ隠れる。

兵はともかく、彼らのおびえがひどく、何も進まなくなってしまった。当然と言えば当然だ。斎藤方は東西南北に現れ、織田勢が手薄になったところから迫ってくる。戦闘力のない大工、人足には恐怖以外の何ものでもない。

内蔵助も手勢を叱咤《しった》して、右に左に走った。敵を追い払うのに必死だった。

（一気に人手が増えた。だから、できたのだ）

確かに川筋衆は勇敢だ。織田兵や人足たちとは元の出来が違うようだ。それが二千も乗り込んできた。しかも、東の木曽川に水軍を浮かべ、犀川を渡ろうとする斎藤勢を横から痛撃する。しぜん、川を渡ってくる斎藤勢は少なく、まばらにたどり着いても、飛び道具で打ち払うことができてしまう。

この繰り返しで、一日で砦の外構えはできた。

(だが、な)

ここ砦の北の端まできて、さすがに眉をひそめた。なぜか、北東の端に木柵がなく、出入り口よろしく開けられている。そして、その左右の木柵の内側に堀を穿《うが》っているのだ。

(おかしな作りだ)

「この場の組頭はどこだ」

聞いてみるか、と、声を掛けてみる。

堀を取り巻いている中から大柄な男が振り向いた。

「なんだ、織田の大将か」

「佐々内蔵助成政だ」

名乗れば跪くかと思えば、男は腰もかがめない。ふんぞり返って、大股で歩いてくる。

「前野将右衛門」

前まで来ると、背が高い。内蔵助とて長身の偉丈夫だが、同じほどの壮漢である。

だが、形はずいぶん違う。頭は兜も被らず鉢巻を巻いただけ、上は端折《はしょ》った小袖に簡素な胴丸を当てただけ、下はすねざらしの半袴という軽装だった。

みれば、川筋衆の兵は皆、そんな感じだ。みすぼらしい具足は半ば千切れ、小袖も泥と埃まみれである。作事衆はもっとひどい。上半身裸やふんどし一丁で尻をみせている者すらいる。

（物乞いのようだ）

内蔵助が相手の頭頂からつま先までをみていると、将右は感じ取ったようで、

「ずいぶんと重そうな具足だな。そんなんで、動けるのか」

と、鼻を鳴らす。むっ、と内蔵助は顔をしかめた。

「着飾るのもいいが、この場は動けないとな。いくさは弓鉄砲、やるのは城づくりだ。おおい、ここはもういいぞ、移れ、移れ！」

将右は途中で振り返って、大きく手を振る。作事衆が、オウ！　と快活に応じる。

「まあ、ちょっと待ってろ。南は後回しだ」

内蔵助が普請の催促に来たと思ったのか、いなすように首を振る。

「いや、南は我が勢が固めておる。それは任せよ」

ああ、そう、と将右は踵を返そうとする。内蔵助、慌てて「待て」と止めて、

「なぜ、北東の隅を開けている。この堀はなんのために掘る」

と、顎をしゃくる。

「空堀は柵の外に掘ってある。中にはいらぬだろう」

そうだろう、外側の堀で敵の足を止め、木柵の内に置いた弓鉄砲で撃つ。それでいいだろう。

「ふっ」

将右が笑った。こちらをみていない。癪《しゃく》に障《さわ》る横顔だった。

「そうだな、そう思うよな。北東はな、城にとって鬼門なんだよ」

知らねえのか、とでも言わんばかりである。内蔵助、口元をひくつかせる。

「鬼門は知っている。では、なぜ、開けてい……」

内蔵助が踏みだすと、

「旦那」

ささやくような声と共に、将右の傍らに跪く男がいる。暗がりから浮きでるように黒装束に括り袴の男が面を伏せている。

「斎藤勢、川を渡り始めましたぜ」

片方の目に眼帯をした男――銀次の言葉に、将右、内蔵助、共に、北を振り返る。

もう夜の帳が下りている。今日は雲もあり、月明かりがない。彼方は闇に沈んでいる。

「草摺《くさずり》も縄で縛って音立てねえようにしてますさあ、数は、およそ三百」

内蔵助は目を剝く。

「敵が来るんだな！」

内蔵助も何度もやられた。今、この辺りは手薄だ。木柵もなく開かれている。ここに敵勢が斬り込んできたら――

将右は、チラとみて、「まだいたの？」という風に鼻の頭を搔いて、

「まあ、みてな、大将さん」

せせら笑うように言う。余裕綽《しやくしやく》々である。

将右が跪く男に「銀次、手筈《てはず》通りに」と頷けば、銀次は闇に溶けるように消える。

何か仕掛けがあるようだ。内蔵助はチッと舌打ちして、問う。

「あの男は、忍びか」

「いや、『飛《ひ》』さ」

「ひ？」

「まず『乱《らん》』が相手の中に紛れ込んで、敵を探り攪乱《かくらん》する。『飛』はその諜報を飛ぶように持ち帰る。あるときは、それを拡散し、掻き乱す」

「何を、言っている」

「乱、飛は四、五人でいい。ほんとは、こっちが奇襲するときに使うんだが」

意味がわからない。そんなやりとりの間に、周りが動きだしている。

川筋衆の男たちが、次々と内堀に飛び込むや、上からホイホイと鉄砲が渡される。軽装の彼らは物音も立てない。すべてが粛々と行われてゆく。

内蔵助が瞠目してみているうちに、入り込んだ鉄砲衆は上半身だけをだして、筒先を外に向けた。

さらに続いた一団は、堀の後ろに列をなして折敷きの姿勢で鉄砲を構えた。

別の一団は、鉄砲除けの竹束を例の開け放たれた「鬼門」に置く。だが、ここに兵はいない。

「よし、松明を」

将右は、松明一本を右手に前へと歩く。

「あとは消せ」

木柵が切れている辺りに仁王立ちする。敵がいるなら、将右の持つ灯りだけがみえているだろう。

「仁左、来るぞ」

川筋衆の一人が、するすると将右の横の木柵に上り、先端に蟬《せみ》のようにとまった。

来る、来る。

暗闇の向こうで何かが蠢いている。将右はいつの間にか松明を高く掲げている。

「まだ、まだです、旦那」

頭上の仁左がボソボソと言っている。後ろで内蔵助は固唾を吞んでみている。

「まだ」

仁左の声が闇に響く。依然として、何もみえない。

「ほい、旦那！」

「一番、放て！」

仁左の指示に、将右は叫ぶや、松明を振り下ろす。

堀からの号砲が闇を切り裂いた。

敵勢が騒擾《そうじょう》する音がさざ波のように聞こえる。パン、パンとまばらな応射音が響く。火矢を射ようとするのか、にわかに火が点々と灯り、敵兵が浮かび上がる。

「そうれ、二番！」

将右は再度振り上げた松明を今度は右に払う。まるで舞うようだった。そのとき前の兵は堀に身を沈めている。絶妙の呼吸で、後ろの兵がつるべ打ちに撃つ。

「弓！」

将右が松明を左に払うや、左右の闇には弓兵が潜んでいたのか、ヒュンヒュンと鋭い鏃《やじり》が飛んだ。

内堀の中の兵たちは鉄砲に弾を込めている。

「一番！」

松明を振り上げた将右の声に、堀の兵が立ち上がり、また放つ。

「二番！　弓！」

将右の松明が揺れるたびに、小気味よい斉射が続く。敵からの反撃はほぼない。

「弓、一番！」

将右は弾込めの間合いをみているのだろう。弓の順番は入れ替わる。

(な、なんだ、これは)

佐々内蔵助は唖然としている。

将右は舞っている。舞の呼吸と共に兵が動き、弓鉄砲を放ち続ける。確実に敵に打撃を与え、寄せつけない。こちらは無傷である。

「これが『角《かく》』、敵を撃つ」

将右はなお舞う。いつしか、足にも節が利いている。

「ほんとは斬り込みたいんだが、まあ、追い返せばいいからな」

将右は舞いながら謡うようにしゃべっている。

そうだ。城づくりに専念するなら、追い返せばいい。内蔵助ら織田勢は攻め寄せた敵兵を打ち返しては、追撃した。すると槍いくさとなり、合戦は長引いた。そこを別の方角から攻め込まれ、痛手を喰らった。内蔵助は大きく顔をしかめている。

「だが、打ち払っても、また来るぞ」

「馬鹿だな」

将右はなおも舞う。

「だから、こうして川渡らせて引きつけに引きつけて叩くんだ。一度手痛くやられた奴の心はすぐには戻らねえ」

いつしか、将右は笑っている。

「それに、次に奴らが来るときゃ、ここに木柵植え込んでるさ」

(この男はいくさの呼吸を知っている)

内蔵助は感嘆の吐息を漏らす。

が、驚くばかりではない。内蔵助とてのち信長の黒母衣衆筆頭となり、織田家の版図で越中《えっちゅう》一国を領するほどの武将である。

この光景をみて、あることを思いつき、にわかに昂っている。

(鉄砲がもっとあれば)

今、鉄砲の不足を弓で補っているが、もっとあれば、三段で放てないか。いや、各々、手際の差もある。さすがに三段交代の斉射は無理か。だが、鉄砲衆を散らして玉込めしながら打てば敵を撃ち続けられるではないか。

もし、敵がこちらの陣へひたすら掛かってくるなら——そうだ、この戦術は敵が大軍で、勇ましいほど効果がある。

内蔵助の興奮は高まり、頭にとめどなく戦術が湧きでてくる。

乱だの、飛、角だのはよくわからぬ。だが、これをなんとか形にできないか。

(お屋形様なら、なせるか)

信長なら採ってくれるのではないか。内蔵助、いつしか、拳を握りしめている。

「前野殿」

将右の舞はゆるやかになっている。敵はすでに退き始めている。

「わしに仕えんか」

つい、そんなことを口走っている。この男、前野将右がいれば、より確実にその戦術を実現できる。

そう思い、わだかまりを捨てている。

そんな内蔵助にも、将右はふてぶてしい。聞こえません、とでも言わんばかりに耳に手を当てた。

いや、いくさは終わっている。聞こえただろう。

「あんた、なかなか、お侍だな」

将右は目を合わせず、ニッと笑っている。

「でも、俺が援けたいのは、あんたみたいな立派なもののふじゃあねえんだよ」

そのとき、

「おおい、しょうう！」

大音声が響いて、二人、振り返る。

「こっちだ、こっちも敵が来る！」

猿がいる。篝火に浮き上がるように立ち、盛大にがなっている。

「はよ来い、はよせんか！」

兜もつけていない。甲冑に着られるかのように小柄で不恰好だ。己も作事をしていたのか、頬に泥をつけ、目を剝いて、大口を開け、両手をブンブン振り下ろしている。

「わるいな」

将右、片頬をゆがめて笑う。

「兄弟が呼んでんだ」

そう言って、駆けだす。内蔵助が啞然と見送る先を、川筋衆が続いてゆく。

「なんだ」

内蔵助、ボツリとつぶやいて顔をしかめている。

「おそいぞ、将右！」「うるせえ、任せろ！」

がなり声が響いてくる。

内蔵助は、またもいくさの喧騒が始まった前方をしばらく見つめる。

(騒々しい、奴らだ)

やがて、その顔が徐々にゆるみ、ふっと笑った。

(俺も、やるか)

二度、三度と頷く。

そして、自身の手勢の待つ南へと駆けだしている。

佐々内蔵助は、それでもなお粘り、将右の一族の前野(坪内とも)勝長《かつなが》を家臣にもらい受ける。佐々の姓を与えられた勝長の末裔《まつえい》は、やがて、水戸徳川《みとどくがわ》家に仕え、かの「水戸黄門《こうもん》」の家来、佐々《さ さ》木助三郎《きすけさぶろう》のモデルとなったという説がある。そうなら、痛快以外の何ものでもない。

ちなみに、その前野勝長の息子とも、将右の娘婿とも言われる前野兵庫忠康《ひょうごただやす》は豊臣家の筆頭奉行石田三成《いしだみつなり》の家老となり関ヶ原《せきがはら》で奮戦する。

彼が「舞兵庫」と名乗ったのは、今日の将右の舞が……いや、それは考え過ぎか。

十五年後、佐々内蔵助成政は、信長抜擢の五人の鉄砲奉行の一人として、設楽原《したらがはら》で、戦国最強と言われた武田勢を粉砕する。

精強無比の武田兵を、長大な馬防柵《ばぼうさく》の内側から鉄砲足軽が狙い撃ちした「長篠《ながしの》合戦」。日の本の歴史にその名を刻む戦いは、あまりの戦果の巨大さに、「三千丁の三段撃ち」とみまがわれるほどの「ド派手《はで》な鉄砲いくさ」であった。

第六章　吠える猿

変転

清須城では、村井貞勝が、信長に向かい平伏している。

「一日で木柵を張り巡らし、空堀を掘り上げた、か」

つぶやく信長の前で、貞勝はハと面を伏せる。

猿からの使いは逐次、清須に駆け込んでくる。貞勝はそれを遅滞なく信長に報じる。

この件は、昼夜問わず会えることになっている。そこに、信長の思い入れを感じる貞勝である。

「まずは外周りを固め、寄せ手を打ち払う構えができました。すでに、櫓づくりにも取り掛かった由にございます」

む、と信長は頷く。

その怜悧ながら笑みを含んだ顔に、貞勝は満悦している。

(猿、やるわい)

やるとは思っていたが、この早さ。予想以上である。

人を口説き、集めるだけではない。仕切り、全力でやらせる。その才が猿にはあるのだ。

有能な奉行になるとは思っていた。だが、戦場でなせるなら、もうこれは立派な「将」の域である。

（あやつは、そうなのか）

貞勝は上目遣いに、信長の白い顔を覗いてみる。

貞勝がそう思うなら、信長も感じているのではないか。

信長の内政のすべてを担う貞勝は知っている。実は、信長は腕自慢の武辺者をさほど評価していない。武功者を愛《め》でるのは、いずれも下士の類いだ。むしろ、役を担った者の武者働きを嫌う。

上に立つ者、勝つ将ほど、戦場では何もしない。己の信念で采配を振るだけだ。それをなすには、段取りと、家来の心の掌握。徳でも、圧でも、兵を奮い立たせ、死力を尽くさせる人柄、それを持つのが将なのだ。

「村井」

信長の顔色、声音はいつも通り冷たく澄んでいる。

「弓鉄砲、矢玉を送ってやれ」

ハハッと平伏すると同時に、貞勝の心は震えている。

信じられない。いや、貞勝から追加の武器弾薬を願おうとしていた。

洲の俣は寄せ手を打ち払うのにひたすら飛び道具を使っている。作事が進むほど、斎藤勢は攻め来るので、消耗《しょうもう》は激しい。猿が乗り込んでから拍車がかかっている。補給は不可欠だ。

しかし、これを信長の方から言いだすとは、よほどの厚遇である。

「いかほど……」

貞勝が問いかけたそのとき、

「お屋形様」

回廊から呼びかける声がする。

「一益にございます」

低い響きに、貞勝、眉をひそめる。

襖を開けようとにじり寄ろうとすれば、向こうから開く。

滝川一益である。この時期、貞勝以外に前置きなく信長に目通りできるもう一人の男だ。それだけ重大事を担っているのだが、面談中に割って入るとは、よほどのことだろう。

一益は信長の前に座るや、即座に始める。

「犬山、謀叛《むほん》」

うむっと貞勝が目を剝くのと、ギリッと信長の歯軋《はぎし》り音が漏れるのが同時だった。

かねて不穏な動きだった犬山城主織田信清。ついに反旗を翻した。

「尾北の諸城、一斉に旗を立てましてございます。呼応して、斎藤龍興、稲葉山に兵を集めております」

貞勝はグニャリと顔をしかめている。

「その勢、およそ八千、洲の俣へと押し出す由にございます」

一益の言葉が進むたびに、貞勝の背筋に戦慄が走っている。

この大事な時に——いや、斎藤方とて節所《せっしょ》と見立てて、兵をだすのであろう。

しかし、斎藤家当主自ら率いる八千。これは、規模が違う。斎藤龍興は犬山の寝返りを機に、総力を挙げて洲の俣を潰すつもりだ。確かに、尾北国境への備えなくば、心置きなく兵はだせる。信長が清須で動けなくなるのも見越しているのだ。

「西美濃衆も参陣、すでに洲の俣の西、南へと着到の模様。洲の俣は囲まれつつありまする。このままでは退くのも困難となりましょう」

一益の報告は容赦ない。しかも、悪いことばかりだ。

「お、お屋形様、これは」

「ただちに、洲の俣は捨てるべきかと」

震える貞勝の声に被せたのは一益だった。

今、状勢は変わった。いや、転覆と言っていい。城づくりどころではない。洲の俣は全滅の危機にある。

「川筋衆を梱とすれば、佐久間殿、佐々殿は退けましょう」

一益は、さすがに忍び上がりと噂の男である。終始、冷徹、しかも的を射たことを言う。無駄がないのが、なお心に突き刺さる。

貞勝は苦渋の面を伏せる。言う通りだ。川筋衆に砦と川を守らせれば、織田勢の痛みは最小限で済ませられる。洲の俣を失うことは、もう仕方がない。

だが、猿は、あ奴は、どうなるのか。

貞勝はがっくりと肩を落とし、首を小さく振る。

チッ
信長の舌打ちがひときわ大きく響く。貞勝はうなだれて信長をみる。

「洲の俣」

信長は変わらず冷たくつぶやく。その秀麗な顔の眉間に縦皺が数本刻まれている。

「さる」

むっと貞勝は二度見する。

いつもながらだが、言葉が短く意味がわからない。

「さる」

信長は立ち上がっている。

さる？　去る、なのか？　それとも――

戦う

「ここまでやったのに」

前野将右のがなり声が室内に響き渡る。その凄まじさに、建てたばかりの櫓が崩れそうだった。

九月十四日の昼過ぎである。

洲の俣はすでに外構はできている。もはや井楼、櫓に取り掛かり、着々と作事は進んでいた。

そこに凶報が飛び込んできた。将右の放った「飛」が持ち帰った報せは、洲の俣のすべての者を震《しん》撼《かん》させた。

例の犬山織田信清謀叛、斎藤龍興洲の俣へ侵攻、である。

西美濃勢はすでに砦の西南に着陣し、なお、続々と詰めかけている。

夜のうちに、西と南の布陣は厚みを増し、今や十重二十重となりつつある。そして、斎藤龍興率いる本軍八千はすでに稲葉山にて出陣仕度中、という。

「犬山まで寝返ったんだ。くやしいが、終わりだ」

将右は下唇を噛み、拳を握りしめ、床を踏み鳴らし歩き回る。この男らしくない苦渋の顔だった。

居並ぶ川筋衆の頭領たちも歯軋りして首を振っている。

くやしい。ここまでやって、当たり前だ。

「今なら、木曽川から逃げられる」

「将右」

猿の呼びかけが、将右の動きを止めた。

「この砦、守れんかな」

「藤吉、話を聞いてるのか」

「しっかと、聞いとる」

「八千だぞ、はっせん！　いや、斎藤龍興の八千だけじゃねえ、西も南も敵は増えてる。木曽川だって、そのうち奪われる。このままじゃ、袋のねずみだ！」

将右は片眉を大きくゆがめ、嚙みつくように、猿に迫る。

「藤吉、ここは、一刻も早く逃げるにしかずだ。織田勢は退くって言ってんだろう」

「そうだ、織田の大将たちには先に退いてもらう」

「織田勢がいなくなりゃ、こちらの兵は減るんだ。城もできてねえ」

「でも、外構えはできとるよな。櫓なんぞ、もとからあとでつくるつもりじゃろ。我らが死ぬ気で守れば、できんか。斎藤龍興なんざ、家を継いだばかりの若輩じゃ。一手、二手と撥ね返せば、ひるんで逃げ帰るじゃろうが」

明るく言う猿の目は真剣である。

「わしゃ、皆とここまでつくったこの砦、むざと捨てたくねえ」

「いや、死ぬぞ」

「人間、死ぬか、生きるかだ。わしゃ、洲の俣に命を懸けとる」

その迫真の言葉に、将右は息を吞む。猿は畳みかける。

「織田の侍ならここで退き陣じゃ。じゃが、わしらはそれでええのか。どうじゃ、小六殿」

猿、ここで小六を振り返る。

終始黙って腕組みしていた小六、やがて、ゆっくりと口を開く。

「確かに何もせず逃げるのも面白くないな」

猿は、うむ、と大きく頷き、将右は眉をひそめる。

「わしは、信長でもない、織田家でもない、木下殿に身を預けとる。何があっても共にあろう。この砦、守ってみようではないか」

小六の重厚な物言いに、列座の一同の背筋が伸びてゆく。

「だがな、皆が死んではつまらん。いざとなれば砦を捨て、すみやかに退く。そのための策を練ろう」

そこで小六は将右へと目を移す。

「どうじゃ、将右。できるか」

「そんな、都合のいいこと」

「いや、できる、おまえなら」

将右はむっと言葉を溜める。しばらく小六を睨みつける。

やがて、ケッと喉を鳴らす。

「まあ、ここを守り切りゃ、天下に名が轟くな」

観念したのか、ことさら大げさに叫ぶ。

「まったく、世話の焼ける兄弟たちだ！」

猿がニッと笑い、小六は含み笑いで頷く。

半刻後、洲の俣から幾艘もの小舟が漕ぎだし、東の木曽川に舟橋が架けられた。

まだ水上は川筋衆が制している。川筋衆水軍の警固の下、瞬く間に堅固な舟橋で洲の俣砦と対岸は結ばれた。

斎藤方の妨害もない。斎藤龍興の本隊が南下している。敵勢は総大将の着陣を待ち、洲の俣を遠巻きに囲み、じっと鳴りを潜めていた。

前野将右の立てた策はこうだ。

まず、一に、敵の重囲に落ちる前に、木曽川に舟橋を架け、織田勢と作事衆を先に逃がす。

そして、川に浮かぶ水軍はそのまま、舟橋を死守する。そのぶん、北の犀川の警固は手薄になるが、これは仕方がない。こちらからは大軍が乗り込んでくる恐れがある。敵の攻めがもっとも激しいと想定される北面に兵を集め、できた木柵にすべての鉄砲、弓衆を配して、敵を打ち払う。

万が一、守り切れない場合、砦を放棄、水軍の援護のもと舟橋を渡って尾張へ撤退する。

舟橋をドカドカと渡って、人波が逃げてゆく。

撤退は、人足たちが先である。

「さあさあ、皆、早く渡れ。渡れ！」

佐久間信盛が采配を振って、退き陣を仕切っている。

去り行く者たちの行列を尻目に、佐々内蔵助は一人、砦内をみている。

そこでは、川筋衆が声を掛け合って、防戦の支度をしている。皆、木柵を補強し、堀を深掘りし、弓鉄砲を運んでいる。できたばかりの井楼には戦旗が高らかに林立し、物見の兵が周囲を鋭く見渡している。

先ほど、佐久間信盛と共に、猿と会った。

猿はこう言った。

「織田の方々は先に退き陣を。我は殿軍《しんがり》で退きまする」

(うそだ)

この男、到底去るつもりはない。内蔵助は、その猿顔に浮かぶ笑みをみて、そう思った。

猿だけではない。蟻《あり》の大軍のように動き回り、持ち場を固めてゆく川筋衆の動き。

雄弁に語っている。この砦、誰にも渡さぬ、と。

「内蔵助、我らも退くぞ」

佐久間信盛が声を掛けてくるが、内蔵助は応じない。睨みつけるように見渡している。みるみるうちに巨大な毬栗《いがぐり》のように戦備を整えていく、洲の俣を。

すでに九月十四日の日も暮れようとしている。空は茜色《あかねいろ》に染まり、辺りは暗くなりつつある。

ここから砦の北岸はみえない。だが、感じる。北の空の下に軍勢が蠢いている。それは確実に増え、今、この砦に攻め寄せんとしている。

「おい、内蔵助!」

「佐久間殿」

歩み寄ってきた信盛に対し、内蔵助、厳めしく固めた面を向ける。

「この砦は、南が弱い」

振り返り、遥か南方に陣取る斎藤勢を睨みつける。

「南は陸続きで、大軍が置けます。北方に気を取られていると南を衝かれまする」

信盛は、ああ？　と顔をしかめる。そんなことは、信盛とて知っている。誰より長くこの洲の俣にいて、地形を知っているのは、内蔵助と信盛なのだ。

南は備えが薄い。北と西に兵を厚くするのだから当たり前だ。これまで城の南を守っていた織田勢もいなくなるのだ。どうしようもない。

「だから早々に退くのではないか、内蔵助、ゆくぞ」

「佐久間殿！」

内蔵助は、また首を返して一点をみている。

その強い声音に、信盛がしかめ面を振れば、奴がいる。

猿だ。

砦内に一棟だけ、急造の高櫓《たかやぐら》ができている。いくさを仕切るため四囲が見渡せるようつくられた簡素な二階建ての櫓である。猿は、その楼上、砦内最高層の場所から、大きく手を振っている。

「佐久間様、佐々様、ご無事で！」

大音声が空を裂いて響いてくる。

信盛、うむ、と口元をゆがめている。

なんとむかつく猿だろう。先に退く者に、ご無事で、とは、なんだ。

信盛のゆがめた顔の下顎はさらにひん曲がってゆく。

内蔵助はと言えば、大きく舌打ちして、頬をひくつかせている。あ奴めが……というつぶやきが口の端から漏れている。

「おい、内蔵助」

信盛は聞かん気たっぷりの信長の寵臣を、口を窄めてみた。

「佐久間殿、あの猿だけにやらせて、よいのでしょうか」

言い放った内蔵助は昂然と胸を張り、目を爛々と光らせている。

信盛、フッと息を漏らし、右手で内蔵助の肩を叩く。

「残るか」「残りますか」

声が被った。

二人、頷き合う。

「皆、この洲の俣は織田の砦じゃ！」

「我らが守らず、誰が守る！」

信盛、内蔵助の雄叫びが交差するように響けば、織田勢は一斉に反転した。

佐久間勢、佐々勢の鬨の声が響く。

皆、目を輝かせ、己の定位置、砦南の守備へと戻ってゆく。

行け、小一郎

ほどなく、洲の俣から犀川を挟んだ北の対岸に、斎藤龍興率いる美濃勢八千が着陣した。

すでに、九月十四日の日は暮れている。

今宵、月はでているが、その明かりは意味をなさない。

斎藤勢が灯す篝火、松明はおびただしく、天をも照らし、平地は昼間のごとく明るい。

北だけではない。西、南と布陣する兵は大地をうずめ、盛大に鬨の声を上げる。

その軍勢が掲げる炎が三方より砦の構えを照らし、洲の俣を浮き上がらせている。

東は黒々と流れる木曽川に、一本、命綱のように舟橋が浮いている。川筋衆水軍がこれを守っているとはいえ、こちらは大河。

洲の俣砦は今や敵の中に浮かぶ孤島、となったのである。


猿は、例の砦真ん中の高櫓にいる。

砦一の高所から、東西南北を見渡し、守備の指揮を執る。ここが、事実上の本陣である。

今日の小一郎は、具足姿。役は、小荷駄頭、すなわち補給担当である。

本陣の猿の指示の下、各所へと物資を運ぶ。

小一郎は櫓の下から、四方を見渡す猿の鼻の穴を見上げている。

(よくやるもんだ)

開戦前に猿に聞いた。怖くねえのか、と。

「怖《こ》ええ」

猿は顔をくしゃりと潰して言った。

「怖くてふぐりが縮こまって、なくなりそうだわ」

おどけて肩をすくめ震える真似をする。そんな様子は、正真正銘の猿だった。

「でも、わしがやらずに誰がやるよ」

そう言って、小憎らしい猿顔をゆがめた。

蜂須賀小六、前野将右の二主将は北面の木柵に張りつき、斎藤龍興の本隊に当たる。

稲田大炊助、青山新七らは西を受け持ち、前に布陣する西美濃衆へ備え、南面は佐久間勢、佐々勢の織田兵が固める。東の川面には、加治田隼人、日比野六太夫らが水軍を率いて浮かび、木曽川を押さえる。これが、砦方の陣容である。

開戦は夜半。砦の兵を逃がすわけにはいかない。大軍を擁する斎藤龍興は、着陣から時を置かず采配を振り下ろした。

北、西、南の斎藤勢はおめきつつ洲の俣めがけ前進する。

戦況はまず五分。外構えを堅牢に固める砦方の士気は高く、敵を寄せつけない。

斎藤龍興の大軍とて、渡河中に川筋衆に横を衝かれ、渡った兵とて砦から繰り出される弓鉄砲に撃たれ白《しろ》まされ、思うように砦に近づけない。

このまま膠着《こうちゃく》が続くなら、いつもの睨み合いに戻るかと思われた。

だが、やがて、川上から斎藤方のいくさ舟が大挙して寄せ来るや、戦況は大きくうねりだす。

犬山寝返りの効果である。斎藤方は国境の備えを解き、長良川、木曽川上流の舟を掻き集め、洲の俣へと回してきた。

舟橋も守らねばならぬ川筋衆の水軍は動きを分断され、犀川を渡る斎藤勢まで手が回らない。

それを待っていたように、敵総大将斎藤龍興は総攻めの貝を吹き鳴らした。

まだ、東の木曽川は、川筋衆が押さえている。

ほか、北、西、南、と敵勢が群がりくるのを、砦方は懸命に打ち払う。

猿は、櫓の楼上を忙《せわ》しく動き、前後左右の戦況を見定め、手薄なところに本陣の兵を繰り出す。

といっても、今や、後詰《ごづめ》の兵など、百もない。猿はそれでも四方を見ては、苦戦のところへ十、二十と加勢をだす。

小一郎、本陣では、絶えず荷車への積み込みに追われている。

このいくさは防御戦。ひたすらに敵を飛び道具で打ち返す。矢玉の消費だけでない。放ち続ければ弓弦《ゆみづる》は切れ、鉄砲筒は焼けて使い物にならなくなる。

敵は大軍、北、西、木曽川に面する東とて岸からの援護はいる。南の織田勢とて補給は不可欠だ。

小一郎はそれら物資を補うべく、小荷駄足軽を率いて砦内を駆け回る。

櫓に積み上げてあった武具、矢玉火薬はみるみるうちに減ってゆく。

「小一郎、北だ！　将右んとこへゆけ！」

猿が楼上からがなれば、小一郎の隊は脱兎のごとく駆けだす。

(またか)

やはり、最大の難所は北だ。

なにせ前面の敵は当主自ら率いる斎藤勢の本軍である。

川筋衆の水軍が木曽川を守るのに手いっぱいの今、斎藤勢はほぼ無傷で岸に着き、そのまま続々と乗り込んでくる。それを前野将右と蜂須賀小六がなんとか撥ね返している。

荷車を引いてたどり着けば、将右は木柵の後ろで、右に駆け左へ歩き、兵を指揮している。

「前野様！」

「鉄砲、弓がたんねえ！」

将右はがなり散らしては、自ら箙《えびら》を背負って、強弓をビュンビュンと放っている。今は、さすがに舞う余裕はない。

敵の放つ矢は間断なく舞い落ちる。宙を飛ぶ鋭い鏃が篝火に煌めき、流星のように見える。

オオーッ、オオーッ！

斎藤勢の喚声が津波のようにうねり響く。

見れば、敵の軍兵は前方いっぱいに広がり、雲霞《うんか》のごとく蠢いている。

松明の灯りに輝く、何百、何千という目、目。狂気がこちらへ押し寄せてくる。兵のことごとくが、こちらへ鉄砲の筒先、槍の穂先を向けている。

（こ、これが、いくさ）

小一郎は震える手で荷車を止める。

「弟御《おとうとご》、ありったけの矢玉をくれ！」

「へえ！」

小一郎は載せてきた荷箱を下ろしながら、懸命に応じる。

しかし、心は焦り、慄き、面は大きくゆがんでいる。武具矢玉を欲するのは他も同じだ。小一郎はその在庫を知っている。実は残りが少ない。

だが、やはり、この北面がもっとも厳しい。ここに残りを持ってこられるか……と顔を上げるや、うわっと、仰天する。前野将右の顔が至近にある。

「もう、ねえのか」

背後に銃声が轟く中、悪戯でもするように目配せして、ささやいてくる。

え、あ……と、小一郎が口ごもれば、将右はニッと笑った。

「前野党！」

振り向き、叫ぶ。

「悪たれども、やっと俺らの番が来たぞ！」

心底嬉しそうに呼びかければ、周囲に目つきの悪い者たちが並び立つ。

手に手に、鎖鎌やら大薙刀《おおなぎなた》などの凶器を煌めかせている。悪辣な顔をニヤニヤとゆがめ、舌なめずりしている。この状況でも、皆、楽しそうである。

「斬り込むぞ！　次の鉄砲放ちが終わったら続け！」

オウ！　と声が揃う。

「斬って斬って斬りまくれ。奴ら砦をみるのが嫌になるほどな！」

将右が自慢の長刀をかざせば、皆、得物を夜空に突き上げる。

「弟御、武具は他に回せ。藤吉にはここは気にすんな、とな」

振り返って言い終えるや、すぐ前方を見据える。

「さあ！」
パ、パアンと斉射音が鳴るや、将右は跳ねるように駆けだす。あとを漆黒の一団が続く。
大挙して押し寄せる斎藤勢の真ん中に斬り込めば、軍兵の壁が楔《くさび》でも打ち込まれたように割れる。

あ、あああ——

小一郎はもう、呼吸すら忘れている。

薄明かりの中、みえている。将右の長刀が一閃するたびに、斎藤兵の首が夜空に跳ぶ。

その周りを取り巻く前野党が奇声を上げ、敵勢を切り崩してゆく。

本陣高櫓に戻った小一郎が報じるや、猿は口を真一文字に結んで、頷いた。

「将右が、そう言ったか」

楼上に置かれた床几《しょうぎ》から立ち上がり、北東をみる。

そこで前野党が奮戦している。将右の一隊はひとしきり斎藤勢の中で荒れ狂うや、すぐ木柵内に戻り、弓鉄砲を打ちかけている。敵は突然の斬り込みにひるんだのか、一町《ちょう》ばかり後退している。

「ええか、小一郎、聞け」

猿は目を細めて、手招きする。

「あちらに布陣する斎藤方の動きは鈍《にぶ》い」

猿はある方角を指さす。

それは北ではない。西である。犀川を挟んだ対岸のそこには昨日から安藤、稲葉ら西美濃衆が陣を敷き、開戦から洲の俣へと攻め寄せている。

だが、その動きは緩慢であり、渡河する軍勢も小出しにしているようにみえる。砦方はやや余裕をもって撃退している。

「西を守る稲田大炊助の手勢を北へ回す。行ってそう告げよ」

小一郎、え、と目を剝く。稲田大炊助につけた兵は六百超、西を守る主力である。確かに西面は優勢だが、手薄になれば敵はつけ込んでくるのではないか。後詰を繰り出すにも、本陣に残兵は少ない。

「稲田勢を北へ回したらな、おまえは南の織田勢のところへゆけ」

南の織田勢の守りはさすがに堅く、万全の備えで敵を打ち払っている。

そうか、佐久間信盛、佐々内蔵助に援けをもとめるのか。合点がゆきかけた小一郎、が、次の猿の言葉にまたも息を呑む。

「織田勢には舟橋を渡って退いてもらえ。おまえも、一緒に退け、清須へけえれ」

な？　と口を半開きにする。

「兄者は？」

「わしは殿軍をゆく。将右と小六殿、すべてを退かせてから、退く」

猿は明るく言う。だが、小一郎は、その言葉が信じられない。

「いやだ」

引きちぎるように、拒絶した。

「わしも残るわい」

猿はいつも通りニコニコと笑っている。

「いいか、小一郎」

猿は、小一郎の鼻先に猿顔を寄せてくる。

「斬り込んだ、っちゅうことは無傷ではすまん。この洲の俣に奴らを巻き込んだのはわしじゃ。奴らが砦を守って傷つくなら、わしが楯にならんといかん」

「な、何言ってんだ、兄者」

小一郎の頭に、猿がやろうとしていることが朧《おぼろ》になって浮かぶ。が、恐ろしくて形になる前に打ち消している。

「小一郎、勘違いするな。わしゃ、死のうとしておるわけではないぞ」

猿は乾いた笑いを放ち、二度三度と頷く。

「だがな、死ぬ気で生きねば、生き延びれん。それが乱世っちゅうもんじゃ。そんな乱世だから、わしのような男が、立身できるんじゃ」

小一郎、言葉がでない。ただ、張り裂けんばかりに目を見開いている。

「そんな、たわけを……」

「行け！」

やっと口を開きかけたところを突き飛ばされ、後ろへ尻もちをつく。

猿は真顔、鋭い眼光。鬼のように肩を怒らせている、

「行けっつってんだろ、小一郎！」

妙な凄みがある。

小一郎、アワアワと頷き踵を返せば、ちょうどそこに階下へ続く梯子《はしご》がある。

「わ、わかったよ！」

時折足を滑らせ落ちそうだ。とにかく、下りてゆく。

逃げない

四方のいくさ音は絶え間ない。銃声、剣戟、兵の雄叫び。時に耳を塞ぎたいほど大きく、時に遠雷のように遥かに響き続ける。

騒擾の中を、小一郎は駆けている。砦の西の稲田勢に北へ動くよう伝え、次は南の織田勢のもとへ。駆ける。ただ右と左の足を交互に前へだす規則的動きを繰り返す。

頭は混沌としている。

俺は去るのか。織田勢を退かせて、そのまま清須へ逃げるのか。

疲れている。足がふらふらだ。ときによろめき、つんのめりながら、織田勢の陣へと駆け込む。

砦の南はゆるやかな低地である。川の天険《てんけん》がなく陸地が開けているので、防戦範囲が広い。長大な

堀切を設け、手前に木柵を連ね、寄せ手を遮断している。

守る織田勢はさすが鉄砲足軽の修練がなされている。しかも将は、織田家中でも采配に長ける佐久間信盛、佐々内蔵助である。見事な動きで、敵を近づけていない。

佐々内蔵助成政は采配を右に左に振り、手足のように弓隊、鉄砲隊を指揮していた。

「弟殿か」

背後に駆け寄っても、小一郎をみることはない。

「矢玉なら、後ろに積んでくれ」

「もう、ありません」

小一郎、ゼイゼイ肩で息をしながら応じる。

内蔵助は前を向いたまま、ちょっと顔をしかめていた。

「兄からです」

とにかく、伝えねばならない。

「織田の方々は舟橋を使って、ただちにお退きくだされ、と」

内蔵助はしかめ面の眉をさらにひそめていた。なおも、采配を振る手を止めていない。

「猿は」

「兄は、北方の味方を退かせてから殿軍で退くとのこと」

「あ奴め」

内蔵助は片頬をゆがめてつぶやくと、いきなり采配を投げ捨てた。驚愕する小一郎の前で、佩刀《はいとう》を抜き払う。

「使い番！」

力強く叫ぶ。

「佐久間殿に伝えよ、佐々内蔵助、ただ今より打ってでる、佐久間勢はひととき援護ののち、お退きくだされ、とな」

うわああ、と小一郎はのけぞっている。

「さ、佐々様」

「おぬしは佐久間殿と共に退け」

「佐々様も退いてくだされ」

口元を震わせている小一郎を内蔵助は睨むように見据える。だが、瞳に微笑が浮かんでいる。

「小一郎殿、と言ったな。いいか、いくさというものはな、退き際がもっとも肝心なのだ。だからわしが今から斎藤勢をひと叩きしてくる。それでこそ、佐久間殿が退ける」

「で、でも」

「強く前にでねば、退くこともできんときがある」

「そ、それでは」

「生きて殿《も》を守り立てる者がいる。死んでお役に立つ者もいる。この砦づくりを任されたのはな、わしだ、この佐々内蔵助成政だ。おぬしの兄だけにやらせはせん」

小一郎は魂を抜かれたように、ただ立ち尽くしている。

なんだ、こいつら、いったい、なんなんだ。佐々内蔵助も、前野将右も、そして、猿も、何を考えているのか。何が、そこまでさせるのか。

(死んじまったら、それまでじゃねえか)

思考はぐるぐると渦を巻く。頭の中はぐちゃぐちゃで、もはや錯乱に近い。

「だから、でる。それが侍だ」

颯爽たる笑みで背を向ける内蔵助の向こうで、すでに手勢は動き始めている。

目を剝いた猿の顔が、小一郎が忌み嫌っていたもののふの魂なのか。

侍。これが侍。小一郎が将右の剣舞が、そして、ねねの笑顔すら浮かび、目がくらむ。

ついに、地に両膝を突き、ガクリと頭を垂れる。

いつの間にか、瞳から滂沱たる涙がこぼれ落ちている。

感動なのか、哀しみか。それとも、呆れなのか。もう、わからない。

うなだれる小一郎の前で、織田勢は着々と備えを変えている。佐久間勢は佐々勢の援護射撃のため、鉄砲足軽を並べてゆく。

時は確実に過ぎる。小一郎など、なんの役にも立たず、いても仕方がない。

(できるかよ)

小一郎、キッと面を上げる。今、この場で、己一人で逃げられると言うのか。

涙をぬぐって立ち上がり、陣をあとにする。

足取りは雲を踏むようである。あえぎ、手足をばたつかせ、宙を泳ぐように前に進む。

砦を北へと駆け上がる。猿のいる高櫓へと戻ってゆく。

猿は怒るだろう。なぜ、行かぬ、となじり倒すだろう。

だが、小一郎の心は決まった。

(俺もここまで砦をつくってきた。逃げられるかよ)

だから、とにかく猿の顔がみたい。なんなら、ぶん殴ってもらいたい。

たどり着いた櫓は篝火の灯りの中、揺らめいて佇立《ちょりつ》している。

櫓下に積まれていた武具弾薬ももうない。すべての兵を加勢にだしたのか、階下には誰もいない。

無我夢中の小一郎はその静寂の違和に気づかない。

あえぐように櫓の梯子を上ってゆく。

最後の段に手をかけ、頭を階上に突き上げる。

「兄者！」

覗いて、愕然とする。

（え？）

誰もいない。楼上は無人。

上がり切れば、外からいくさの喧騒が遠く近く、響いてくる。

灯火も消された中、四方から入るいくさの灯りが明滅して櫓の天井を照らしている。

薄暗いがらんとした空間の中央、先ほど猿が座っていた床几のうえに、紙片が一枚置いてある。

小一郎、歩み寄ってゆく。

なにか粗く書いてある。震える手でその紙を拾い上げ、恐る恐る目を落とす。


――あほう、もどってくんな――


茫然とみている。

すべてひらがなである。さすがの小一郎も読める。

小一郎、しばし、動けない。目、鼻、口、耳、体中の穴という穴を広げ、ただその紙を、言葉を、見下ろしている。

なんだこれは。猿兄貴、ここまで俺を引きずり回し、最後がこれか。

「兄者」

小一郎は低くつぶやき、辺りを見渡す。

猿はいない。誰もいない。

ただ、いくさの喧騒が四方から響いてくる。

亡霊のごとく、一歩、二歩と進み、北へと向かう。

見下ろした彼方でいくさが行われている。

「放て、放てや!」

あの大音声が響いてくる。

そこに猿がいる。川筋衆の間を縫って走り、旗を振り、声を掛け励ましている。不恰好な具足姿で、鉄砲を手に最前線を駆け巡る。

「いいぞ、いいぞ、敵はよぇぇえぞ、そら放て放て」

猿は叫び続け、時折、みずから鉄砲を構える。

横で前野将右、蜂須賀小六が兵を指揮しているが、小一郎には猿が際立ってみえる。あの小男が、遠目にも一番目立っている。

前では、雲霞の斎藤勢がひしめき合い押し寄せ、鉄砲音が絶え間なく響く。

(あぶねえじゃねえか)

猿兄貴が武者働きなどできるはずがない。鉄砲放ちも下手、弓など一度引くのが精いっぱい。槍合わせなど一突きでやられるだろう。

「死んじまうぞ」

小一郎ついにつぶやく。

（やっぱ、あんた、嘘つきだ）

——いくさは領分じゃねえって言ってたじゃねえか。なんでそんな勇ましく戦うんだ。もういいだろ。いつもみてえな憎たらしい顔で、俺に面倒事を委ねてくれよ。なんでもやるよお——

「死ぬなよ。死ぬなんて似合わねえよお」

小一郎の下顎はガクガクと震えている。震えながら首を巡らす。

東の木曽川では舟衆が川を下ってくる斎藤の水軍とぶつかり合っている。南では織田勢の備えから佐々勢が突出し、敵を蹴散らしている。

「皆、皆、なんでそこまでやんだよお。もう、いいじゃねえかよおぉ」

泣くように声を漏らす。

皆、凄まじい。だが、これも燃え尽きる前の最後の煌めきだ。

知っている。いくら勇ましく戦おうと、もう矢玉が尽きる。飛び道具がなければ、あの大軍、つくりかけの砦、四方から攻め潰されるだろう。

「皆、死んじまうよお」

早く、早く、退いてくれよお。生きてりゃ、城なんてまたつくれんだろう……

小一郎、櫓の上で両手を突き、頭を垂れてうなだれる。

「え？」

そのとき、ある方角の異変に気づいた。

ハッと面を上げ、東へと向かう。

みえている。暗かった空が、にわかに明々と染まっている。

木曽川の対岸にポツリポツリと現れた松明の群れは瞬く間に増え、畔《ほとり》に充満していく。騎馬武者の群れが続々と押し掛けている。

ときを置かず、法螺貝が咆哮し、一騎、二騎と列をなして舟橋を渡り始める。

同時に、数多の舟が一斉に木曽川に漕ぎだす。

「えええ?」

小一郎が驚愕する間も、舟橋を、川面を、軍勢は洲の俣へと向かってくる。

ドッドッドッ　馬蹄が舟橋を蹴る音が心地よく響いてくる。

橋の脇には松明をかざす小舟が寄せ着き、見事な手綱《たづな》さばきで駆け抜ける騎馬武者を浮かび上がらせる。

騎馬勢の先頭に織田木瓜《もっこう》の旗印が翻っているのが克明に見える。舟も永楽銭《えいらくせん》の幟旗《のぼりばた》をはためかせている。

小一郎、うわっと、身を乗りだす。

「お味方じゃ!　ご加勢じゃ!」

小一郎、北に、西に、南に、駆け巡って叫ぶ。

「ご加勢あり、清須からご加勢!」

傍の陣鐘《じんがね》に駆け寄り、ガンガンと叩く。

その目には、軍勢の中ほどの武人の兜の大鍬形《おおくわがた》が黄金色に輝くのがはっきりと見えている。

あああ、小一郎の目から噴流のごとき涙がほとばしる。

思いきり鐘も割れよと、力強く叩く。

「お屋形様のご加勢!」

小一郎、絶叫。

喉が裂けんばかりに、声を張り上げる。

誓いの関

木曽川を押し渡る軍勢は、むろん、最前線の川筋衆にもみえている。

「隼人に伝えよ、橋を守れ、ご加勢の織田衆、残らずこちらに渡せ!」

猿ががなるや、使いは矢のように東へ駆け出す。

「お屋形様、ご来着! 我らの勝ち!! 我らの勝ち!!」

猿の大音声はいつにもましてデカく、いくさの喧騒を上回っている。

さらに猿、傍らの大柄な武者に己を肩車させ、その上で幟旗をブンブン振り回す。これは目立つ。

「勝ちじゃああ!」

オオオウ! その声に味方総勢、奮い立つ。

「皆、持ってる矢玉、残らず放て!」

小六の野太い声が響き渡る。

「よく耐えた。もう加減なしでいいぞ! 手当たり次第にやっちまえ!」

将右も高らかに言い放つ。

東から洲の俣に上がった援軍は続々前線へと詰めかける。

皆、手に手に真新しい弓鉄砲を構え、木柵に張りつくや斎藤方を撃ち始める。

川でも織田の水軍が、斎藤方の舟を襲う。織田勢の放つ矢が舟上の斎藤兵を確実に射倒せば、斎藤方の水軍は反転して逃げ始める。

防戦一方で押されていた川筋衆の舟も一斉に反撃する。瞬く間に木曽川全域を制すれば、織田、川筋衆が一団となって前進し、犀川まで乗りつけ斎藤龍興の本隊を横から攻め立てる。

意気揚がる砦方に対し、斎藤勢は慄くように退き始める。

形勢再逆転である。

斎藤勢が対岸に退いてゆくのを見て、前野将右は、地に、ドスン！　と胡坐をかいた。

ヒャーッと大きく吠える。

「疲れた！」

将右は頬の傷からしたたる血を手の甲でぬぐった。

周りに前野党が寄ってくる。彼らもさすがに疲れている。皆、地べたに座り込む。

「だんなあ、生きとりますわ」

「いやあ、俺はまだまだよ」

「おうよ、これからもうひといくさ」

口々に言い笑い合うが、一度腰を下ろせば立ち上がれる者はない。

「将右！」

小六がのっしのしと歩み寄ってくる。

「見事だったぞ」

ああ、と将右は頷くが、

「礼は、あ奴にだな」

と、振り向いて顎をしゃくる。

織田の騎馬勢が来る。旗本衆、赤母衣、黒母衣の精鋭がドッドッドッと地を鳴らして向かってくる。

その中央に信長がいる。

馬上、いつもと変わらず怜悧な顔で前をみつめ、馬を進める。

「いや、信長を呼び込んだ、あ奴に、かね」

将右が視線を手前に落とせば、そこには、猿がいる。

猿は、騎馬勢の前でベタリと地に膝を落とし、両手を突く。

「お、お屋形さま！」

猿は口も目も張り裂けんばかりに開け、口上を始める。

「ご加勢……」

平伏しようとした猿の前を軍勢は過ぎてゆく。猿は見上げている。

「かたじけな……」

信長もそのままゆく。猿をみもしない。

猿は呆けたように口を開け、固まる。信長は、小六、将右の前すら過ぎてゆく。

「川筋の者たちよ、舟を借りる！」

そのまま甲高く叫び、洲の俣北端の岸辺まででて馬を止めた。

河畔には、斎藤方が残した舟や、川筋衆の舟が散在している。

「橋を渡せ！」

信長が大きく采配を振るや、一斉に兵が動き、舟橋を架け始める。さらに、乗りつけた加治田隼人ら川筋衆が援けるや、みるみるうちに北へと渡る舟橋ができあがる。

「権六！」

「おうとも！」

信長の後ろに控えていた柴田勝家が応じて、馬に鞭《むち》を入れる。

人馬の群れが続々と川を渡り始める。織田水軍も弓鉄砲を乱射しつつ漕ぎ寄せ、北へ渡る兵を援護する。信長得意の一気呵成の攻めである。

対岸で兵をまとめていた斎藤勢は遠目でもわかるほど動揺し、慌てて後退を始める。

唖然として見つめる猿、小六、将右の視線の先で、織田勢はさらに前へ、前へと進んでゆく。


「行け、斎藤龍興の首を取れ！　行けや！」

先鋒の勝家のがなり声が川面に響き渡る。

(首は、取れぬな)

信長は思っている。

なぜなら、信長が引き連れた織田勢は三千。犬山が寝返った今、これでも清須近隣をほぼ空にしてかき集めた目いっぱいの数である。洲の俣の南と西の備えにも兵を割いた。斎藤勢本軍を追撃する兵は限られる。

勝家の手勢が対岸に乗り込む先を斎藤勢の火が退いてゆく。それをみて、信長の思考は動いている。

龍興は稲葉山まで逃げるだろう。

(追い返せばいい)

この場はそれでいい。そのために、信長は来た。

そして、振り返る。

洲の俣砦北面の土塁、木柵が左右に広がる。

「勝三郎」

傍らの池田勝三郎を呼ぶ。

「焼け」

あらかじめ意を受けている勝三郎は、ハ、と面を伏せるや、踵を返す。

状勢は変わった。洲の俣は、焼かねばならない。

犬山が斎藤方に寝返った今、洲の俣を保持することは不可能だ。その意味もない。

信長はすでに戦略を大転換している。

（小牧に城を移す）

やはり、信長自らが、均すしかない。尾張を盤石に固め、その力をもって美濃を落とす。そのためには、洲の俣どころではない。本拠を清須から北の小牧に移し、信長自身が前進する。腰を据えて尾北を制圧するのだ。

池田勝三郎率いる手勢が四方に散ってゆく中、信長は手綱を引き、馬首を巡らせて進む。砦はいくさの残り火に照らされ、浮き上がるように屹立《きつりつ》している。信長は黒目を動かし、洲の俣の外周を囲う木柵、土塁、空堀を見る。

未完ながらも、斎藤の当主自ら率いる大軍の総攻めに耐えた城砦である。

（これが、一晩でできたか）

厳密にはできたとは言えない。だが、あと数日あれば櫓も井楼も立ち並び、馬屋も備えた堅牢な要塞となったであろう。

深く息を吸い、吐き、瞼を閉じる。

（見事）

すぐ目を開ける。そして、馬前に片膝を突く小男を凝視する。

「お屋形さま」

平伏する猿の周りに、川筋衆の親方たちが跪いている。皆、土埃と硝煙にまみれ、中には小袖を赤黒く染めた手負いもいる。いくさの昂りからか背から湯気が上がっているように見える。

「ご加勢、かたじけのう、ぞんじまする！」

叫ぶ猿の後頭部を馬上から見ている。

こいつが、この猿が洲の俣をつくったのか。あの下郎がこれだけの猛者を口説き、従えて、しかも合戦の采配まで振って戦ったのか。

「藤吉郎」

信長は歯切れよく呼びかけた。

「苦労」

ああっ、と猿が顔を上げる。

明るく弾けたその猿顔に、閃光のように浮かんだ言葉がある。

——秀《ひい》でて、吉《よし》——

そうだ、藤吉郎では、呼びにくい。こんな名がいいではないか。

「励め」

信長は言い放つと、馬腹《ばふく》を蹴る。

ここにはとどまれない。織田信清が清須を狙って犬山をでたとの報せも入っている。

信長にはやることが山ほどある。

馬蹄音を轟かせ、洲の俣を去ってゆく。


猿は地べたにひれ伏している。

「おいおい」

寄ってきた将右が小突いてくる。

「褒美は、褒美はよ！」

将右は猿の肩をグイグイ揺さぶるが、猿は突っ伏したままだ。

「おい、藤吉！」

将右は猿を引き起こして、顔をしかめる。

猿は泣いている。涙顔をクシャクシャにして、肩をしゃくり上げ泣いている。

「お、お屋形様が……」

「何？」

「わしを、とうきちろう、と呼んでくれた……」

「何言ってんだ⁉」

ウッウッと体を揺らす猿はもう赤子のようである。駄目だこいつ、とばかりに将右が向き直ると、小六は腕組みして後方を睨みつけている。

「なんだ、おい」

将右が首を巡らせれば、織田勢は八方に散り、木柵に火をかけている。

「なんだよ、これは！」

将右は口から唾を飛ばす。

各所の火は瞬く間に燃え広がり、洲の俣の外周が炎に包まれてゆく。

ところどころあった小屋、立てたばかりの高櫓もメラメラと音を立てて燃え始める。

それを横目に織田勢は兵をまとめて、退き始める。

「おおい、藤吉！　退き陣じゃ！」

馬蹄音を轟かせて駆け寄ってくる騎馬武者がいる。

「川筋衆も皆退け！　洲の俣は捨てるぞ！」

長身が馬上に映える。鮮やかな赤母衣を靡かせる前田又左は、見事な手綱さばきで馬首を巡らせる。

やがて織田家臣の因縁も乗り越え、猿と共に天下統一の道を歩む、前田又左衛門利家。その颯爽たる雄姿は、もはや家中一の武人である。

「早《はよ》う退かんと、また斎藤勢が来るぞ！」

馬に鞭を当て、風のように去ってゆく。

「なんだとお」

将右は怒鳴り散らす。

「捨てるだと……おい、褒美は！」

「将右！」

憤激と共に猿につかみかからんとする将右を、野太い声がさえぎった。

「褒美はわしがだす」

小六の大きな手が、将右の肩をつかんでいる。

ああ？　と、将右は顔をゆがめる。

「おまえが褒美って、どういうことだよ」

「わしがわしの財で皆に褒美を与える」

「皆って、川筋衆二千だぞ！」

褒美がいるのは親方だけではない。川筋衆皆に応分与えるとしたら、いかに裕福な小六とはいえ、瞬時に破産する。間違いない。

「わしが貯めた金穀《きんこく》、屋敷も、すべて皆に分け与える」

「おまえ、何言ってんだ？」

「これが川筋衆頭領としての、わしの最後の仕事だ」

小六は傍らの弟又十郎を振り返る。又十郎は明るい目で頷いている。この弟は兄が何をするつもりか、もうわかっている。

「わしは川筋衆をやめる。もはや、犬山織田家組下でもない。蜂須賀小六は今から一介の牢人だ」

小六はスウと大きく息を吸い、向き直る。

「ついては、そこな木下藤吉郎殿、拙者を雇ってもらえまいか」

小六は歩み寄る。やりとりを聞いていた猿、もう泣いてはいない。いつの間にか、地べたでしゃんと背を伸ばしている。

「わしは木下殿にお仕えしたいのだが」

猿、にわかに立ち上がる。

「よいぞ、小六殿！」

薄い胸を思い切り張る。

「わしも決めた！　決めた決めた、決めたぞ！」

猿は両足を大地に踏ん張り、胸を反り返らす。

「わしは、これまでいくさは向かん、できん、と思い込んどった。だがな、できる、できたわ。見事に戦うことができた。なぜできたか」

猿は小六、その後ろの川筋衆を見渡してゆく。

「皆がいたからじゃ！」

真っ赤な口を開けて叫ぶ。

「この乱世、いくさで決めねばならんこともある。わしはもう逃げん。小六殿、わしのもとで、その武でわしを支えてくれ！」

猿は小六の右手を己の両手で包み込むように握る。

「小六殿はわしの右腕じゃ！」

「木下殿」

小六は莞爾とした微笑みを浮かべ、

「小六、でいい」

大きく頷く。

「おい、左腕を忘れてもらっちゃあ、困るな」

後ろからニンマリと頬をゆがめた将右が歩み寄ってくる。

「仕えるとか、仕えねえとか、そんなことはどうでもいい」

瞳は爛々と燃えている。どうやら、この男もその気のようだ。

「俺ら、兄弟だ。兄弟なら、共にやるしかねえだろう」

猿、小六の手に、己の手を重ねる。

「だよな、長兄」

将右は猿を見る。猿は、「わし？」と目で問う。

「知らねえだろうな。劉備ってのはな、ちっとも強くねえんだ。だが、関羽や張飛っていう豪傑は兄として慕《した》った。だから、おまえが長兄だ」

この男らしいこじつけだが、将が猿ならそれ以外ないだろう。

猿、小六、将右の視線が交錯する。

蜂須賀小六正勝。播州龍野《ばんしゅうたつの》城主。猿の合戦のほぼすべてに参じ、阿波徳島藩十七万五千石、明治には侯爵《こうしゃく》と続く蜂須賀家の礎を築く。

前野将右衛門長康。播州三木《みき》城、但馬出石《たじまいずし》城など要衝の城主を歴任し、十一万石。関白秀次《ひでつぐ》の付家老となる。この男の反骨は最期に悲劇を生んでしまうが、それは、今はいい。

三人同時に、うむ、と頷く。

「おい、兄者、あんたの弟は俺だろうが！」

背後から響いた声に一同振り返る。

両膝に手を当てた小一郎がいる。肩で息をしながら、睨んでいる。

小一郎はつんのめるように踏みだす。

「おりゃあ、逃げねえぞ。逃げるもんか。だからよ」

汗だくで埃まみれ、煤《すす》けた顔の小一郎、巻き舌で詰め寄ってくる。

「のけ者にすんじゃねえ！」

猿の前まで来て、ベタンと地に膝を突いた。

「小一郎」

猿はその肩に手を乗せ、ギュウウと握る。

「これからの道は綺麗事じゃすまされねえ。いいか、修羅《しゅら》の道を行くんだぞ」

おうよ、と小一郎、面を上げる。猿の真剣顔が間近にある。

「おまえはこの世でたった一人の血を分けた弟だ。おめえは、わしだ。木下藤吉郎の代わりがなせるのは、おめえしかいねえ」

「ああ……」

「まあ、ついてこいや！」

応じかけた小一郎の肩を、猿は明るくビシッ！　と叩く。

「いてぇなあ！」

小一郎の甲高い叫びが響き渡る。

傍らで、小六と将右が、呵呵呵《かかか》と笑っている。

砦を焼く火は確実に広がっている。四囲の炎は暗天を衝くように燃え広がる。

「燃えろ燃えろ、この火は我らの胸で燃え盛る魂の炎じゃ！」

猿は高らかに叫ぶ。

「じゃあ、この洲の俣が我らの誓いの場だな！」

将右は振り返る。

応！

川筋衆すべてが精悍な顔で応じる。

「勝ち鬨じゃあ！」

猿、小六、将右、同時に手に持った刀を突き上げる。

エイエイ、オオウ！　エイエイ、オオウ！

勇者たちの雄叫びが、燃える洲の俣の地を、木曽川の川面を駆け抜けてゆく。

西からみている

同じ頃、同じ火をみている者がいる。

二人の武人が折敷く軍勢の前に立ち、天を焦がす炎をみつめている。

「勝ったな」

いかにも戦国の古強者といった武骨な髭面をゆがめている男、安藤守就《あんどうもりなり》という。稲葉良通《いなばよしみち》、氏家直元《うじいえなおもと》と並び西美濃三人衆と呼ばれる斎藤家きっての有力土豪である。

西美濃勢は、洲の俣西の犀川対岸に陣取り、開戦から砦を攻めていた。

今、安藤勢は大きく後退し、遠く西方から洲の俣をうかがっている。

「よう燃えるなあ、婿殿よ」

守就が豪放に笑えば、横の若武者は小さく頷く。

この色白の涼やかな青年は――

あの、木曽川殿である。

猿の前にたびたび現れた妖精のような若者が、今、具足に身を固めて、西美濃の兵たちの前に立っている。

この若者の名、竹中半兵衛重治《たけなかはんべえしげはる》という。

齢十八の若年ながら、美濃西部菩提山《ぼだいさん》の城主、まぎれもない斎藤傘下の国人領主、傍らの西美濃三人衆、安藤守就の娘を娶っている義理の息子でもある。

守就は幼少の頃より秀才と鳴らした婿の知略を愛で、今や完全に心酔している。

この洲の俣攻めも、戦略から軍勢の進退すべてを委ね、その指示通りに采を振った。ゆえに西美濃衆の大将は半兵衛と言っていい。それほどの惚れ込みようである。

「婿殿が言った通りじゃな」

守就は、いかつい肩を揺らして、笑っている。

「織田勢に砦をつくらすだけつくらせて、一気に落とすとは、なんたる神算鬼謀《しんさんきぼう》じゃ。しかも、信長までおびき寄せた」

半兵衛は少し眉をひそめ、無言で東をみている。めらめらと天を衝く炎が洲の俣を焼いている。

「もう少しで首が取れたのう。信長、でてくるのも早いが、去るのも早い」

守就は、呵々と大笑《たいしょう》する。

「いえ、舅殿《しゅうと》」

半兵衛はついに沈黙を破った。

「信長が来るなどと、思っておりませんでした」

愛婿《あいせい》の言い切りに、守就は、あ？　と顔をゆがめる。

「信長がでてくると読んで、攻め手を遅らせたのではないか」

洲の俣を西から攻めた西美濃勢の動きは鈍かった。ゆえに、砦は落ちず、援軍来着まで粘り続けた。

守就は、それを清須から加勢が来ると読んだ半兵衛の策だと思っていた。

事実、西美濃衆は、信長が斎藤龍興を深追いしたら背後から攻めるつもりで支度をしていた。だが、信長は追撃もそこそこに切り上げ、洲の俣にとどまることもなかった。どころか、一顧の未練もなく、焼いて全軍を退かせた。

この辺り、名人同士の手の打ち合いと、感嘆していた守就であった。

「いえ、違います」

「では、なぜ」

「なぜでしょう」

半兵衛、炎が赤々と照らす東の空を見上げる。

「なんだか、あの砦、壊すのが惜しい気がしたのです」

「何を言っとるのか」

守就は口をへの字に曲げる。

「尾張に忍び入って、城づくりをそそのかす、と言っておったではないか。乗りそうな軽々しき者をみつけた、と」

「最初はそうでした。でも、ここまでやるとは」

半兵衛の口元が徐々にゆるんできている。

「やっても、もっと容易く落ちると思いました。舅殿、見事ですよ。あと三日もすれば、よほど堅固な城ができたでしょう。犬山の寝返りがなければ、信長とてそれを援けたはず。それをみたい、そんな気になってしまったんです」

瞳が、洲の俣の火を映し、明るく輝く。

「だって、私がみた、あのお方は」

半兵衛はこらえきれないように、口を押さえる。

「とても、信長の城を築くような、もののふでは、なかったんです」

ついに、噴き出している。クックッと肩を揺らして笑う。

守就は、この才智抜群《さいちばつぐん》な愛婿が好奇心旺盛で、一風変わっているのを知っている。

ふうむ、と顔をゆがめて首をひねり、

「また、婿殿の悪い癖じゃ」

嘆息交じりに言う。

まあ、仕方がない。半兵衛の感性は常人と違う。それだけの才人なのだ。

「はい」

やっと笑いを収めた半兵衛は悪びれない。

「わたしもなんだか、大きなことがしてみたくなりました」

そう言って夜空を見上げた。


竹中半兵衛重治。

この若き俊才は、三年後の永禄七年、舅の安藤守就らと組み、稲葉山城乗っ取りという大事件を起こす。

それは、稲葉山の斎藤龍興のもとに出仕している弟の病気見舞いと称して入城した半兵衛以下十六名という小勢でなされた。

半兵衛はにわかに刀を引き抜いて龍興腹心を斬り倒したうえで、龍興本人を追いだすや、外で待つ安藤らの手勢を城へと導いた。

信長が苦しんだ稲葉山城は、即日、西美濃衆に占拠された。

が、ほどなく、半兵衛は、斎藤龍興に城を返した。

目的は、ただ酒色に溺れる主君の乱行を諫《いさ》めるためともいう、前代未聞の「城取り悪戯」であった。

最終章　ほらを吹く猿

洲の俣撤退の翌永禄五年、信長は、三河松平と同盟し、東を固めた。

後顧の憂いをなくした信長は、居城を小牧に移した。

小牧山の山頂を三重の石垣で固めた城塞を築くとともに、山麓南部を町割りし清洲城下町ごと移すという、まさに「遷都」ともいうべき本拠移転を成し遂げ、落ち着くや、すりつぶすように、犬山の織田信清を駆逐した。

晴れて尾張を再統一すれば、美濃攻めの機運は高まる。

加治田、鵜沼《うぬま》、堂洞《どうぼら》、猿啄《さるばみ》といった中美濃の諸城が、調略、寝返り、信長自らの侵攻によって落ちるや、強勢を誇った美濃斎藤家の屋台骨は大きくゆらぎ始めた。

伏屋《ふせや》、という地がある。

木曽川を挟んで稲葉山城と向かい合うようなこの地に、今、新しい城が立っている。

川沿いに木柵は延々と植え込まれ、井楼が林立する。城内は木の香りも香ばしい。大小の長屋十、櫓十を備え、塀二千間に囲まれた、本格的な城砦である。

築城者、城代《じょうだい》は、猿だ。

信長は、洲の俣ののち、猿に「秀吉《ひでよし》」という名を与え、侍大将に抜擢。川筋衆の大半を与力につけ、美濃攻略の先手衆の一人とした。

永禄八年に記されたこんな書状が残っている。

参百貫文　下野
反銭小成物共ニ
七拾貫文　十町名
弐拾貫文　宮田
弐百卅弐貫文　所々御台所にて
都合六百廿弐貫文
右御判之表、於末代ニ可被御知行候、
永禄八　木下藤吉郎
十一月二日　秀吉（花押影）
坪内喜太郎殿

犬山を落とし、尾北の木曽川筋を領した信長が、松倉の坪内利定に知行安堵するのに、木下藤吉郎秀吉が書いた添え状。これが現世に残るもっとも古い秀吉の文書、すなわち、秀吉がこの世に現れる最初の一歩である。

こうとなれば、我らも猿を「秀吉」と呼ばねばならぬだろう。

そして、永禄九年、信長は満を持して、秀吉に伏屋築城を命じた。

秀吉は信長の公の下知と全面的支援を得て、小六、将右ら川筋衆と共に城を築いた。

木曽川上流で木材を揃え、途中で組み立て、川から運んで城をつくる。やり方は洲の俣と同じであった。だが、今回はあのような苦労はない。

もう、支度するにも、犬山に気を遣うことはない。どころか、美濃側の対岸すら信長領となっている。秀吉と川筋衆は織田勢、領民の援けも受け、瞬く間に資材を集め、堂々と伏屋に運び込んだ。

伏屋は稲葉山が目の前だが、敵襲もない。木曽川が流路を変える前のこの地は川の南岸の織田領であり、斎藤龍興に川を渡って攻める余力はなかった。

秀吉は、三日で城を組み上げた。

稲葉山の将兵は対岸にみるみるできてゆく城に慄き、美濃の国人衆は激しく動揺する。

その年の八月、国境河野島《かわのしま》で織田勢を破り、必死の抵抗をみせていた斎藤龍興も離れてゆく家臣の心を繋ぎとめることができない。頼みの綱の西美濃三人衆、安藤、稲葉、氏家が織田方に寝返るや、その求心力は地の底へと落ちた。

信長は動揺を衝くように大軍を率いて尾北へ布陣、そのまま稲葉山を攻めた。

永禄十年、稲葉山城陥落、斎藤龍興、伊勢へ落去。

信長は、ついに美濃を獲った。


木下藤吉郎秀吉は、初めて主となった伏屋城にある。

主郭の二層の高櫓の二階広間で、前野将右と向かい合っている。

「おまえが、城主とはなあ」

将右はからかうように口元をゆがめる。

「うるさいぞ、将右」

秀吉は笑って、がなる。

将右は北に向かう窓の外をみる。ここからは見上げれば稲葉山が真正面にそびえる。もはや山裾と言っていいほどの至近である。

将右の目には、今や信長のものとなった稲葉山城が克明《こくめい》にみえている。

「まあ、この程度の城、容易いことよ。いくらでもやってやるさ」

将右のうそぶきに、猿もニコニコと微笑む。

「おお、そうじゃ。まだまだ我らにゃ、やらねばならんことが山ほどある。これぐらい屁《へ》をひるぐらいにやらにゃあ」

「だが、やっぱり、我らの城づくりといえば、洲の俣だ。あんときの痺れるような思いが懐かしいねえ」

と、将右は身を乗りだす。

「でな、藤吉よ」

薄ら笑いで鼻の頭を搔いて、持ってきていた包みを前に押しだす。

「俺な、書いとるんじゃ」

「何を書いとる」

「我らのことよ」

包みを開けば、黄ばんだ紙片が大量に重ねられている。

「まあ、読んでみよ」

表面に、

――五宗記《ごそうき》――

と書かれている。五宗は将右の号名である。

将右のにやついた顔に、なんだ、と秀吉は目を落とし、紙をめくる。

「おお、洲の俣合戦の軍記《いくさもの》か。ええでにゃあか」

嬉しそうに目でなぞってゆく。が、しばらくして、片眉をひそめる。

「こりゃ、将右」

猿はパラパラと紙をめくりながら、つぶやく。

「おまえ、これ、年が間違っとるぞ。わしらが洲の俣に乗り込んだのは、六年も前じゃ。永禄九年につくったのはこの伏屋でにゃあか」

将右はウフと無言の笑みで頷いている。

「それに、川並衆《かわなみ》ってなんじゃ？」

「藤吉、そりゃあ、我ら川筋の者どものことに決まっとろうが」

「そんな呼び名あったんか」

「川筋衆じゃあ、そのまんまじゃねえか。川並衆の方がそれらしくて恰好いいだろうが！」

将右の明るい言い切りに、猿は、瞬時、啞然とする。だがすぐ何かに気づいてキラリと目を光らせる。

「なるほどお、そういうことかい」

鼻の下を伸ばす猿の前で、将右は目を輝かせる。

「これはな、俺が、五宗の前野将右がな、俺の名で記す物語さ。っても、ぜんぶ作り話じゃねえぞ。俺たちがやったことを面白おかしく伝えるのさ」

ほおほお、と、再度、紙に目を落とす秀吉、すぐまた目を丸くする。

「おまえ、小六の書状の日まで変えとるのか！」

「でなきゃ、話がおかしくなろうが」

将右は明るく鼻息を荒らげる。写し書きで挿入された将右宛ての書状、小六が洲の俣入りを依頼した、あの手紙。それすら、「永禄九年寅七月」となっている。

「人の書状を、どうかのう……」と小首をかしげる秀吉。いや、おかしいと言えば、根本からおかしい書物である。

「いいか。われらの城づくりといやぁ、洲の俣だ。洲の俣の城ができて、美濃を落とす、そうでなきゃ、面白くない。苦労なくつくった伏屋のことなんざ書いても仕方ねえ。どうだ、心を揺さぶるような読み物となるぞ」

将右がベロッと舌をだす。秀吉は半ば呆れつつ、紙をめくる。

「確かに、面白いが、ちっと、くどいのお」

その中身は、やたら微細にいたる洲の俣築城手法、将右が語る長々とした孫子兵法のうんちく等々。

「それに、絵ぐらい、まぁちっと、うまく描けんか」

合間には洲の俣城の見取り図も添えられている。例の、北東の鬼門が開いた城だが、みみずがぬたくったような悪筆で、ほぼ正方形になってしまっている。とても川沿いに築いたと思えぬ奇妙な形だ。

まあ、すべて、将右らしいといえば、らしい。

「絵なんて、あとでなんとでもなる。大事なのは、洲の俣に城をつくったってことよ」

将右は、明るく笑い飛ばす。そして鼻孔を広げる。

「すべてはあれからさ。おまえがあそこに城つくるって言ったのが始まりなんだ」

「いや、将右。洲の俣に城つくるって言いだしたの、わしじゃないぞ」

秀吉はそう言って、振り返った。櫓の窓の前に若侍が一人、立っている。

「私ですか?」

その若者、竹中半兵衛重治は、振り返って、白面を小さくしかめる。

「木曽川殿こそ、すべてのしかけ人さ」

猿が、なあ、と招けば、半兵衛は微笑を浮かべ歩み寄ってくる。

その涼やかな素振りに、将右は口元をゆがめる。

「しかし、あんたみたいな学のある男が、よく藤吉の与力になってくれたもんだな」

「まあ、三顧の礼で迎えられましたから」

三人、カハハと笑う。

竹中半兵衛は、稲葉山城乗っ取り事件のあと、所領菩提山に隠棲していた。そして、信長の美濃攻め、西美濃三人衆への調略で、舅の安藤守就が織田方へ寝返るのに従った。

秀吉は信長に乞うて、半兵衛を己の組下へと招いた。それは、後世、三顧の礼と称されるほどの懇《こん》請《せい》、焼けるほどの執心であった。

「でも、この書がこのまま残るなら……」

半兵衛は座って、「五宗記」をめくる。

「後世の人が歴史を間違ってしまいませんかね」

学究肌の男だけに、そんなことを気にして、

「それでは、五宗さんは、嘘つき、と呼ばれてしまいます。これは、物語、と前置きした方がいいでしょう」

目尻に笑みを残したまま、眉をひそめる。

「孔明《こうめい》殿よ」

将右は鼻息を大きく吐く。将右の中では、半兵衛は諸葛亮孔明である。

「琵琶《びわ》法師《ほうし》が語る平家《へいけ》の盛衰《せいすい》、太平記《たいへいき》の楠木《くすのき》正成《まさしげ》の散り様……どうだ、物語の中にこそ、人の生きる真理があるんじゃねえか。歴史を知りたいなら、感じ取って欲しいねえ」

将右は、いい加減なことを大真面目に言う。

「それに、我らが、これよりもっと大事をなしゃあ、これが真実になる」

「大事の前の小事、ですか」

半兵衛が呆れたように眉根を上げる横で、猿は「そうか」と目を輝かせる。

「なるほど、これから、信長様が天下をお取りになる。我らももっとでっけえことがやれるぞ」

腑《ふ》に落ちたように言えば、将右はニンマリと顔をゆがめる。

「どんなことを」

「そうだな」

秀吉は小首を一ひねりして、すぐ瞳を輝かせた。

「もっと、大きな城を築こうや。木曽川どころじゃねえ。もっとでっけえ洲の俣に、天下一の城を、な」

「いいぞ、いい大ぼらだ」

秀吉と将右の掛け合いは即妙である。そんな二人を含み笑いでみていた半兵衛、やがて、クスッと噴き出す。そして、身を乗りだす。

「やりましょうよ、それ」

ハハハと、三人、弾けるように笑う。


そのとき、開け放たれた間口から、小一郎と蜂須賀小六が入ってきた。

小一郎は、笑い語らう三人を眺めて、小首をかしげている。

（やれやれ）

伏屋城高櫓の一間をぐるりと見渡して、感嘆の吐息を漏らす。

本当に城主になってしまった。あの、泥まみれであえいでいた兄貴が。下郎と蔑《さげす》まれた、貧弱な猿面小男が。ありえない立身である。

猿が城主になったと聞いたときの、ねねの顔が忘れられない。

ねねも「まあ」と目を丸くして驚いていた。しかし、またもねねらしいのは、

「うん、まだまだ、ね」

そう言って、瞳を煌めかせる。

「だって、わたしを、天下一のしあわせもんにする、って、言ったんだから。まだまだまだ、これからよお」

ねねは変わらない。のちに、従一位《じゅいちい》北政所《きたのまんどころ》などと呼ばれ、日本一の女性となっても、まったく変わらない。いつまでも朗らかな猿の嫁だった。

（まあ、なあ……）

ねねもそうだが、この猿兄貴についてゆくと、いったいどうなるのか。空恐ろしくなる小一郎であ

る。

そして――小一郎、躍動する秀吉をみて、時折、思うことがある。

(兄者よぉ)

聞いてみたい。だが、聞けないことがある。

(あんた、知ってたんじゃねえか)

あのとき、あの洲の俣で、この兄貴は。

秀吉は、ひょっとして、援軍が来るのを知っていたのではないか。

小一郎がいない間に早馬が駆け込んだかもしれない。あるいは、この男の勘で読んでいたのかもしれない。信長が兵を率いて助けにくるだろう、信長だからこそ来る、と。

(だけじゃねえ)

一連の洲の俣城づくりの中で、兄は気づき、決めたのではないか。

乱世で伸し上がるには、やはり、いくさをせねばならない。奉行として立身を目指すより、戦場で功を得る方が出世も早い。何より目立ち、他者から文句もでない。

だから、戦うと言った。自らも前線にでて、己をさらして戦った。

蜂須賀小六、前野将右に、川筋衆すべてに、己の姿をみせるためだ。こいつはやる。兵を見捨てず、命を張る。ついていき甲斐がある奴だ。そう知らしめるために。

ひ弱な自分がいくさをするには、武を持つ有能な家来が必要。すなわち、小六と将右の心をつかみ、川筋衆を得るため、である。

そう考えれば、他にもある。

先に退けと言ったが、佐久間も佐々も本当に退かせるつもりだったのか。むしろああ言い放って、佐久間と佐々の二将を繋ぎとめたのではないか。

そうなら、すべては兄の思うまま進んだ。さらには、その後の信長からの引き立て、出世も、というのなら――

（みんな、たらし込まれたんじゃねえか）

秀吉に、この人たらしに。

いつか聞いてみたい。そろそろ聞けるか、いや今さらだ。いやいや、そんなこと、聞かぬ方がいいか。

兄の笑顔をみるたび、悶々とする小一郎、今も知らずと、口をへの字に曲げている。

「長秀《ながひで》殿」

「え……ああ、はい」

小一郎、しばらく自分が呼ばれたと思わず、返事が遅れた。

長秀。小一郎の新しい名である。「信長様は丹羽様をご兄弟と思っとるらしいぞ。おのれもあやかって、お名をもらえ、もらえ」と兄に言われ、宿老の丹羽長秀の名をつけられた。このときの秀吉もずいぶんと調子がよかった。

木下小一郎長秀、人の名をそのまま名乗るなど、なんだか面はゆい。だからか、小一郎、のち、秀長と変名してしまう。

呼びかけてきた隣の小六は三人を見ていた顔を、小一郎に向けていた。

「まあ、よいではないですか」

そういって目配せしてくる。え？　小一郎、見返す。

「それも、縁、です」

小六は笑みを頬に溜めて頷く。この男らしい愛嬌たっぷりの髭面だった。

「人の縁でこの世はできている。あなたと私が知り合ったのも縁。繋いだのはあ奴」

小六は深々と頷いて、そのまま、三人の輪に入ってゆく。

「いい話をしとるなあ、入れてくれんか」

「おう、小六。入れ、入れ」

秀吉は大きく手招いている。

（ま、まさか、あなたも）

小一郎、秀吉をみて小六を見て、あんぐりと口を開けている。

共謀者《ぐる》――？　なら、いつから――？

四人の語らいは騒がしさを増している。しばし、その場で茫然としていた小一郎、やがて、フッと笑みを漏らす。

最後に、もう一つ。

あのとき、小一郎を「帰れ」と、突き放したこと。

秀吉は兄として、小一郎に最後の選択の余地を残した。侍として共に進む気があるか、と。

猿は民の小一郎を洲の俣へと巻き込んだ。ここから進むいくさの道、里へ帰るなら、そうしていい、と。

（いや、ああ言えば、わしは逃げねえ、かな）

そして、小一郎は残ることを選んだ――

小一郎の顔に浮かんだ笑みは、次第に大きくなる。

まあいいだろう。この猿兄貴のたらし込みなら、たらされてみよう。なんだか、面白そうではないか。

　そう思い、前に踏みだす。一歩、二歩と談笑の輪に近づいてゆく。

「おい、わしも入れてくれよ」

「なんじゃ、小一郎おったんか」

「兄者、相変わらず、大ぼら吹いとるんか」

「なんだとお」

　秀吉は、大きく目を剝いた猿顔をせり出してくる。

「大ぼらものちになせば、真じゃろうが」

　一同、ム、と視線を交わす。

　グワッハッハッハ
　五人の高笑いが、伏屋の櫓上から風に乗って、木曽川の川面まで響き渡る。

　秀吉が、淀《よど》の大河が海へ流れ込む大坂《おおさか》という「洲の俣」に、東洋一の巨城を築くのは、これよりおよそ二十年後。

　そのときの秀吉、関白太政大臣、天下人。

【主要参考文献】

『「武功夜話」で読む信長・秀吉ものがたり』阿部一彦（風媒社）
『完本 墨俣一夜城の虚実　秀吉出世譚と「武功夜話」』牛田義文（アットワークス）
『「武功夜話」異聞　偽書「武功夜話」の徹底検証』勝村 公（批評社）
『「武功夜話」のすべて』瀧 喜義（新人物往来社）
『中世の東海道をゆく　京から鎌倉へ、旅路の風景』榎原雅治（中公新書）
『図説　豊臣秀吉』柴 裕之／編著（戎光祥出版）
『豊臣秀吉事典』杉山 博ほか／編（新人物往来社）
『織田信長合戦全録　桶狭間から本能寺まで』谷口克広（中公新書）
『偽書「武功夜話」の研究』藤本正行・鈴木眞哉（洋泉社）
『秀吉神話をくつがえす』藤田達生（講談社現代新書）
『秀吉の虚像と実像』堀 新・井上泰至／編（笠間書院）
『信長公記を読む』堀 新／編（吉川弘文館）
『三国志と日本人』雑喉 潤（講談社現代新書）
『三国志演義』井波律子（岩波新書）
『新版　面白いほどよくわかる孫子の兵法』杉之尾宜生監修・西田陽一協力（日本文芸社）

『改訂　信長公記』桑田忠親　校注（新人物往来社）
『現代語訳　信長公記（全）』太田牛一／原著・榊山　潤／訳（ちくま学芸文庫）
『太閤記（上・下）』小瀬甫庵／著・桑田忠親／校訂（岩波文庫）
『太閤記（一）（二）』小瀬甫庵／原著・吉田　豊／訳（教育社新書）
『武功夜話　前野家文書一～四』吉田孫四郎雄翟／編纂・吉田蒼生雄／訳注（新人物往来社）
『現代語訳武功夜話〈秀吉編〉』加来耕三／訳（新人物往来社）
『現代語訳武功夜話〈信長編〉』加来耕三／訳（新人物往来社）
『豊臣秀吉文書集一』名古屋市博物館／編（吉川弘文館）
『墨俣一夜城築城資料』墨俣町／編集発行

本作品は書下ろしです。

佐々木 功（ささき・こう）

大分県大分市出身。早稲田大学第一文学部卒業。織田四天王の一人と言われながらも謎の多い滝川一益に光を当てた『乱瀬をゆけ　織田の徒花、滝川一益』で、第9回角川春樹小説賞を受賞し、デビュー。猛将や智将など、戦国の世の男たちを魅力的に描くことを得意とする。著書に『慶次郎、北へ 新会津陣物語』『織田一の男、丹羽長秀』『家康の猛き者たち 三方ヶ原合戦録』『天下一のへりくつ者』『真田の兵ども』がある。

たらしの城《しろ》

2023年1月30日　初版1刷発行

著　者　佐《さ》々《さ》木《き》 功《こう》
発行者　三宅貴久
発行所　株式会社 光文社
〒112-8011　東京都文京区音羽1-16-6
電話　編　集　部　03-5395-8254
書籍販売部　03-5395-8116
業　務　部　03-5395-8125
URL　光　文　社　https://www.kobunsha.com/

組　版　萩原印刷
印刷所　堀内印刷
製本所　国宝社

落丁・乱丁本は業務部へご連絡くだされば、お取り替えいたします。

ISBN978-4-334-91509-4